두 번째 장소

SECOND PLACE

두 번째 장소

레이첼 커스크 장편소설

임슬애 옮김

한길사

재난이 우리를 해방시켜줄 수 있을까요, 제퍼스?
인간은 끔찍한 공격을 당해 고집스럽게 지켜온
정체성이 산산이 부서진 후에도 살아갈 수 있을까요?

일러두기

- 이 책은 영국에서 발간된 Rachel Cusk가 쓴 *Second Place*(Faber and Faber, 2021)를 옮긴 것이다.
- 본문에서 Second place(두 번째 장소)는 '별채'로 옮겼다.

파리를 떠나는 열차 안에서 악마를 만났다고 언젠가 내가 말했지요, 제퍼스. 그리고 그 만남 이후 평소에는 사물의 외피 밑에 얌전히 숨어 있던 악이 표면 위로 올라와 삶의 면면에 토사물을 뿌려놓았다는 이야기도 했고요. 마치 오염되는 것 같았어요, 제퍼스. 모든 것이 악에 물들어 썩어갔거든요.

삶이 정말 많은 것으로 이루어져 있다는 사실을 깨달았어요. 그 많은 것이 전부 잘못되기 시작했거든요. 당신이 줄곧 이런 사실을 알고 있었고 글로 써왔다는 것을 나는 알아요. 다들 듣기 싫어했고, 사악하고 그릇된 것에 집중하는 일은 힘들다고 꺼렸지만요. 어쨌든 당신은 계속했고, 인생에 문제가 생긴 사람들을 위해 안식처를 세웠어요. 그리고 살다 보면 언제나 문제가 생기는 법이잖아요!

공포도 일종의 습관이고, 습관은 인간의 본질적인 부분을 파괴해요. 두려움 속에서 산 그 몇 년 이후 나는 뭐랄까, 머릿속이 멍해졌어요, 제퍼스. 자꾸만 무언가가 나를 덮쳐버릴 것 같더라고요. 그때 들렸던 악마의 웃음소리가, 기차의 한쪽 끝에서 반대쪽 끝까지 줄곧 나를 쫓아오던 악마의 웃음소리가 또다시 들릴 것만 같았어요.

그때는 한낮이라 몹시 더웠는데, 기차 칸마다 사람이 많아서 그냥 일어나 다른 자리에 앉으면 악마를 따돌릴 수 있을 거라고 생각했어요. 하지만 자리를 옮기고 몇 분 지나면 어김없이 저쪽에서 그가 팔다리를 아무렇게나 뻗고 앉아서 웃고 있더라고요. 나한테 뭘 원한 걸까요, 제퍼스. 악마는 생김새가 아주 끔찍했어요. 얼굴이 누렇고 퉁퉁 부은 데다가 눈도 충혈되어 누리끼리하고, 웃을 때는 더러운 이가 보였는데 정중앙에 완전히 새카맣게 썩은 이도 하나 있었어요. 귀걸이를 하고 있었고, 근사한 옷은 뻘뻘 흘린 땀으로 지저분한 상태였지요. 땀이 흐르면 흐를수록 더 낄낄거리던데요! 그가 끊임없이 뭐라고 지껄였지만 내가 알아들을 수 없는 언어였어요. 하지만 아주 시끄럽고 욕처럼 들리는 말이 많았어요.

도저히 무시할 수 없는 광경이었는데, 열차에 있는 사람들은 하나같이 그를 못 본 척하더군요. 악마는 여자아이도 한 명 데리고 있었거든요, 제퍼스. 거의 발가벗은 것과 다름없는 차림에 얼굴에는 화장을 한 경악스러운 모습이었어요. 입을 헤벌리고 지능 낮은 짐승처럼 멍한 눈으로 무릎 위에 앉아 있는 아이를 악마가 더듬거렸지만 아무도 항의하거나 저지하려고 나서지 않았어요. 기차에 있는 그 많은 사람 중에서 정말 내가 나서야 했을까요? 어쩌면 악마가 기차의 한쪽 끝에서 반대쪽까지 쫓아온 이유는 나를 자극하기 위해서였을지도 모르겠어요. 하지만 나는 그 나라 사람도 아닌걸요. 나는 속으로 두려워하며 집으로 돌아가는 길이었으니 그를 저지하는 것은 내가 할 일이 아닌 듯했어요. 한 인간으로서 막중한 도덕적 의무를 느끼는 순간에 자신은 그다지 대단한 사람이 아니라면서 꼬리를 내리기는 참 쉽죠.

그때 내가 악마에게 항의했더라면, 그 후의 일은 하나도 일어나지 않았을지도 모르겠어요. 하지만 당시에는 이렇게 생각했어요. 이번 한 번쯤은 남한테 미뤄도 되잖아! 그리고 이런 식으로 우리는 자기 운명을 통제할 권리를 잃고 말아요.

남편 토니는 가끔 내가 나 자신의 힘을 과소평가한다고 말하는데, 이런 성격 때문에 내 삶이 다른 사람들의 삶보다 더 위험한 것일지 궁금해요. 고통을 감지하는 능력이 둔하면 위험에 처할 일이 많아지는 것처럼요. 가끔 그런 생각을 해요. 인생의 법칙을 익히지 못하거나 익히지 않으려는 사람들이 있는데, 그들은 평범한 사람들 사이에서 골칫거리나 선물 같은 존재로 살아간다는 생각 말이에요. 그들이 만들어내는 것은 문제라고 할 수도 있고 변화라고 할 수도 있어요. 하지만 중요한 사실은 그들이 의도하지 않을 때, 원하지 않을 때조차 그것을 만들어낸다는 거예요. 그들은 언제나 정돈된 것을 흩어놓고 현 상태를 망가뜨리며 반대 의견을 내요. 무엇이든 그냥 두는 법이 없어요. 그들 자체는 악하지도 선하지도 않지만—이것이 그들의 가장 중요한 특성이에요—무언가를 마주하면 그것이 선한지 악한지 알아요.

어쩌면 선과 악은 이런 식으로 세상에 공존하며 번영해왔을까요, 제퍼스? 둘 중 어느 쪽이 우위를 점하지 못하도록 막고 있는 사람들 덕분에요? 그날 기차에서 나는 그런 사람이 아닌 척했어요. 저 멀리 악마를 못 본 척하려고 얼굴 앞에 책이나 신문을 들어 올린 사람들을 보자니 갑자기 삶이 전보다 훨씬 쉽게 느껴지더군요!

확실한 사실은 그날 이후 많은 변화가 생겼다는 거예요. 그리고 나는 변화를 이겨내기 위해 내가 가진 힘, 선한 가치를 향한 믿음, 고통을 느낄 수 있는 능력을 모조리 사용했고, 그러느라 죽을 뻔했어요. 그 후로는 그 누구도 나를 골칫거리라고 생각하지 않았어요. 어머니조차 한동안은 나를 좋아해줬지요. 마침내 토니를 만나 그가 내 회복을 도와주었고, 여기 습지에서의 평화롭고 잔잔한 삶을 선물했어요. 그러나 나는 무엇을 했나요, 이 아름다움과 평화로움에서 부족함을 발견하고 훼방을 놓았지요! 이 이야기를 알 거예요, 제퍼스. 내가 언젠가 글로 썼으니까요. 지금 이 사실을 언급하는 이유는 내가 앞으로 해줄 이야기와 연결점이 있기 때문에, 그 연결점을 더 명확하게 보여주기 위해서예요.

내 생각에 습지의 아름다움은 면역력 없이는 무의미했어요. 내가 그것을 해칠 수 있다면 누구든 해칠 수 있다는 뜻이었지요. 내게 어떤 힘이 있든 바보가 휘두르는 힘에는 비할 바가 아니잖아요. 이것이 내 추론이었고 지금도 그렇게 생각해요. 물론 이 목가적인 장소에서 안락하고 무방비하게 살 수도 있었겠지만요. 호메로스의 『일리아드』에서 비슷한 이야기를 읽었어요. 책 속에서 아늑한 집과 소일거리를 즐기던 군인들, 화려한 군복과 수공예 마차와 갑옷을 자랑하던 군인들은 결국 전장에서 쓰러지고 말아요. 그 세련된 교육과 단련이, 그 모든 귀중한 것이 단칼에 사라지는 거예요. 개미 한 마리가 밟혀 죽는 것처럼 눈 깜짝할 사이에 밟혀 죽어요.

함께 돌아보고 싶어요, 제퍼스. 눈이 노랗고 얼굴이 퉁퉁 부은 악마가 있던 기차에 타기 전 파리에서 보낸 아침을요. 당신이 이해해줬으면 좋겠어요. 당신은 도덕주의자잖아요. 그리고 그날 점화된 불꽃 하나가 어떻게 몇 년 동안 줄곧 타오를 수 있었는지, 어떻게 그 불씨가 발각되지 않은 채 살아남아 은밀히 자라나다가 상황이 무르익자 주변에 옮겨붙어 활활 타오르게 되었는지 이해하려면 도덕주의자가 필요해요.

그 불꽃은 파리에서 이른 아침에 시작됐어요. 일 드 라 시테의 어렴풋한 풍경 위에 매혹적인 새벽하늘이 펼쳐지고, 더없이 고요한 공기가 화창한 날씨를 예고했어요. 하늘은 점점 더 푸르고 푸르게 물들었고, 강둑의 싱그러운 초록빛 식물은 따스한 공기 속에서 움직이지 않았으며, 거리를 분할하는 빛과 그림자는 그 형태가 태곳적부터 있던 산맥처럼 보였는데, 꼭 내부에서 발현된 듯한 모양새였어요. 파리는 사람이 거의 없고 조용해서 마치 인간을 넘어선 존재처럼 보였고, 이 도시는 목격자가 없을 때만 본모습을 드러낸다는 생각이 들었어요.

나는 짧고 무더운 간밤에 줄곧 잠들지 못했기 때문에 커튼 사이로 새벽빛이 보이자 일어나서 강가로 산책을 갔어요. 그런데 제퍼스, 이런 식으로 내 경험에 일말의 의미라도 있는 것처럼 이야기하려니 무의미한 것은 물론 주제넘은 짓이라고 느껴지네요. 분명 지금 이 순간에도 누군가가 같은 강가를 거닐면서 모든 일에는 이유가 있고 그 이유는 자기 자신이라고 믿는 죄악을 저지를 테지요! 하지만 그날 아침에 내 마음이 어땠는지, 그때 무엇이든 할 수 있을 것만 같은 내 마음속 고양감이 어땠는지 설명해주고 싶어요. 당신이 그 결과를 이해하도록 말이에요.

전날 저녁에는 유명한 작가와 같이 있었어요. 사실 그가 유명해진 것은 그저 행운의 결과였지요. 그 남자와는 갤러리 개관 행사에서 만났는데, 그가 나를 북적이는 곳에서 빼내 독차지하려고 애쓰는 바람에 나는 우쭐해졌어요. 그 시절에 나는 나이가 어리고 외모도 나쁘지 않았던 것 같지만 성적인 관심은 많이 받지 못했어요.

문제는 내게 강아지처럼 멍청한 충성심이 있다는 것이었죠. 당연하게도 그 작가는 견디기 힘들 정도로 자기중심적이고 거짓말쟁이였지만 거짓말을 잘하지도 못했어요. 그리고 그날 밤 나는 심술궂은 남편과 아이가 기다리는 집을 떠나 홀로 파리에 있었고, 너무나도 사랑에 목말라 무엇이든 들이켤 태세였던 것 같아요. 정말로, 제퍼스, 나는 한 마리 강아지였어요. 내 안에 너무나도 무거운 짐이 있어 그저 고통에 겨운 짐승처럼 정신없이 몸부림쳤어요. 그 무게가 나를 누르고 또 누르는 바람에 나는 속박에서 벗어나 삶의 찬란한 표면까지 헤엄쳐 가려 발버둥 치고 안간힘을 쓰고 있었어요. 적어도 내가 바라본 상황은 그랬어요. 자기밖에 모르는 남자와 함께 술집을 전전하며 파리의 밤을 보내려니 생전 처음으로 파괴될 가능성이, 그때까지 내가 세워 올린 것이 무너질 가능성이 느껴졌어요. 장담하건대 그 남자를 위해서 내 인생을 무너뜨리겠다는 것은 아니었어요. 그는 어떤 가능성을—그전에는 이 가능성을 한 번도 인식하지 못했지요—상징했을 뿐이고, 나는 어떤 격렬한 변화를 위해 인생을 무너뜨리고 싶었던 거예요.

그 자기중심주의자는 줄곧 자신의 중요성에 도취해 내가 집중하지 않는 것 같으면 마른 입술 사이로 입 냄새 제거용 민트를 밀어 넣으면서 끊임없이 자기 이야기를 늘어놓았지요. 나는 그에게 넘어가지 않았어요, 내심 원했지만 말이에요. 그가 자기 목을 매달으라고 내게 밧줄을 잔뜩 줬으나 나는 그를 목매달지 않았어요. 반쯤은 진심을 담아 장단을 맞춰주었는데, 그 점에서 그는 평생 그랬던 것처럼 그날도 운이 좋았던 셈이에요.

우리는 새벽 두 시에 호텔 입구에서 헤어졌어요. 우리가 함께 밤을 보낸다면 삶을 뒤흔들 위험을 감수해야 할 터였고, 그는 내가 그럴 만한 가치가 없다고 눈에 보일 정도로 확연히 ─ 기사도 정신에 어긋날 정도로 ─ 결론 내렸어요. 나는 잠자리에 들어 그에게 관심받았던 기억을 소중히 품었어요. 그러다 보니 호텔의 지붕이 열려 날아갔고, 벽이 무너졌고, 별이 빛나는 광활한 밤하늘이 나를 쏙 안아주면서 내 감정이 무엇을 뜻하는지 속삭였지요.

우리는 왜 이토록 고통스럽게 우리가 지어낸 이야기 속에서 살아갈까요? 왜 우리가 만들어낸 것들 때문에 이렇게 고생하는 걸까요? 이해되나요, 제퍼스? 나는 평생 자유를 갈망했지만 새끼발가락만큼도 자유롭지 못해요. 토니는 자유로운 듯한데 그의 자유는 대단해 보이지 않아요. 그가 봄맞이를 하려고 파란색 트랙터에 올라타 훌쩍 자란 풀을 자르면, 나는 엔진의 소음 속에서 그가 커다랗고 헐렁한 모자 차림으로 하늘을 뒤로한 채 위아래로, 앞뒤로 움직이는 모습을 지켜보고는 해요.

사위의 벚나무가 가지마다 작은 꽃송이를 통통하게 살찌우며 그를 위해 꽃을 틔우려고 준비 중이고, 종달새는 그가 지나갈 때마다 지저귀며 하늘로 날아올라 곡예사처럼 빙글빙글 돌지요. 그동안 나는 가만히 앉아서 아무런 할 일도 없이 앞만 멍하니 바라보아요. 자유를 위해서 내가 할 수 있었던 것은 결국 그뿐이에요. 내가 싫어하는 일과 사람을 없애버렸을 뿐이지요.

그러고 나니 남은 것이 별로 없지 뭐예요! 토니가 밖에서 일하면 나는 힘을 내서 식사를 준비하고 텃밭에서 허브를 따고 창고에서 감자를 가져와요. 그 계절―봄―이 오면 저장해둔 감자에서 싹이 나기 시작하지요. 빛이 전혀 새어들지 않는 깜깜한 곳에 보관하는데도요. 봄이라는 것을 알아서 희고 통통한 팔을 뻗는 거예요. 가끔 나는 그 모습을 보면서 감자가 대부분의 사람보다 똑똑하다는 것을 깨닫고는 해요.

그 밤이 지나고 아침이 되어 잠자리에서 일어난 나는 파리의 강가를 거닐었지만 발에 땅이 닿는 것도 거의 느끼지 못했어요. 반짝이는 푸른 물결, 엷은 베이지색의 닳고 닳은 비스듬

한 돌벽, 도시 풍경과 그 위를 가로지르는 나를 비추는 이른 아침의 햇볕 때문에 떠다니는 듯한 효과가 생겨서 내 몸의 무게를 느낄 수 없었지요. 혹시 사랑받는 기분이 그런 것일까요. 중요한 사랑, 자신이 존재한다는 것을 정확히 인식하기 전에 받는 사랑 말이에요.

그때 내가 느꼈던 안전함은 무한했어요. 무엇 때문에 그런 기분을 느꼈을까요, 현실은 전혀 안전하지 않았는데요? 사실은 세균처럼 자라나 암처럼 내 삶을 휩쓸고 오랜 시간을, 모든 것을 불태워버릴 가능성을 엿보았을 뿐인데요? 몇 시간만 있으면 다른 누구도 아닌 악마와 마주 앉게 됐을 텐데요?

꽤 오랫동안 길거리를 헤맸던 것 같아요. 아까 그 길로 돌아와 보니 상점들이 문을 열었고 사람들과 자동차도 햇살을 받으며 여기저기로 움직였거든요. 배가 고팠기 때문에 가게들을 살펴보면서 먹을 것을 살 곳을 찾아보았어요. 나는 그런 상황에 능숙하지 않아요, 제퍼스. 욕구를 충족하는 일이 항상 어렵더라고요. 다른 사람들이 원하는 것을 쟁취하기 위해 드잡이하고 목소리를 높이는 모습을 보면 그냥 다 관두자고 생각하게 돼요. 욕구가, 나와 타인의 욕구가 부끄러워져서 물러나고 말아요. 어이없게 들릴지도 모르겠지만, 나는 재난이 닥치면 내가 그 누구보다 빨리 낙오하리라고 생각했어요. 그런데 관찰해보니 아이들도 이런 면이 있어서 자기 몸이 지닌 욕구를 부끄럽게 생각하더라고요. 토니에게 이런 이야기를 하면, 나는 재난이 닥쳐도 내 몫을 위해 싸우지 못할 테니 그 누구보다 빨리 낙오할 거라고 말하면 그는 웃으면서 아닐 거라고 해요. 사람이 자기 자신에 관해 알면 얼마나 알겠어요, 제퍼스!

진실이 무엇이든 그날 아침 파리에는 사람이 많지 않았고, 내가 걸어 다니던 뤼 뒤 바크 근처에는 애초에 먹을 것이 전혀 없었어요. 그 대신 상점가를 가득 채운 것은 평범한 사람이라면 몇 주치 봉급을 써야 살 수 있을 이국적인 패브릭, 골동품, 식민지 시절의 예술품, 그리고 특별한 향기였는데, 아마도 돈의 향기였던 것 같아요. 나는 거리를 지나며 창문 안을 들여다보았고, 그 이른 시간에 쇼핑을 즐기는 척, 두상을 조각한 커다란 아프리카 목제 공예품을 사려고 고민 중인 척했어요.

거리는 빛과 그림자로 명확하게 나뉘어 있었는데, 나는 줄곧 빛 쪽에 머물면서 목적지나 방향을 정하지 않고 걸어 다녔어요. 곧 도보 앞쪽에서 간판을 하나 발견했는데, 위에 어떤 이미지가 있더군요. 제퍼스, 그 이미지는 L이 그린 그림이었고, 주변 갤러리에서 진행 중인 그의 전시회 광고였어요. 나는 멀리서부터 무언가를 알아차렸지만 정확히 무엇을 알아차렸는지는 아직도 모르겠어요. 그전에도 L에 관해 어렴풋이 들어보았으나 어디서 어떻게 들었고, 그가 누구이며, 무슨 그림을 그리는지 아무것도 몰랐거든요. 어쨌든 그가 내게 말을 걸었어요. 그날 파리의 거리에서 그가 내게 말을 걸었고, 나는 이어지는 간판을 따라 갤러리로 가서는 곧장 활짝 열린 문 안으로 들어갔지요.

아마 궁금하겠지요, 제퍼스. 광고에 어떤 그림이 있었는지, 그 그림이 왜 내게 그런 식으로 영향을 주었는지 말이에요. 언뜻 보면 나 같은 여자가 L의 작품에 반응할 이유는 딱히 없어요. 사실 여자라면 누구든 반응하기 힘들 테지만, 그중에도 삶에 저항하기 일보 직전인 젊은 엄마라면 더욱 안 어울리잖아요. 그런 여자가 으레 품곤 하는 이뤄지지 못할 갈망은 그의 그림이 뿜고 있는 절대적인 자유의 분위기, 처음부터 마지막 한 획까지 당당한 남성성으로 가득한 자유의 분위기와 정반대니까요.

설명이 필요한 문제지만 어떻게 설명해야 명확하고 만족스러운 대답이 될지 아직 모르겠어요. 어쩌면 이렇게 말해볼 수 있을까요. 이 남성의 자유라는 것은 세상이나 인간의 세상 경험을 재현하는 작품 대부분에 깃들어 있고, 우리 여자들은 남성의 자유를 스스로도 인식할 수 있는 무언가로 번역해내는 법을 조금씩 배워나가게 되는 거예요. 여성에게 주어진 사전을 이용해 남성의 자유를 해석해내고, 그중 의아하거나 이해할 수 없는 부분과 우리에게 누릴 자격이 없는 것은 무시해버리면, 짠! 여자도 남자의 세계에 동참하게 되는 거고요. 이는 남자의 옷을 빌려 입는 행위이고, 때로는 남자를 흉내 내는 행위에 불과해요. 애초에 나는 내가 여자라는 자각이 강했던 적이 없어서 남자를 흉내 내는 버릇이 다른 여자들보다 더 심하고, 심지어 내 일부분은 정말 남자처럼 보이기도 하지요.

사실 나는 아주 어렸을 때부터 내가 남자아이였다면 모든 것이 더 나았으리라는 것을—그쪽이 더 적합하고 순리에 맞는다는 것을—명확하게 인식했어요. 하지만 나중에 L이 증명한 것처럼, 지금부터 설명할 시기 내내 나는 내 남성적인 면모를 제대로 써먹은 적이 한 번도 없었답니다.

그나저나 광고에 사용된 그림은 자화상이었어요. L 특유의 매력적인 자화상으로, 낯선 사람과 거리를 두는 것처럼 거리감을 두고 자신을 묘사한 작품이에요. 마치 자기 모습에 깜짝 놀란 듯한 얼굴이지요. 길거리에서 타인을 흘끗 보듯 객관적이고 무심한 시선으로 낯선 자신을 바라보아요. 평범한 체크무늬 셔츠 차림에 머리는 뒤로 빗어넘겨 가르마를 탔는데, 그 차가운 시선에도 불구하고─두 눈에 우주처럼 어마어마한 냉정함과 외로움이 깃들어 있어요, 제퍼스─세밀한 부분을 표현해낸 방식은, 단추 달린 셔츠와 빗어넘긴 머리카락 등 평범한 요소들을 무심한 시선으로 표현해낸 방식은 세상에서 가장 인간적이고 애정이 가득해요.

그림을 바라보면서 느낀 감정은 나 자신과 우리 모두를 향한 동정심이었어요. 어미가 언젠가 죽고 말 자식을 향해 느끼는, 말로 표현 못 할 동정심 말이에요. 어미는 자식의 필멸성을 알면서도 다정하게 머리를 빗겨주고 옷을 입혀 키우잖아요. 그 그림이 그때 이상하고 고양된 상태였던 내게 화룡점정격의 효과를 낸 것 같아요. 오랫동안 머물렀던 생각의 틀, 인간이 영향력을 발휘해 특정한 상황을 만들어낼 수 있다는 생각의 틀 밖으로 떨어져 나가는 것 같은 기분이 들었거든요.

그때부터 나는 스스로 내 인생에 부과한 서사에 빠져드는 것을 그만두고 그 서사와 거리를 두었어요. 그전에도 프로이트를 꽤 읽었기에 그런 것이 얼마나 바보 같은지 알았지만, L의 그림을 본 후에야 진정으로 깨닫게 된 거예요. 다시 말하면 나는 내가 혼자라는 사실과 그 상태의 장단점까지 직시하게 되었는데, 전에는 진정으로 깨닫지 못한 것들이었지요.

혹시 알고 있나요, 제퍼스. 나는 인간의 앎 이전에 존재했던 것들에 흥미가 있어요. 그 이유는 그것들이 '정말로' 존재한다는 사실을 믿기가 힘들기 때문이에요! 기억력이 생기기 전부터 줄곧 비판만 받아온 사람은 비판받기 이전의 시공간에서 자기가 어디에 위치했는지 찾을 수 없어요. 즉, 비판받기 전에도 자기가 존재했다는 사실을 믿을 수 없는 거예요. 비판은 자기 자신보다 실재적이지요. 마치 비판이 자신을 만들어 낸 것처럼 느껴져요. 나는 많은 사람이 이런 문제를 끌어안고 살아간다고 믿는데, 그 결과 온갖 종류의 문제가 생기고 말아요. 나는 겨우 두세 살일 때부터 몸과 정신이 분리됐어요. 하지만 내가 말하고 싶은 것은 그림과 창작물이 사람을 위로해줄 수 있다는 거예요. 비판이 대부분의 공간을 먼저 점유해버렸을 때 내가 머물 수 있는 위치와 장소를 마련해주지요. 하지만 언어로 된 창작물은 여기에 해당하지 않아요. 적어도 내게는 같은 효과를 내지 못하더라고요. 글은 정신을 통과해야만 내게 닿을 수 있거든요. 나는 글을 오직 정신으로만 받아들여요. 이런 내가 이해되나요, 제퍼스?

그날 이른 아침의 갤러리에는 나 외에 아무도 없었고, 햇살이 커다란 창을 통과해 고요한 내부에 밝은 빛을 드리웠어요. 나는 갓 창조된 파우누스가 숲속을 거닐듯 즐겁게 걸어 다녔지요. '특별전'이라고들 하는 행사였는데, 누군가의 특별전이 열렸다는 건 이제 어느 정도 자리매김했으니 죽어도 된다는 뜻인 것 같더라고요. 그때 L은 마흔다섯을 갓 넘겼지만요. 갤러리에는 커다란 방이 적어도 네 칸은 있었는데, 나는 하나도 빠짐없이 둘러봤어요. 그림에—아주 작은 스케치부터 가장 큰 풍경화까지—가까이 다가갈 때마다 매번 똑같은 기분이 드는 바람에 이런 기분은 지금이 정말로 마지막이겠지 하고 생각했어요.

하지만 또다시 같은 기분이 들었어요. 이미지를 마주할 때마다 같은 감정이 반복되고 또 반복되었지요. 그 정체가 무엇이었을까요? 제퍼스, 그것은 느낌이었지만 문구이기도 했어요. 방금 내가 글에 관해 한 말을 생각하면 그런 식으로 글이 내 감정에 가까이 다가왔다는 사실이 모순적으로 느껴질 수도 있겠어요. 하지만 내가 그 문구를 찾은 게 아니에요. 그림들이 찾았지요, 나의 내부 어딘가에서요. 누구에게 소유권이 있는 말인지, 누가 한 말인지 나는 알 수 없었어요. 그저 그 문구가 발화되었다는 사실만을 알았어요.

많은 그림이 여자를 그린 것이었고, 특히 한 여자가 반복해서 나타났어요. 그림들이 촉발한 느낌이 점점 생생해졌지만 아직은 편안하게, 거리감을 느끼며 감상할 수 있었어요. 침대에서 잠이 든 여자를 그린 작은 목탄화가 있었는데, 여자의 잠옷이 흐트러진 위로 까만 머리가 불분명한 얼룩 같은 것으로 표현되어 있었어요. 그때 이 열정의 기록을 바라보는 내 마음속에서 비통한 울음소리가 터져 나왔다는 것을 고백할게요. 그 그림은 내가 살면서 겪어보지 못한 모든 것을 상징하는 것 같았고, 앞으로 겪어볼 기회가 없을 거라고 생각하게 했거든요. 크기가 비교적 큰 초상화들에는 짙은 머리칼에 꽤 살집 있는 여자가 자주 등장했는데―종종 L이 함께 등장하기도 했어요―침대 위의 얼룩처럼 표현된, 욕망에 지워진 듯한 여자와 같은 사람인지 궁금했어요. 초상화 속에서 여자는 보통 위장이나 겉꾸림 같은 것을 하고 있고, 때로는 L을 사랑하는 듯하지만 때로는 그저 참아주는 것처럼 보여요. 하지만 결국에는 L의 욕망이 여자를 없애버리지요.

그렇지만 그 문구가 가장 크게 들린 것은 풍경화를 바라볼 때였고, 그 이미지는 내 마음속에서 오랫동안 타올랐어요. 그러다가 내 사방에서 불이 타오르기 시작하자 문득 당신에게 이야기해주고 싶어졌고요. L이 그린 풍경화는 어찌나 종교적 이던지요! 이건 인간의 존재가 종교가 될 수 있다는 것을 전제로 하는 말이에요. L은 분명 인간의 존재를 바라보던 것을 기억하며 풍경화를 그렸을 거예요. 내게 그의 풍경화를 묘사하라고 한다면, 아니 내가 그의 풍경화를 어떻게 생각하는지, 그것이 내게 어떤 감정을 촉발하는지 묘사하라고 한다면 이것이 최선이에요. 분명 묘사는 제퍼스가 훨씬 잘할 테지요.

하지만 중요한 점은 L과 그의 풍경화가 어째서 오랜 시간이 지나 다른 장소에 있는 내 머릿속에 다시 떠올랐는지, 그 까닭을 제퍼스가 이해하는 거예요. 그때 나는 과거와 사뭇 다른 사고방식으로 토니와 함께 습지에서 살고 있었거든요. 내가 어떻게 토니의 습지와 사랑에 빠질 수 있었는지, 이제는 이해해요. 토니의 습지에는 L의 풍경화와 똑같은 분위기가 있었거든요. 습지도, L의 풍경화도 무언가를 기억하는 듯한, 존재의 순간을 공유하는 듯한, 그 순간으로부터 떼어낼 수 없는 듯한 분위기가 있어요. 나는 그것을 절대 정확히 설명할 수 없을 테고, 애초에 왜 정확히 설명해야 한다고 느꼈는지도 모르겠지만, 인간의 결심이 얼마나 하찮은지 보여주는 예시 아닌가요!

곧 결단력에 관해 이야기해야 할 것 같아서 하는 말이에요!

분명 궁금할 거예요, 제퍼스. L의 그림에서 울려 퍼지던 문구, 그토록 또렷하게 들리던 문구가 무엇인지요. 그건 '내가 여기 있다'였어요. 이것이 무슨 뜻 같은지, 누구를 두고 하는 말 같은지 이야기하지 않을게요. 그랬다가는 이 말의 생명력이 사라질 테니까요.

어느 날 나는 L에게 편지를 써서 습지로 초대했어요.

L에게

리처드 C가 작가님 연락처를 줬어요. 우리 둘 다 리처드
와 친구인 것 같아요. 작가님 작품을 처음으로 본 것은 15년
전이에요. 그 그림은 거리에 있던 저를 사로잡아 삶에 관한
새로운 깨우침을 주었어요. 진심으로 하는 이야기랍니다!
요즘 저는 남편 토니와 함께 거대하면서도 섬세한 아름다
움이 깃든 곳에서 살고 있는데, 많은 예술가가 이곳에서 작
업할 의지, 에너지 혹은 기회 같은 것을 포착하는 것 같아
요. 작가님 눈에는 이곳이 어떻게 보이는지 직접 와서 확인
해보시면 어떨까요.

이곳의 풍광은 처음에는 재미있지만 결국에는 해답을 찾을 수 없어 헤매게 되는 난해한 질문 같답니다. 고적감과 위안과 수수께끼가 가득하고, 그 누구도 이곳의 비밀을 알아내지 못해요. 하루에 두 번씩 바닷물이 습지 위로 차오르며 작은 만과 틈새를 채운 후 습지의 생각을 머금고―그저 제 상상일 수도 있지만요―사라지지요. 저는 지난 몇 년 동안 매일같이 습지를 산책했는데 단 한 번도 전과 같은 모습인 적이 없어요. 당연하게도 손님들은 전부 습지를 그려보려고 노력하지만 결국에는 자기 마음속을 그리고 말아요. 다들 습지에서 극적이거나 이례적인 특성, 아니면 이야기를 발견하려고 애쓰는데 사실 그런 것은 전부 부수적일 뿐이거든요.

저는 습지를 잠자고 있는 거대한 신이나 동물의 북슬북슬한 품이라고, 그것이 몽유병자의 호흡처럼 깊고 느리게 움직인다고 생각해요. 전부 제 상상에 지나지 않지만 이런 상상을 하면 왠지 대담해져서 작가님도 동의할 것 같다고, 이곳에 작가님을 위한 무언가가 있다고, 그것은 오직 작가님만을 위한 것일지도 모르겠다고 결론짓게 돼요.

우리는 단순하고 안락하게 살고 있고, 따로 별채가 있어서 손님들은 그곳에 머물고 있어요. 고독을 원한다면 충분히 느낄 수 있지요. 많은 작가가 차례차례 방문해 작업하다 갔어요. 며칠만 묵다가 떠나기도 하고, 몇 달 동안 머물기도 해요. 달력을 두고 예약 일정을 잡아두는 일은 없는 것이, 지금까지는 그럴 필요 없이 모든 게 아주 자연스럽게 흘러갔거든요.

다시 말씀드릴게요. 작가님이 원하신다면 그 누구도 만나지 않아도 됩니다. 여름이 가장 아름다운 시기라 그때는 오고 싶다고 문의해오는 손님이 많아요. 관심이 동하신다면 이곳이 정확히 어디인지, 우리가 어떻게 살고 있는지, 여기까지 어떻게 오는지 등 자세한 사항을 말씀드릴게요. 꽤 외진 곳이랍니다. 몇 킬로미터 떨어진 곳에 조붓한 시내가 조성되어 필요한 용품을 구할 수는 있지만요. 이곳을 세상의 끝이라고 하는 사람들도 있더라고요.

M

L은 곧바로 답장했어요, 제퍼스. 그 신속함이 조금 놀랍던데요. 단순히 앉아서 내 의지를 전달하는 것만으로 또 누구를 소환해낼 수 있을지 궁금해졌다니까요!

M

편지 받았습니다. 말리부에 새로 개업한 식당의 테라스에 앉아, 머릿속에 지옥 불과 유황을 불어넣는 잔인한 햇볕으로부터 눈을 보호하면서 읽었지요. 지금 저는 몇 주 후 LA에서 열릴 전시회를 준비 중입니다. 공해가 너무 심각해요. 이곳과 비교하니 M의 야성적인 습지는 근사할 것 같네요.

리처드 C와는 몇 년 동안 얼굴을 보지 못했네요. 그 친구는 지금 뭘 하고 있는지 모르겠어요.

공교롭게도 지금 저는 혼자라 색다른 것을 시도할 자유가 있습니다. 무언가 시도하고 싶군요. 어쩌면 M이 제안한 것이 적당하겠어요. 그런데 M을 사로잡았다는 거리의 그림이 무엇인지 궁금하네요.

어쨌든 자세한 사항을 알려주십시오. M이 묘사한 그곳은 분명 외딴곳 같지만 사실 저는 뉴욕만큼 자유와 고독을 즐기기 좋은 장소를 본 적이 없습니다. 정말 인적이 드문 곳인가요, 아니면 언급했던 시내에 예술가 부류들이 모여 사나요?

어쨌든 알려주세요.

L

추신: 갤러리 대표가 그러는데 M이 사는 곳에 가본 것 같다는군요. 가능한 일일까요? M의 묘사를 보면 그 여자가 갈 곳 같지는 않거든요.

나는 답장으로 토니와 나와 이곳의 삶에 대해서, 그가 우리에게 기대해도 되는 것에 대해서 말해주었고, 별채가 어떤 곳인지 묘사해보았어요. 과장하지 않으려고 애썼지요, 제퍼스. 사람들을 기쁘게 해주고 싶은 마음에 무엇이든 실제보다 부풀려서 말하는 내 습관이 그저 실망을, 누구보다도 내 실망을 불러일으킨다는 것을 토니가 알려주었거든요. 그저 일종의 통제일 뿐인 거예요. 사실 대부분의 선행이 그렇죠.

별채를 짓게 된 사연은 이렇답니다. 우리 사유지와 맞닿은 곳에 있는 작은 황무지가 난개발의 위기에 놓이자 토니가 보호를 목적으로 땅을 사들이게 됐어요. 이 지역의 개발 관련 법률은 엄격하지만 사람들은 어떻게든 법망을 피할 방법을 찾아내지요. 가장 흔한 방법은 나무를 심었다가 자라면 베어내서 내다 파는 거예요. 진액이 나오지 않는 엷은 색 나무를 열 맞춘 군인들처럼 빽빽이 심어 쑥쑥 키운 후 전장에 내보낸 것처럼 순식간에 쓰러뜨리면, 그 자리에는 민둥하게 잘린 나무

밑동만 잔뜩 남게 되지요. 밤낮으로 창문 너머에 그 가여운 군인들의 죽음을 향한 행진이 보일 거라고 생각하니 정말 싫었어요! 그래서 대충 그 땅을 자연에 돌려주겠다는 목적으로 샀는데, 덤불과 쓰러진 나무를 치우기 시작한 후에는 전혀 다른 이야기가 전개되었지요. 토니에게는 힘을 쓸 일이 있을 때마다 서로서로 돕고 지내는 친구들이 있거든요. 제퍼스, 황무지의 덤불 중에는 6미터나 되는 것들도 있었는데, 전부 자기방어에 돌입해 토니의 친구들을 죽도록 할퀴었어요.

하지만 덤불을 걷어내고 보니 그 밑에 온갖 것이 숨어 있더라고요. 반쯤 썩었지만 멋진 클링커 이음식 선박과 오래된 클래식 자동차 두 대가 있었고, 수북한 담쟁이덩굴 밑에는 오두막이 통째로 묻혀 있었어요! 우리가 발견한 것은 삶의 외피였고, 황무지는 본채에서 보는 것보다도 아름다운 습지의 풍광을 통해 완벽해졌어요.

나는 종종 사라진 삶의 주인이 궁금했어요, 완전히 잊혀 말 그대로 흙으로 돌아가고 만 그가 말이에요. 자동차 두 대는 심각하지만 흥미로운 상태로 낡아서 우리는 그것들을 그대로 두고 주변의 잔디를 깎아 마치 전시품처럼 연출했어요. 배는 둔덕 위에 뱃머리를 바다 쪽으로 향하게 두고 자동차와 비슷하게 연출했지요. 나는 배를 볼 때마다 조금씩 우울해졌는데, 닿을 수 없는 누군가나 무언가를 부르는 것처럼 보였거든요. 하지만 자동차들은 시간이 지날수록 멋지게 낡아갔어요, 꼭 자기만의 진실을 찾아내려고 결심한 것처럼요.

오두막은 몹시 지저분하면서 슬펐기에 그 끔찍하고 인간적인 슬픔을 제거하려면 건물을 완전히 개조해야 한다는 사실을 우리는 금세 알아차렸어요. 내부가 화재 때문에 온통 새카맣게 타버렸는데, 토니와 친구들은 그 그을림 속에 이전 거주자의 운명에 관한 암시가 있다고 믿더군요. 그래서 그들은 토니의 감독하에 맨손으로 건물을 모조리 철거하고 다시 세웠어요.

토니와 만난 적이 없을 거예요, 제퍼스. 하지만 둘이 아주 잘 맞을 것 같네요. 토니는 제퍼스와 마찬가지로 아주 현실적인 사람으로, 부르주아적이지 않을뿐더러 부르주아 남자들에게서 대부분 발견할 수 있는 특유의 무관심도 없어요. 무심함이라는 성격적 단점이 없어요. 우위에 서고 권력을 얻기 위해 타인에게 무관심할 필요가 없는 사람이에요. 그가 굳게 확신하는 것들이 몇 가지 있기는 한데, 전부 그만의 지식과 처지에서 비롯된 확신이에요. 그의 믿음이 매우 유용하고 든든하다고 생각하지만, 동의하지 않을 때는 골치 아프지요! 토니처럼 부끄러움에 시달리지 않고 타인을 부끄럽게 만드는 일에 무심한 사람은 본 적이 없어요. 그는 군소리를 안 하고 비판도 안 해서 다른 사람들에 비하면 무척 조용한 편이거든요. 가끔 그의 침묵 때문에 나는 보이지 않는 듯한 기분이 되는데, 그에게 보이지 않는 것이 아니라 나 자신에게 보이지 않는 것만 같아요. 앞에서 말했듯이 평생 비판만 받고 살아서 비판을 들어야만 내가 존재한다는 것을 인식하기 때문이에요. 하지만 그는 내 존재를 확신하기 때문에 내가 내 존재를 의심한다는 사실을 믿기 힘들어해요.

"지금 나보고 당신을 비판하라는 거잖아."

내가 폭발하면 그는 종종 이렇게 말해요. 그러고는 입을 꾹 다물어버리지요!

제퍼스, 내가 이런 이야기를 하는 까닭은 별채를 짓게 된 이유 그리고 용도와 관련이 있기 때문이에요. 우리는 별채를 당시 습지에 존재하지 않았던 것들을 위한 집으로 삼기로 했어요. 더 고차원적이거나 내가 고차원이라고 생각하는 것들, 살면서 이런저런 방식으로 알게 되었고 소중히 여기게 된 것들 말이지요. 공동체라든지 유토피아 같은 것을 꿈꿨다는 말은 아니에요. 그저 내게도 나만의 관심사가 있다는 것, 토니가 습지에서 사는 삶에 만족한다고 해서 나도 자동으로 만족할 수는 없다는 것을 토니가 이해했다는 뜻이에요. 나는 예술이라는 관념 그리고 그 관념에 맞추어 사는 사람들과 아주 작은 교류라도 이어나가야 했어요. 그리고 그런 사람들이 별채에 와서 나와 교류해주었지요. 다들 떠날 때가 되면 나보다 토니를 더 좋아하게 된 것 같았지만요!

제퍼스, 어린 나이에 결혼하면 두 사람이 공유하는 어린 시절이라는 뿌리에서 모든 것이 자라나기 때문에 어느 부분이 자신이고 어느 부분이 상대방인지 구분하기가 불가능해져요. 상대방에게서 자신을 떼어내고 싶다면 뿌리부터 가장 높은 곳의 가지까지 모조리 잘라야 해서 그 끔찍하고 지저분한 과정이 끝난 후에는 과거 자신의 절반만 남고 말아요. 하지만 늦게 결혼하면 완전히 형태를 갖춘 두 존재가 몸을 부대끼며 결합하게 되는데, 마치 두 대륙이 만나 지질학적으로 결합해 그 결합의 증거로 경계선에 산맥 같은 것만이 남게 되는 현상과 비슷하지요. 유기적인 과정이라기보다는 지리적 사건이자 외부의 변화인 거예요.

사람들은 나와 토니의 지형 속에서, 그 주변에서 살 수 있어요. 하지만 뿌리부터 붙어버린 결혼의 어두운 진실에―그것이 살아 있든 죽었든―접근하거나 그것을 경험하는 일은 없을 거예요. 나와 토니의 관계는 가능성이 풍부한 만큼 어려움도 많이 포진해 있었고, 넘어야 할 난관이 많았어요. 이미 지형이 굳은 상황에서 서로에게 닿으려면 다리를 세우고 터널을 뚫어야 했어요. 그런 의미에서 별채는 다리였고, 토니의 침묵은 강물처럼 유유히 그 밑을 흘렀답니다.

별채는 본채로부터 완만하게 상승하는 둔덕 위에 있는데, 두 건물 사이에는 작은 숲이 있어 아침이면 햇볕이 관통하며 본채 창문으로 빛이 들어오지요. 해가 지면 햇볕이 마찬가지로 그 숲을 관통하며 별채 창문으로 빛을 드리워요. 별채는 천장부터 바닥까지 전부 창으로 되어 있어 습지의 광활한 수평선과 그 장엄한 풍광이―다채롭게 변화하는 색채와 빛, 저 멀리서 끓어오르는 폭풍우, 착지하거나 떠오르는 거대한 바닷새 무리의 희끄무레한 얼룩 같은 모습, 수평선 끝에서 포효하는 바다, 수면에 부글거리는 흰 거품을 띄운 채 찬란하고 조용하게 밀려와 온 세상을 반짝이는 물로 덮어버리는 바다―바로 옆에, 별채 안에 있는 것처럼 잘 보여요.

토니는 커다란 창문을 설치해야 한다고 확신했고, 나는 곧

바로 반대 의견을 펼쳐 그런 창문은 안 된다고 했어요. 내 생각에 집이란 무엇보다도 안락해야 하고 집 안에 있을 때는 바깥세상을 잊어버릴 수 있어야 마땅했거든요. 사생활이 보장되지 않는다는 것도 걱정이었어요. 특히 밤에 조명을 켜면 안에 누가 있든 자기 모습이 훤히 보인다는 것을 잊기 마련이었어요. 나는 사람들이 자기가 관찰당한다는 것을 모른 채로 보여주지 않아야 할 것을 보여주는 상황이 참 두렵거든요!

하지만 토니에게 풍경은 정신적인 의미가 있어요. 그에게 풍경은 묘사하거나 이야기하는 대상이 아니라 함께 조응하며 살아야 하는 대상이고, 풍경은 자신을 바라보는 인간을 바라보면서 인간이 하는 모든 일에 깃드는 법이에요. 가끔 토니를 보고 있으면 장작을 패거나 채소를 캐다가 고개를 들고 잠시 습지를 응시한 후 다시 하던 일을 이어나가요. 그러니까 우리는 채소들과 함께 습지를 흡수하고, 저녁이면 습지와 함께 모닥불의 온기를 쬐는 셈이에요.

토니는 창문에 대한 내 염려를 도통 들으려 하지 않았을 뿐 아니라 심지어 내 말이 '들리지 않는' 것처럼 행동했고, 나중에는 내가 창문 이야기를 꺼내고 그것 때문에 얼마나 많은 문제가 생겼는지 이야기하면 묵묵히 듣기만 하다가 이렇게 말했어요.

"난 창문이 좋아."

어쩌면 자신이 틀렸을지도 모르겠다고 인정하는 토니만의 방식일까요. 처음으로 별채에 묵고 간 손님은 새소리의 패턴을 녹음하고 재현하려는 음악가였는데, 집을 녹음실로 탈바꿈하더니 다이얼과 반짝이는 불빛이 가득한 희한한 대시보드와 커다란 검은색 상자를 들여놓았어요. 하루는 그에게 도착한 우편물을 가져다주려고 작은 숲을 지나 별채로 갔더니 발가벗은 채 가스레인지 앞에 서서 달걀을 요리하고 있지 뭐예요! 그냥 조용히 돌아가려고 했는데 내가 그를 봤던 것처럼 그 역시 나를 보고는 여전히 알몸인 채 문간으로 와서 우편물을 받아갔어요. 비정상적인 일은 아무것도 일어나지 않은 듯 태연하게 행동하는 쪽이 낫겠다고 판단한 거예요.

어쩌면 정말 아무 일도 일어나지 '않은' 걸까요, 제퍼스. 어쩌면 세상은 토니랑 이 음악가처럼 세상을 바라보는 것에, 세상이 자신을 바라보는 것에 아무 거리낌 없는 사람들로 가득할지 몰라요. 옷을 입었든 벗었든 개의치 않는 사람들로요.

그 사건이 발생한 뒤 커튼을 걸어도 된다는 허락을 받았고, 나는 엷은 색의 도톰하고 아름다운 리넨 커튼을 별채에 걸어놓고 너무나도 뿌듯해했어요. 토니에게는 눈엣가시라는 것을 알았지만요. 별채 바닥에는 토니와 친구들이 직접 밀고 사포질한 폭넓은 밤나무 목재를 깔고 벽에는 흰 회반죽을 거칠게 발랐는데, 찬장과 선반에 전부 같은 밤나무 목재를 사용해 별채 전체가 아주 안락하고 자연스럽게 느껴지면서 모양과 질감이 생기 있고 향기도 좋아 새로 단장한 집 특유의 차갑고 딱딱한 느낌이 전혀 없었어요. 공간을 크게 잡아서 가스레인지와 난로와 편안한 의자를 놓았고, 식사하고 작업하기 좋은 긴 목제 테이블도 놓았어요. 작은 방은 침실로 꾸몄고, 화장실에는 중고 상점에서 발견한 오래되고 멋스러운 주물 욕조를 놓았어요. 아주 생기 넘치고 근사해서 내가 들어와 살고 싶었다니까요. 작업이 다 끝나자 토니가 말했어요.

"저스틴은 우리가 이곳을 개조한 게 자기 때문이라고 생각할 거야."

글쎄, 우리의 작업을 보고 딸이 어떻게 생각할지 궁금하지 않았던 것은 아니지만, 이 모든 것을 자기 것으로 받아들이리라고는 전혀 생각하지 못했지요! 그러나 토니가 그렇게 말하자마자 나는 그 말이 사실이라는 것을 알았고, 즉시 죄책감을 느끼면서도 내 것을 빼앗기고 싶지는 않다는 듯 마음이 단호해졌어요. 죄책감과 이기심은 꼭 짝지어 오더라고요. 그래야 나를 더 효과적으로 옭아매고 압박할 수 있으니까요. 사실 이런 심리는 딸이 갓 태어났을 때부터 나를 괴롭혔어요. 저스틴은 나보다 늦게 세상에 왔으면서도 내가 차지하고 있는 자리를 탐내는 것처럼 보였거든요. 나는 이제 막 어린 시절의 상처를 회복했는데, 그 구덩이에서 기어나와 생전 처음 얼굴에 닿는 따스한 햇볕을 느끼고 있는데, 새로 태어난 아이가 자신과 똑같은 상처를 입게 놔둘 수 없다는 결심 때문에 그 밝은 자리를 포기하고 희생이라는 또 다른 구덩이로 기어들어야 한다는 사실을 도무지 받아들일 수 없더군요!

그 당시 저스틴은 대학을 졸업하고 베를린에 살면서 그곳에 있는 어느 단체에서 일했는데, 가끔 습지에 들렀다 갈 때마다 다소 불안한 듯한 분위기를 풍겼어요. 마치 북적거리는 기차역에서 기차를 기다리는 동안 앉을 자리를 찾는 사람처럼, 매우 급한 욕구가 있는 여행자 같았어요. 아무리 좋은 자리를 찾아줘도 내가 앉아 있는 자리를 더 좋아하는 듯한 얼굴이었고요. 당장 저스틴에게 별채에서 지내고 싶냐고 물어봄으로써 이 생각을 일단락해야 할지 고민했는데, 공교롭게도 딸아이가 커트라는 남자와 사랑에 빠져서 여름 내내 들르지 않았기 때문에 습지에 손님을 초대하는 새로운 삶이 시작되었지요.

물론 L에게 편지를 보낼 때는 이런 해묵은 이야기를 줄줄이 늘어놓는 대신 그가 알아야 할 정보만 알려주었어요. 몇 주 동안 아무런 소식 없이 삶이 평소대로 흘러갔는데, 갑자기 그가 오겠다고, 그것도 바로 다음 달에 오겠다고 답장을 보냈지 뭐예요! 마침 그때는 손님이 없어서 토니와 나는 단숨에 별채로 가서 벽을 새로 칠하고 바닥을 왁스로 광내고 신문과 식초를 이용해서 창문을 반짝반짝하게 닦았어요. 겨울이 지나고 벚나무에 첫 꽃송이가 피어 작은 숲이 사랑스러운 분홍색과 흰색 꽃으로 몽글거리던 때라 우리는 꽃가지를 몇 개 꺾어 커다란 도자기 단지에 넣고 벽난로에 불도 피웠어요. 온종일 열심히 창문을 닦았던 탓에 밤이면 팔이 아팠고, 밥을 해 먹을 힘도 없어서 바로 곯아떨어지고는 했어요.

그런데 L이 또 편지를 보냈지요.

M

결국 저는 다른 곳에 가기로 했습니다. 지인이 자기 소유의 섬에 와서 머물라고 하더군요. 낙원 같은 곳이라나요.

그래서 그 섬에 가서 잠시 로빈슨 크루소의 삶을 시도해보려 합니다. M의 습지에 가지 못하게 된 것은 아쉽군요. M을 안다는 사람을 자꾸 만나는데, 다들 M이 괜찮은 사람이래요.

L

글쎄, 그 결정을 받아들이기는 했어요, 제퍼스. 그래도 도무지 잊을 수가 없더라고요. 그해 여름은 근래 몇 년 사이 가장 뜨겁고 찬란해서 우리는 밤이면 모닥불을 피웠고, 밖에 잠자리를 준비해 별이 날카롭게 빛나는 하늘 밑에서 잤으며, 강과 바다가 맞닿는 물길에서 헤엄쳤는데, 나는 줄곧 L이 우리와 함께했으면 어땠을까, L은 이 모든 것을 어떻게 바라보았을까 상상했어요. L 대신 다른 작가가 와서 별채에 묵었는데, 얼굴을 거의 보지 못했어요. 기온이 가장 높을 때조차 온종일 커튼을 닫고 집 안에만 머물렀거든요. 분명 자고 있던 거겠지요!

나는 종종 섬에 있는 L을 떠올리며 그곳이 어떤 종류의 낙원일지 상상해보았고, 우리 집도 낙원이라고 할 만한 곳이지만 그해 여름에는 L과 섬을 생각하면서 질투에 사로잡혔어요.

자유의 향기를 머금은 산들바람이 줄곧 불어오며 나를 고문하는 것 같았어요. 그리고 갑자기 그 고문 같은 향기가 과거에도 끊임없이 나를 따라다니며 괴롭혔다는 생각이 들었어요. 내가 자유를 향해 뛰어다니며 온갖 것을 무너뜨린 것 같았지요, 마치 벌에 쏘인 사람이 자기 아픔을 모르는 사람에게 직접 고통을 보여주기 위해 옷을 찢고 날뛰는 것처럼요. 나는 줄곧 토니와 이 이야기를 해보려고 시도했어요. 말하고 싶은 열망, 분석하고 싶은 열망, 내 안의 감정을 밖으로 꺼내 응시하고 그 주변으로 걸어보고 싶은 열망이 뜨거웠거든요.

하루는 토니와 잠자리에 드는데 화가 치밀어서 그에게 달려들었고, 온갖 끔찍한 말을 퍼부었어요. 내가 얼마나 외롭고 지쳤는지 토로했고, 토니는 내가 여자로서 만족할 수 있도록 진심어린 관심을 주는 대신 매번 내가 조개껍데기 위의 비너스처럼 스스로 다시 태어나기만을 바랄 뿐이라고 몰아세웠지요. 여자로서 만족감을 느끼는 방법에 관해 뭐라도 안다는 듯이요! 그러고는 여봐란듯이 아래층으로 가서 자려고 소파에 누웠고, 누운 채로 내가 했던 말과 토니는 내게 상처 주거나 나를 통제하려는 행동은 절대 하지 않는다는 사실을 곱씹다가 결국에는 다시 위층으로 올라가서 그가 누워 있는 침대로 뛰어들어 말했지요.

"오, 토니, 그런 못된 말을 하다니 미안해. 당신이 내게 얼마나 잘해주는지 알아. 절대 당신에게 상처 주고 싶지 않고. 난 내가 진짜라는 사실을 실감하기 위해서 가끔 말을 해야만 하는 사람일 뿐이야. 그리고 당신이 내게 말을 해줬으면 좋겠어."

그는 아무 말 없이 어둠 속에서 똑바로 앉아 천장을 바라보았지요. 그러고는 대답했어요.

"나는 내 마음이 언제나 당신에게 말을 걸고 있다고 느끼는데."

뭐, 이런 상황이랍니다, 제퍼스! 토니는 대화와 뒷말이 독이라고 생각하는데 이는 습지에 오는 사람들이 그를 몹시도 좋아하는 이유 중 하나예요. 자신과 타인에게 독을 먹이는 습관에 토니가 해독제처럼 작용해서 건강해진 기분을 느끼게 해주니까 그런가봐요. 하지만 내 생각에는 건강한 대화도 드물지만 '분명' 존재해요. 자신에게 언어를 제공함으로써 새롭게 거듭날 수 있는 대화 말이에요. 나는 습지에 오는 예술가나 손님과 이런 종류의 대화를 종종 나눴어요. 물론 그들은 독이 되는 대화도 꽤 잘하고 실제로 자주 했지요. 그래도 서로 공감할 수 있었던 순간이, 언어를 통해 자신을 초월했던 순간이 자주 있어서 나는 대화가 싫지 않았어요.

놀랍게도 L이 가을에 또 편지를 보냈어요.

M

그래요, 낙원은 생각만큼 멋지지 않았습니다. 모래에 진력이 나고 말았지요. 게다가 상처가 감염되는 바람에 수상 비행기에 구조되어 병원에 왔어요. 병원에서 6주나 허비했네요. 인생이 창밖으로 흘러가버렸어요. 난 이제 전시회를 위해 리우에 갑니다. 한 번도 가본 적 없는 지역이지만 듣자하니 아주 멋진 곳이라더군요. 그곳에서 겨울을 보낼지도 모르겠어요.

L

겨우 싱숭생숭한 마음이 가라앉은 참인데, 뜨겁고 시끌벅적하고 야하고 방탕한 재미로 가득한 리우데자네이루 생각에 밤낮으로 시달리게 생긴 거예요! 비가 내리기 시작했고, 나뭇잎이 떨어지기 시작했으며, 습지를 통과하는 겨울바람은 앓는 소리를 냈어요. 나는 종종 L의 작품 카탈로그를 꺼내서 그

속의 이미지들을 바라보고 그것들이 어김없이 선사하는 감각을 느꼈어요. 물론 살면서 내 기분과 사고를 장악하는 생각과 사건을 수백만 가지쯤 겪었지만 지금 나를 장악한 것은 L과 나 사이에서 일어난 일이고, 나는 당신이 이해해줬으면 좋겠어요, 제퍼스. L을 향한 내 관심을 실제보다 더 과장해서 묘사하고 싶지는 않아요. 그에 관한 생각은—사실은 그의 작품에 관한 생각이지요—한 주기의 마지막 단계 같았어요. 나의 고독한 자아를 완성해주고, 자아가 자기만의 주기를 이어갈 수 있도록 해주었어요.

그렇지만 L이 습지로 와서 그만의 시선으로 이 풍경을 바라봐줄 것이라는 기대는 어느 정도 단념한 상황이었어요. L이 와준다면 내 고독한 자아의 주기가 완전히 종결되고 내가 평생 바라던 자유를 얻을 수 있을 터였지요, 적어도 내가 믿기로는요. 그는 겨울에 몇 번 편지를 보내 자기가 리우에서 하는 일들에 대해 구구절절 설명하고 심지어 나를 초대하기도 했어요! 하지만 나는 리우로, 사실 그 어디로도 떠날 마음이 없었고, 그의 편지는 나를 하찮게 보는 듯한 데다가 왠지 어조가 토니에게 편지를 보여주지 말라고 암시하는 듯해 기분이 좋지 않았어요. 내 생각에 그의 편지가 의미하는 바는 그가 무슨 이유로든 나를 두려워한다는 것, 평소에 다른 여자들을 대할 때 취하는 듯한 태도로 나를 대함으로써 그 두려움을 떨쳐내고 있다는 것이었어요.

그해 겨울에 일어난 일들은 다들 알고 있으니 일일이 설명할 필요 없겠지만, 우리는 다른 사람들보다 훨씬 타격이 덜했어요. 전부터 생활 방식을 간소화했거든요. 다른 사람들에게 그 간소화 과정은 잔혹하고 고통스러웠지요. 정말 괴로웠던 것은 다른 곳으로 이동하기가 전처럼 쉽지 않다는 거였어요. 우리가 여기저기로 싸돌아다니는 사람들은 아니었지만요! 그래도 돌아다닐 자유를 잃은 것이 속상했어요. 제퍼스도 알다시피 나는 어느 나라에도 소속감을 느끼지 않고 어느 도시의 시민도 아니기 때문에 지금 있는 곳에 머물러야 한다는 것을 깨닫자 죄수가 된 기분이 들었어요. 게다가 손님들이 우리를 찾아오기도 더 힘들어질 터였지요. 하지만 그때쯤에는 저스틴이 베를린에서 돌아오면서 커트까지 데리고 왔던 참이라 이전의 예언을 실현하듯 그들에게 별채에서 지내라고 했지요.

봄에도 편지를 한 통 받았어요.

M

참, 모든 게 완전히 엉망진창이 됐군요. 어쩌면 M은 괜찮으려나. 내 영국인 친구의 표현을 쓰자면 나는 제대로 망했습니다I've gone tits-up. 내가 가진 모든 것의 가치가 마치 거품을 걷어내듯이 사라졌어요. 집도 잃었고, 시골에 있는 별장도 잃었지요. 애초에 내 것이라는 생각도 딱히 없었지만요. 저번에는 길거리에서 이 세계적인 전염병이 브루클린을 완전히 바꿔놓을 거라는 이야기를 들었어요. 하하!

아직 별채가 비어 있나요? 그쪽으로 갈 수 있을 듯해요. 방법을 알아요. 이동하는 데에 돈이 들까요?

L

이것은 의지에 관한, 의지를 실행한 대가에 관한 이야기이고, 당신은 깨닫게 될 거예요, 제퍼스. 내가 일으키려고 마음먹은 사건은 전부 발생했으나 내가 원하는 방식은 아니었다는 것을! 내 생각에는 바로 이것이 예술가와 평범한 사람의 차이점인 것 같아요. 예술가는 자기 내면의 의도를 완벽하게 복제해 외부에 예술 작품으로 만들어낼 수 있어요. 우리 같은 사람은 구상이 얼마나 대단했든 결국에는 그저 난장판을, 아니면 졸렬하고 뻣뻣한 것을 만들어낼 뿐이지요. 예술가가 아닌 사람은 그 어떤 분야에서도 직감적인 성취를 이루어내지 못한다고, 꿈을 믿고 도약할 능력이 없다고 말하려는 것이 아니라, 내면의 무언가를 영속적인 것으로 구현해내는 일은 다른 종류의 성취라는 뜻이에요. 사람들은 대부분 자식을 낳음으로써 그나마 예술가의 경지에 가장 가깝게 다가서지요. 그리고 자식이야말로 평범한 사람의 실수와 한계를 가장 명확하게 드러내잖아요!

나는 저스틴과 커트를 앉혀놓고 무슨 일이 일어났는지 말해주었고, 어쩔 수 없이 우리와 함께 본채에서 살아야겠다고 설명했어요. 당연히 저스틴은 왜 L이 본채에서 살면 안 되냐고 물었지요. 글쎄, 나도 왜 그러면 안 되는지 정확히 알지 못한 채 그저 생각만으로도—나와 토니와 L이 옹기종기 모여 산다는 생각만으로도—몸서리가 쳐졌는데, 이런 심정을 저스틴에게 설명하려 한다면 못지않게 끔찍할 것이었죠. 할머니가 된 기분, 아주 오래된 건물보다도 늙은 기분이었는데, 이런 기분은 부모가 종종 자기만의 감정을 주장할 때면 아이들이 선사하는 것이잖아요. 이런 순간에 언어는 나를 도와주지 않아요, 필요할 때 작동하지 않는 낡은 엔진처럼 말이에요. 내가 부모들이 쓰는 언어를 갈고닦거나 유지하지 않은 채 내버려둔 탓이겠지요. 그때는 그 누구의 부모도 되고 싶지 않다는 생각이 들더라고요!

놀랍게도 커트가 나를 구해줬어요. 그때까지 나는 그 애가 누구든 뭘 하는 녀석이든 내가 간섭할 일이 아니라고 생각해서 딱히 가깝게 지내지 않았어요. 다만 커트는 대화할 때마다 겉으로 하는 말과 속으로 하는 생각이 다르다는 것을 명확하게 드러내는 타입이었고, 나는 그 점이 딱히 마음에 들지 않았어요. 내 생각에는 속내와 다른 말을 할 생각이라면 그렇게 당당해서는 안 될 것 같았거든요. 커트는 몸이 마르고 가냘팠고, 옷을 아주 잘 입었어요. 길고 연약한 목은 어딘가 새 같은 분위기를 풍기고 얼굴도 왠지 부리가 달린 듯하며 머리카락도 깃털처럼 고왔지요. 커트는 저스틴을 바라보더니 특유의 새 같은 태도로 말했어요.

"하지만 저스틴, 생전 처음 보는 사람이랑 한집에서 살 수는 없지."

꽤 훌륭한 지적이었어요, 제퍼스. 그 애도 사실상 생전 처음 보는 사람이라는 것을 제외하면요. 어쨌든 나는 내 상황이 그런 식으로 간단명료하게 설명되어 기분이 좋았어요. 그 덕에 내가 정상적인 사람이라는 생각이 들었거든요. 그리고 말을 잘 듣는 저스틴은 잠시 고민하더니 과연 무리라고, 우리가 생전 처음 보는 사람이랑 한집에서 살 수는 없다고 결론 내렸고, 그럼으로써 커트의 적절한 발언은 우리 아이의 예의를 북돋우는 예상하지 못한 효과까지 창출했어요. 난 매우 감명받았지요. 그 발언을 하는 동안 특유의 교활하고 이중적인 표정만 안 지었다면 좋았을 텐데요.

L은 짧은 편지를 한 통 더 보내 계획을 확정하고 도착일을 알려주었어요. 토니와 나는 별채를 단장했지만 이번에는 그가 오리라는 확신이 전보다 덜했어요. 그도 그럴 것이 이런 시국에 손님이 온다는 것이 지나친 경사라고 느껴졌거든요. 작은 숲의 벚나무가 다시금 분홍색과 흰색 꽃망울을 틔웠고, 나무 기둥 사이로 봄의 햇살이 길게 드리웠으며, 준비에 여념 없는 우리 귀에 새소리가 들려왔지요. 우리는 L이 오겠다고 해서 아무 생각 없이 그를 기다렸던 과거와 현재 사이에 놓인 일 년쯤 되는 나날들에 관해 이야기했어요. 토니는 그때 이후로 자신도 L이 이곳에 오기를 몹시 바랐다고 말해서 나는 정말 깜짝 놀라고 말았고, 사랑이라는 치명적인 약점에 관해서 뼈저리게 고민하고 인식하게 되었어요. 토니는 세상의 순리

에 함부로 관여하지 않는 사람이거든요. 운명의 작용에 개입
한다는 것은 그 책임을 오롯이 받아들여야만 한다는 뜻이니
까요.

일어난 사건에 관해 이야기하는 일이 어려운 이유는 이야기가 사건 다음에 등장한다는 점 때문이에요, 제퍼스. 너무 당연해서 멍청하게 들릴 수도 있겠지만, 실제로 일어난 일만큼이나 일어나리라고 '기대한' 것에 대해서도 자세히 서술해야 한다고 종종 생각하고는 해요. 하지만—악마의 경우와 달리—매번 기대한 것을 자세히 서술하기는 불가능한 법이에요. 현실 속에서 기대가 깨지는 시간이 빠른 것처럼, 이야기 속에서도 기대는 성급히 폐기되지요. L과의 만남에서 내가 무엇을 기대했는지, 잠시 그의 주변에 머물고 그와 가까이 지내는 생활에서 무엇을 기대했는지, 정신을 집중하면 떠올릴 수 있어요. 어떤 식으로든 음울할 거라고 생각했는데, 어쩌면 L의 그림에 어둠이 많고 L이 검은색을 쓰는 방식이 기이하게 격렬하고 활력적이라 그랬던 것 같아요. 그리고 몇 주 후 L이 도착할 때까지, 토니를 만나기 전의 끔찍한 시절을 회상했어요. 그 때쯤에는 자주 떠올리지 않는 기억이었지만요.

그 끔찍한 시절의 시작점에는 파리의 햇볕 좋은 오전에 보았던 L의 그림들, 나와 그것들의 열띤 만남이 있었어요. 그렇다면 그때를 회상하는 행위는 그 시절의 사악함에 찍는 무거운 마침표였을까요? 마침내 내가 완전히 회복되었다는 징후였을까요?

이런 감정들 때문에 L의 도착을 앞둔 며칠 동안 저스틴과 지금까지 일어났던 일에 대해 그 어느 때보다 솔직하게 이야기를 나누게 되었어요. 부모가 솔직해져 봤자 얼마나 솔직하겠냐마는요! 내 생각에 아이들은 원래 부모의 진실에 관심이 없어서 아주 어릴 때부터 자기들 마음대로 결론을 내리거나 거짓된 믿음을 형성하는데, 그들의 현실 감각은 온전히 그 거짓된 결론과 믿음에 기초하기 때문에 어떤 식으로 설득해도 넘어가지 않아요. 가족끼리 어떤 해괴한 방식으로 서로를 오해하고 자신을 기만하고 명백한 사실을 부정한다 한들 나는 다 수긍할 수 있어요. 인간의 자기 관념은 그런 거짓된 믿음에 아주 위태롭게 의지하니까요. 다시 말하면 저스틴에게는 감당할 수 없어서 모른 채 살기로 작정한 것들이 있는 셈이에요. 저스틴 안의 두 가지 행동 동기는—항상 나와 가깝게 지내고 싶은 마음과 나를 의심하는 마음—항상 치열하게 싸우고 있지만 말이에요.

나는 내 말이 정답이어야만 성이 풀리는 사람이 아니며 싸움이 나면 이겨야만 하는 사람도 아니에요, 제퍼스. 이것이 이상한 성격이라는 것을, 부모들이 일반적으로 자기중심주의에—자아도취적인 자기중심주의든 자신을 희생양 취급하는 자기중심주의든—장악되는 것을 고려하면 특히 이상하다는 것을 깨달을 때까지 아주 오랜 시간이 걸렸어요. 가끔은 내 내면에 부모 특유의 자기중심주의가 있어야 할 곳에 권력의 부재만 남아 나를 무겁게 짓누른다는 생각이 들어요.

저스틴을 대하는 내 태도는 다른 것을 대하는 태도와 엇비슷해서, 결국에는 진실이 밝혀질 것이라는 고집스러운 믿음에 기초해요. 문제는 진실이 밝혀지기까지 평생이 걸린다는 점이에요. 저스틴이 어렸을 때는 우리 관계가 진행 중이라 앞으로도 변할 수 있다는 느낌이 있었는데, 이제 딸이 어엿한 여성으로 자라고 나니 마치 남은 시간이 바닥나 시간의 흐름이 정지되고 우리는 정지된 순간에 취하던 자세 그대로 얼어버린 듯, 술래 뒤로 조심스럽게 다가가다가 술래가 뒤돌자마자 멈춰야 하는 놀이를 하는 듯 느껴졌어요. 저스틴은 내 생명력이 외부에 현현한 결과물이자 더는 내 마음대로 수정할 수 없는 존재였지요. 그리고 나는 저스틴이 왜 그런 사람으로 성장했는지 정확히 설명해줄 수 없었고요.

그런데 저스틴과 커트의 관계 덕에 이 주제에 완전히 새로운 시각으로 접근할 수 있었어요. 커트는 내 옆에 있을 때마다 다 알고 있다는 듯한 분위기를 풍긴다고 말했었지요. 알아서는 안 되지만 저스틴을 통해 알게 된 나에 대한 정보가 쌓여 그런 분위기를 풍기는 것이라고 나는 생각했어요. 처음에 커트는 토니를 별종이나 외계인처럼 대했고, 토니가 자기 할 일을 하는 모습을 지켜보면서 빙그레 웃는 신경질 나는 습관도 있었어요. 토니의 대응 방식은 커트에게 남성성의 카드를 제시하고 받으라고 강요하는 거였어요.

"커트, 장작 쌓는 것 좀 도와주겠어?"라고 묻거나 "커트, 아래쪽 들판의 울타리를 수리해야 하는데 두 사람이 필요해서 말이야"라는 식이었지요.

"그럼요!"

커트는 약간 비꼬는 듯한 분위기를 풍기며 대답하고는 잽싸게 의자에서 일어나 깔끔하게 다림질한 바짓단을 조심스럽게 접어 올렸지요.

이런 상황이 반복되면서 뻔하게도 커트는 토니에게 어린아이 같은 애착을 형성했고, 자신이 손재주 있고 유용한 사람이라고 생각하며 자랑스러워했지만, 토니가 척척 기분을 맞춰주는 일은 당연하게도 없었어요.

"토니, 과일나무 옆에 있는 화단을 갈아놓을까요? 잡초가 자라기 시작하던데요."

토니가 신문을 읽는 등 한가하게 시간을 보내고 있으면 커트가 말하고는 했어요.

"나중에."

토니는 정말이지 무덤덤하게 대답했어요.

알겠지요, 제퍼스. 토니는 그 어떤 심리 게임에도 가담하지 않고, 그런 태도로 다른 사람들이 얼마나 그런 게임을 즐기는지, 그들의 삶을 향한 관점이 얼마나 심리 게임 속의 주관성에 의존하는지 보여줘요. 그가 가끔 게임의 재미에서 소외된다고 한들 상관없어요. 결국에는 어김없이 토니가 주인공이 되거든요. 왜냐하면 삶이란 진지한 것이고, 토니의 상식적이고 실용적인 태도 없이는 어느 경우든 재미가 빨리 동나고 말기 때문이에요. 하지만 나는 재미있는 것을 좋아하고 원하는 데다가 토니처럼 실용적인 사람이 아니기 때문에 심심해지고 말아요. 심심하지요! 습지로 이사한 후로 심심하다는 것은 줄곧 내 불평거리였어요. 나는 정말 많은 시간을 그저 기다림으로 채우는 것 같아요.

커트에 관해 자세히 알아보자고 결심한 적도 있는데, 곧바로 넘어설 수 없는 장애물을 맞닥뜨렸어요.

"커트, 커트의 가족은 어떻지?"

"운이 꽤 좋은 셈이에요. 이혼 가정에서 자라지 않았거든요."

"어머니는 뭘 하시지? 뭘 하며 시간을 보내셔?"

"어머니는 자기 분야에서 최고 권위자인 데다가 가정까지 성공적으로 일궈내셨어요. 저는 어머니를 그 누구보다 존경해요."

"아버지는 어떻고?"

"아버지는 자기 사업체를 꾸리셨고, 이제 하고 싶은 것은 뭐든 하실 시간이 있어요."

줄곧 이런 식이었답니다, 제퍼스. 온통 긍정적이기만 한 이야기 속에서 한마디, 한마디마다 나를 위해 숨겨놓은 듯한 작은 뼈가 느껴졌지요. 저스틴은 커트에게 놀라우리만치 나긋나긋하고 여성스러웠으며 커트가 일언반구만 해도 하던 일을 당장 멈추고 달려오고는 했어요. 가끔 두 사람이 서로에게 머리를 기댄 채 작은 숲 사이를 지나가거나 습지를 향해 걸어가는 모습을 보면 마치 노부부처럼, 저 멀리 해안의 풍경을 감상하듯 인생을 돌이켜보는 작달막한 할아버지와 할머니처럼 느껴졌어요. 글쎄 저스틴은 아침이면 차를 끓여 침대에 있는 커트에게 갖다 바치던데요! 하지만 둘 다 직장을 잃어 돈이 없었고, 토니와 내가 그 애들과 함께 사는 것을 얼마나 좋아하든 그 애들은 새로운 계획을 마련하기 전까지는 우리 부부의 땅에서 우리 돈을 쓰고 있었어요. 네 사람 모두 그 사실을 알고 있었고요.

그런데 L이 편지를 보내 배를 타고 온다고 알렸지요! 우리는 의아해졌는데, 그 당시 장거리 여객선이 대부분 운행을 중단한 상태라서 다른 방식으로 올 거라고 짐작 중이었거든요. 하지만 편지에 그렇게 적혀 있었지요. 남쪽으로 두 시간 정도 떨어진 마을에 있는 항구에 도착할 건데 데리러 와줄 수 있냐고.

"개인 소유의 배인가봐."

토니는 어깨를 으쓱하며 말했어요.

약속한 날이 되어 토니와 나는 자동차에 탔고, 저스틴과 커트는 우리가 돌아올 저녁 무렵까지 누릴 자유를 기대하며 저녁을 준비해두겠다고 약속했어요. 나는 L과 함께하는 저녁 식사는 어떨지 궁금해졌어요. 방금 '자동차'에 탔다고 하기는 했지만 사실은 트럭에 가까워요, 제퍼스. 상자처럼 네모난 고물인데 거대한 바퀴 덕에 무엇이든 통과하거나 넘어갈 수 있어서 아주 실용적이지만, 탁 트인 도로에서는 시속 60킬로미터 이상만 되어도 차체가 덜덜 떨리고 덜컹거리기 시작해요. 게다가 뒷좌석이 아주 좁아서, 나는 집으로 돌아오는 긴 여정 동안 L을 토니와 함께 앞 좌석에 앉게 해줘야겠다고 결심한 참이었어요. 그런 차로 먼 거리를 가려니 한참이 걸렸고, 토니와 나는 이따금 차를 세워서 잔뜩 흔들린 머리를 진정했어요.

그 지역은 도로 대부분이 해안과 맞붙었는데 풍경이 정말 대단해요. 급강하에 급회전이 이어지면서 바다와 맞닿은 커다랗고 둥그렇고 푸르른 언덕의 옴폭한 곳마다 우거진 잡목림이 보이지요. 너무나도 포근한 봄날이었고, 트럭에서 내리자 바다를 거슬러 온 산들바람이 아주 따스했어요. 머리 위의 하늘이 꼭 푸른색 돛 같더라고요. 파도는 그 아래 해안에 부딪혀 산산이 부서졌고, 바다의 반짝이는 수면은 분명 여름이 오고 있다는 것을 알리고 있었어요. 토니와 나는 이런 아름다운 풍경 속에 존재할 수 있어 지극히 행복했어요. 외진 곳에 살면 쌓이게 되는 불편함의 빚도 이런 찬란한 순간을 마주하면 즉시 청산돼요.

움직임과 빛으로 충만한 초록 풍경은 습지의 낮고 미묘한 풍경과 엄청난 대비를 이루어 아찔할 정도예요. 습지 남쪽에 가까이 붙어 있는 데다가 이쪽에 가면 항상 기분이 좋아지고 힘이 나지만, 시간이 날 때마다 가지는 않네요. 왜 그럴까요, 제퍼스? 변화와 반복의 패턴은 삶 속의 특정한 균형감에 깊이 의존해서 자유롭게 행동하려고 해도 마치 규율에 지배받듯 그런 균형감의 지배를 받게 되지요. 변화라는 것도 적당히 즐겨야 해요, 독한 포도주처럼요. 토니를 만나기 전에는 내 삶의 이런 면면에 관해 제대로 인식하지 못했어요. 내 삶에 일어난 일들이 왜 일어났는지 전혀 이해하지 못했고, 왜 한 순간에는 감각에 질식할 것 같다가도 다음 순간에는 감각에 목이 마르는지, 내 외로움과 즐거움은 어디서 발생하는지, 어떤 선택이 내 건강과 행복에 유익하고 어떤 선택이 해로운지, 나는 왜 하기 싫은 일을 하며 왜 하고 싶은 일을 하지 않는지 알 수 없었어요.

특히 자유는 무엇이고 어떻게 하면 얻을 수 있는지를 몰랐지요. 나는 자유가 단순히 잠겨 있던 것을 풀어내고 갇혀 있던 것을 해방하는 행위라고 생각했으나, 사실은—제퍼스 당신도 알다시피—만들어진 규칙에 끊임없이 복종하고 그것에 통달함으로써 얻어낼 수 있는 배당금 같은 거였어요. 혹독하게 단련된 피아니스트의 손가락은 음악 애호가의 몸 안에 갇힌 열정보다 훨씬 자유롭지요. 어쩌면 이 사실로 왜 위대한 예술가들을 실제로 만나면 그토록 지루하고 실망스러운지 설명할 수 있겠어요. 살면서 한 가지 이상의 방식으로 자유로워질 시간이나 기회를 누리는 것은 드문 일이거든요.

우리는 일찍이 목적지에 도착해 방파제에 앉아 샌드위치를 먹었고, 약속한 시각에 항구로 가서 L이 있는지 살펴보았어요. 우리는 도착 구역에 가서 오기로 예정된 선박들에 관해 물어보았는데, L이 타고 있을 법한 배에 대한 정보를 가진 사람은 아무도 없었어요. 우리는 오랫동안 기다릴 태세를 갖추었지요. 그가 어떻게 도착하는지 정확히 알려주지 않았던 만큼 약속 시간을 지킬 거라고 기대할 수 없었거든요.

우리가 어떤 모습이었는지 묘사해줘야 할 것 같아요, 제퍼스. 그래야 L이 도착했을 때 어떤 광경을 마주했을지 상상할 수 있을 테니까요. 적어도 토니만큼은 절대 평범한 외모가 아니거든요! 그는 키도 덩치도 매우 크고, 매일 힘쓰며 일하다 보니 몸이 다부진 데다가 백발을 길게 길렀어요. 내가 이따금 가위를 들기 전에는 절대 머리카락을 자르지 않지요. 들어보니 아직 20대일 때부터 머리가 하얗게 셌대요. 꽤 탐스럽고 부드러워 여성스럽기도 하고 희미하게 푸른빛도 돌지요.

피부가 가무잡잡한데, 이 주변에서는 유일한 유색인종이에요. 아기였을 때 습지에 사는 가족에게 입양되었거든요. 자신이 어떤 민족인지 모르고, 알아볼 생각도 하지 않아요. 토니의 부모는 그가 입양아라는 사실을 말해주지 않았고 아무도 그의 출생을 언급하지 않은 데다가 가족이 상당히 외딴곳에서 살았던지라 그가 열한 살이나 열두 살이 된 후에야 자신의 피부색이 부모와 다르다는 것이 어떤 의미인지 알게 되었대요! 미국 원주민들의 사진을 보면 토니는 그들 민족인 것 같은데 어떻게 그럴 수 있는지는 모르겠어요. 그는 잘생겼다기보다는 못생긴 쪽에 가깝지만 그의 추함은 영속적인 품위가 느껴져 전체적으로 근사해요. 내 말을 이해할지 모르겠지만요. 얼굴이 크고 이목구비가 뚜렷한데, 두 눈만큼은 작고 냉철하며 저 멀리 어딘가를 바라보는 듯한 모습이에요. 어렸을 때 치과에 자주 다니지 못해서 치아가 삐뚤삐뚤하지요.

그는 어린 시절이 지극히 행복했다고 기억해요. 지금 우리가 사는 집 근처에서 자랐고 학교를 다니지 못했대요. 부모님은 그들만의 교육관이 확실해서 아이들을 집에서 직접 가르쳤고요. 토니와 나이가 똑같은 친아들이 있어서 하나는 백인이고 하나는 유색인종인 두 남자아이는 그렇게 나란히 성장했어요. 나는 토니의 형제를 만난 적도 없고 그에 대해 아는 것도 전혀 없지만, 열여덟 살이 되자마자 습지를 떠나 한 번도 돌아오지 않았다는 사실은 알아요. 두 사람 사이에 다툼이 있었던 것 같은데 정확히 어떤 일이 있었는지는 모르겠어요. 토니가 알려준 소량의 정보를 살펴보면 부모님은 토니를 편애했던 것 같아요. 아이를 입양했는데 친자식보다 더 사랑하게되다니 어떤 기분일지 궁금하네요. 왠지 모르겠지만 전적으로 이해할 수 있을 것 같기도 하고요.

토니의 부모님은 같은 날에 돌아가셨어요. 익사했지요, 제퍼스. 가끔 우리 해안에도 밀려드는, 이쪽 지형에 익숙한 사람도 너끈히 집어삼킬 수 있는 어마어마한 밀물에 빠졌대요. 여름날에 두 분이 함께 배를 타고 바다에 나갔는데 물이 불어나더니 그들을 집어삼켜 버렸어요. 토니는 항상 배를 타고 나가 낚시를 하고 게와 가재 그물을 치지만, 마음 깊은 곳에는 두려움이 있는 것 같아요.

토니는—내가 알기로는—단 한 번도 옷을 산 적이 없어요. 토니를 입양한 아버지와 할아버지도 몸집이 컸는데, 두 분이 옷을 잔뜩 물려주었기 때문에 옷장을 열었다가 필요한 것을 찾지 못했던 경우가 거의 없었거든요. 하지만 그런 탓에 옷차림이 조금 특이하기는 해요. 그리고 그날은—차를 타고 L을 데리러 간 날—할아버지의 스리피스 정장을 입고 타탄 조끼와 시곗줄을 더한 차림새였어요. 덩치가 크고 머리는 긴 백발인데다가 얼굴도 가무잡잡하고 인상이 강렬한 사람이니 꽤 독특해 보였을 테지요. 나는 이미 그에게 익숙해져서 잘 모르겠지만요. 나는 항상 입던 대로 온통 검은색이나 흰색으로 입었던 것 같은데, 둘 중 어느 쪽인지 잘 기억나지 않네요. 나는 몸매를 드러내지 않는, 부드럽고 흐르는 듯한 실루엣의 옷을 여러 겹 겹쳐 입어 날씨에 맞게 벗거나 덧입는 것을 좋아해요. 나는 패션 감각이 아주 좋은 편은 아닌 데다가 여러 옷을 어울리게 골라 입는 일이 특히 어렵게 느껴져서, 한꺼번에 이것저것 다 입고 색깔은 검은색이나 흰색으로 한정하면 차림새에 관해서 고민할 필요가 없다는 것을 깨달았을 때는 정말이지 기뻤답니다.

내가 어떻게 생겼는지 알 거예요, 제퍼스. 그때 내 생김새는 그전과도, 지금과도 엇비슷해요. 외모 문제에 있어서는 마치 똑같은 카드 뭉치를 섞고 또 섞어본 것처럼 결국에는 이것이 내 운명이라고 생각해왔어요. 토니를 만나기 전 힘들었던 몇 년 동안 살이 꽤 빠진 후로 똑같은 체중을 유지하고 있기는 해요. 그날 항구에서 내가 쥐고 있던 카드 패는 쉰 살이라는 내 나이에 적합했어요. 주름살이 조금 있기는 했지만 많지는 않았고요. 어렸을 때 나를 고생시킨 지성 피부가 그때쯤에는 주름을 방지해주는 역할을 했거든요. 이런 공평함을 누리는 사람이 많지는 않지요. 머리는 잿빛이 섞여 내 눈에는 항상 마녀처럼 끔찍해 보였는데, 토니가 내 외모에서 바라는 것이라고는 머리를 자르거나 염색하지 않는 것뿐이었고, 나를 바라봐야 하는 사람은 사실상 토니밖에 없으니까 그대로 두었어요.

그런데 L이 도착한 날, 나는 단 한순간도 내 아름다움을 실감한 적이 없다고, 심지어 내게는 그 어떤 아름다움도 없다고 이상하리만치 강렬하게 의식하던 것이 기억나요. 아름다움은 항상 내가 발견해낼지도 모르는 것, 내가 잠시 잃어버린 것,

내가 추구하는 것처럼 느껴졌어요. 가끔은 금방이라도 거머 쥐게 될 듯했지만 실제로 손에 넣었다는 감각은 단 한 번도 느끼지 못했어요. 이 말이 암시하는 바는 그런 감각을 느끼며 사는 여자들이 있다는 것일 텐데, 실제로 그런지는 모르겠네요. 이런 것까지 알아낼 정도로 내밀하게 알고 지낸 여자친구가 없거든요. 이를테면 딸이 어머니를 아는 것처럼 내면을 속속들이 아는 여자친구를 사귄 적이 없어요. 왠지 아름다움은 어머니가 딸에게 물려주는 것이라는 생각도 드네요. 자기만의 귀중한 아름다움을 물려주는 것이지요.

L의 도착 이야기로 돌아가볼까요. 나와 토니가 도착 구역의 플라스틱 의자에 앉아 기다리는데 한 남자와 한 여자가 주출입구로 들어오더군요. 우리는 L이 다른 방향에서 올 것으로 예상했기 때문에 그 두 사람에게 딱히 신경 쓰지 않았는데, 문득 고개를 돌린 나는 그 남자가 L이라는 것을 깨달았어요! L은 내게 다가와 질문하듯이 내 이름을 불렀고, 나는 당황한 채악수하려고 자리에서 일어났는데 바로 그 순간 L이 옆으로 비켜나더니 동행한 여자를 앞으로 밀면서 말했어요.

"이쪽은 내 친구 브렛이라고 해요."

그래서 나는 L이 아니라 20대 후반쯤 된 듯한 빛나는 생명체와 악수하게 되었지요. 브렛이라는 여자의 우아한 태도와 옷차림은 주변 환경과 전혀 어울리지 않았고, 해맑은 얼굴로 매니큐어 바른 손가락을 내미는 태도는 우리가 세상의 끝이 아닌 뉴욕 5번가에서 열린 칵테일파티에서 만났다는 듯했지요! 여자는 끝도 없이 이야기를 늘어놓았는데 나는 정신이 없어서 정확히 무슨 말인지 알아듣지 못했고, L과 시선을 맞추려고 해봤지만 그는 여자 뒤로 숨어버렸어요.

그때쯤에는 토니가 자리에서 일어나 있었어요. 그이는 이런 상황에서 전혀 도움을 주지 못해요. 그냥 가만히 서서 아무 말도 하지 않지요. 하지만 나는 여럿이 모여 있는데 어색하거나 긴장되는 상황은 어떤 것이든 견딜 수가 없어요. 머릿속이 텅 비어서 누가 무슨 말을 하고 어떤 행동을 하는지 인식하지 못하지요. 그러니 그때 우리가 정확히 무슨 말을 했는지 말해줄 수 없어요, 제퍼스. 단 한 가지, 그 젊은 여자—브렛—에게 토니를 소개하자 여자는 깜짝 놀라더니 내가 지금껏 본 것 중 가장 노골적인 시선으로 위아래를 훑으며 관찰하지 않겠어요! 그러고는 고개를 돌려 똑같은 얼굴로 나를 바라보았는데, 그때 나는 그 여자가 나와 토니의 부부 관계를, 우리가 성적인 상황에서 어떤 모습일지 상상하고 있다는 것을 깨달았어요.

여자는 입이 마치 우체통 같은 생김새로 멍하니 벌어져 특이했어요. 나중에는 꼭 만화책에 나오는 총잡이들 같은 입이라는 생각이 종종 들더라고요. 나는 그런 정신 없는 상황 속에서도 순간순간 날카롭게 L을 포착했어요. 브렛 뒤에 숨어 우리를 피하고 있었지요. L은 체구가 왜소하지만 꽤 단단해 보였는데—나보다도 작았어요—가죽 덱 슈즈를 신고 접어 올린 흰 바지와 산뜻한 푸른색 셔츠를 입은 위로 색색의 스카프를 맨 차림새가 세련되고 왠지 야했어요. 아주 말끔하고 잘 단장한 모습이라 놀랍더라고요. 게다가 나는 그가 까무잡잡하고 덩치가 클 줄 알았는데 피부가 밝고 움직임이 가벼워 더욱 놀랐죠. 하늘 두 조각이 박힌 듯한 파란 눈에서는 아주 매혹적인 빛이 뿜어져 나왔어요. 나와 시선이 마주칠 때마다 마치 두 개의 태양처럼 반짝거리더군요.

내가 어찌어찌 일행을 데리고 도착 구역에서 나와 언덕 위에 세워둔 트럭으로 갔는데, 가는 도중에 브렛과 L은 배가 아니라 전용기를 타고 왔다는 이야기를 했어요. 브렛의 사촌이 억만장자 비스름해서 전용기가 하나 있던 참에, 전날 그들을 데려다주고 다른 데로 날아갔다고 했지요. 전날 밤을 시내에 있는 호텔에서 보냈고, 그래서 그렇게 말끔하게 꾸민 모습으로 나를 놀라게 해줄 수 있었던 거였어요. 이 외진 곳까지 오려고 고생하고 나면 다들 어느 정도는 초췌해진 모습이기 마련이었거든요. 두 사람에게 짐이 없는 것도 그 까닭이었고, 우리는 가는 길에 호텔에 들러 맡겨둔 짐을 찾기로 했어요. 내가 아무것도 모르는 사이 그들이 하루 밤낮을 이곳에서 보냈다는 사실이 이상하게 느껴졌어요. 이유는 모르겠지만, 제퍼스, 그들이 우리보다 우월한 위치나 권력을 점한 것 같았지요.

트럭을 세워둔 곳에 다 함께 도착했어요. 평소라면 우리 트럭은 든든한 친구 같은 느낌이었겠지만 그날 트럭과 그 옆에 선 스리피스 정장 차림의 토니를 바라보자니 엄청난 불안감이 나를 관통했어요. 번개가 나무의 꼭대기부터 뿌리까지 관통해 내부를 다 태워버린 듯한 느낌이랄까요. 아, 그것은 내 계획과는 너무나도 달랐어요! 문득 내 삶을 향한 믿음이 깨져버릴 듯한 기분이 들었고, 이제껏 내가 쌓아올린 것들이 발밑에서 무너져내려 나는 또다시 불행해질 것 같았어요.

그 순간에는 어떻게 이 난국을 헤쳐나갈지 알 수 없었지요. 가장 큰 문제는 물론 이 브렛이라는 여자의 정말 난데없는 등장이었고, 브렛이 있어서 L이 숨어 있기 쉬워짐으로써 또 다른 문제가 촉발되었지요. L이 브렛을 보호장치, 방어막으로 쓸 생각이라는 것, 아마도 그 목적으로 데려왔다는 것을 난 바로 알아챘어요. 그의 앞에 펼쳐질 미지의 상황에서 자신을 보호하려고, 사실상 나로부터 자신을 보호하려고 그러는 셈이었지요!

이 말을 덧붙여야겠네요, 제퍼스. 보통 나는 손님들에게 특별한 관심을 기대하지 않아요. L은 오랫동안 관심을 두고 지켜본 작가고 그의 작품에 특별한 애착을 느끼지만, 결국 다른 손님과 마찬가지였어요. 다만 손님과 한집에서 사는 상황에서는 특정 조건을 확실히 해두어야지 그러지 않으면 다양한 종류의 괴로운 상황이 발생할 수 있고, 이때 무엇보다도 중요한 조건은 우리 삶의 사생활과 존엄성을 지키는 거예요. L이 보낸 편지에 적힌 다양한 이야기에서, 나는 그가 친구나 지인에게서 도움을 받는 일에 거리낌이 없다는 듯한 인상을 받았어요. 친구나 지인 상당수는 부자인 듯했고요. 우리는 가난과는 거리가 멀지만, 주변 사람들과 돈독한 관계를 유지하며 소박하게 살고 있어요.

다시 말하면, 우리가 L에게 제공하는 것은 호화로운 휴가라든가 그가 자기 집처럼 자유롭게 쓸 수 있는 고급 저택 같은 것이 아니었지요. 지금까지 습지에 왔던 손님들은 도착하자

마자 이 점을 자연스럽게 이해했고, 우리는 사생활을 지키면서 공존할 수 있도록 직감적으로 무언의 선을 지키며 살았어요. 하지만 L을 보자니, 더군다나 브렛을 보자니 우리 둥지에 뻐꾸기를 불러들인 것은 아닌지 의아해졌어요.

가장 먼저 할 일은 다 함께 트럭에 타는 것 그리고 호텔에 전화한 후 짐을 가지러 가는 것이었어요. 트렁크와 가방이 아주 많아서 트럭에 짐을 다 넣을 수 있도록 토니가 오랫동안 자리를 계산해야 했고, 우리는 도로에 서서 대화거리를 찾았지요. L은 내게 등을 돌린 자세로 주머니에 손을 넣은 채 저 밑에서 파도치는 바다를 내려다보았어요. 산들바람이 불어 셔츠가 나풀나풀 부풀어 올랐고, 부드럽고 짧은 잿빛 섞인 머리카락이 머리에 달라붙었어요. 나는 브렛과 단둘이 남겨졌는데, 그때쯤에는 브렛이 타인에게 딱 달라붙어도 불편해하지 않는 지나치게 사교적인 유형이라는 사실을 파악한 후였어요. 사람의 다리 주변을 빙빙 돌다가 무릎 위로 뛰어오르는 고양이처럼요.

브렛은 영국인이었어요. L이 '영국인 친구'에 관해 언급한 것이 기억나면서 그 친구가 브렛인지 궁금해지더군요. 브렛은 말이 정말 많았지만 대꾸가 필요한 말은 자주 하지 않았고, 이미 말한 것처럼 엄청나게 아름다웠기 때문에 그 모든 것이 하나의 공연이고 나는 관객인 듯한 기분이 들었지요. 부드럽게 물결치는 밝은 금발에 섬세하게 빚어놓은 듯한 작은 얼굴이 돋보였는데, 코끝이 살짝 들렸고 갈색 눈은 놀란 듯 커다랬으며 입은 앞서 말한 대로 기이하고 난폭한 분위기가 있었어요. 몸에 잘 맞는 무늬 있는 실크 원피스와 허리를 꼭 죄는 벨트 차림에 굽이 아주 높은 빨간 샌들을 신고 있었어요. 그런 샌들을 신고도 잽싸게 오르막길을 오르는 모습이 놀라웠지요. 브렛은 자꾸 토니에게 가방을 이렇게 해라, 저렇게 해라 훈수를 두면서 일을 방해했는데, L이 돌연 고개를 돌리더니 어깨 너머로 무뚝뚝하게 말했어요.

"간섭하지 마, 브렛."

뭐, 토니가 짐을 넣느라 아주 오랜 시간을 쓴 것은 사실이에요. 정리가 다 끝나서 이제 떠나면 될 것 같은데 고개를 젓고는 넣었던 것을 전부 빼내더니 다시 넣기도 했지요. 그사이 바람이 강해져 쌀쌀했고, 나는 우리 앞에 놓인 길고 덜커덩거리는 여정을 걱정하다가 문득 조용하고 편안한 집과 정원을 떠올렸고, 오늘 하루가 그저 여느 때와 다름없는 즐거운 날일 수 있었다는 사실을 곱씹으면서 내가 삿된 짓을 했구나 싶어 절망했어요.

마침내 차에 탈 수 있었어요. 결국 L과 브렛이 비좁은 뒷좌석에 끼어 탔고 토니와 내가 앞좌석에 타게 되었어요. 나는 엔진 소리가 시끄러워 더는 대화를 할 수 없다는 사실에 위로받았고요. 집에 가는 내내 충돌 사고나 싸움 같은 것이 벌어졌다는 인상에 사로잡혔고 그로 인한 혼란과 불협화음에 머리가 펑펑 돌았으며, 그럴 때면 어김없이 찾아오는 공허하고 죽은 듯한 기분에 휩싸였어요.

토니의 옆얼굴은 무덤덤한 표정으로 앞에 펼쳐진 도로를 바라보고 있었어요. 평소에 그의 얼굴은 내가 엉망일 때 큰 위로를 주었지만 그날은 기분을 더 망쳐놓는 지경이었어요. 왜냐하면 아무리 시간이 지나도 L과 브렛이 토니를 이해하거나 토니가 그들을 이해하지는 못할 것 같았고, 가뜩이나 불만족스러운 상황에서 이쪽저쪽으로 구구절절 설명까지 하러 다닌다고 생각하니 정말이지 싫었거든요.

집으로 가는 길은 자세히 기억나지 않지만—내가 머릿속에서 지워버린 것이지요—어느 순간에 브렛이 몸을 기울여 내 귀에 대고 이렇게 말했던 것은 똑똑히 떠올라요.

"있잖아요, 내가 흰머리를 염색해서 가려줄게요. 아무도 모르게 감쪽같이 염색하는 법을 알거든요."

내 바로 뒤에 앉아 있었으니 뒤통수를 찬찬히 살펴볼 기회
가 충분했던 것이지요.

"머리가 정말 푸석푸석해요."

브렛은 이렇게 덧붙이고는 자기 말을 증명하기 위해 손가
락으로 내 머리카락을 빗기까지 했어요.

내가 군말이나 비판과 어떤 관계를 맺고 있는지 말한 적 있
지요, 제퍼스. 요즘에는 군말이나 비판을 듣지 않는 삶을 살다
보니 자주 투명 인간이 된 것 같다고 했잖아요. 어쩌면 그 결
과로 비판에 지나치게 민감해지고 알레르기 반응을 일으키
게 된 것 같아요. 그 이유가 무엇이든 그 여자가 내 머리카락
을 만지는 것이 너무 끔찍해서 당장이라도 소리를 지르거나
성을 낼 것만 같았어요! 하지만 실제로는 이런 기분을 그저
내면 깊은 곳으로 찍어 누르면서, 마비되어 고통스러운 동물
처럼 가만히 앉아 있었어요. 습지에 도착해 차에서 내릴 때까
지요.

저스틴과 커트는 내가 바라던 대로 모든 것을 준비해놓았
지만 문제는 상황이 바뀌어 과거의 희망사항이 더는 유효하
지 않다는 거였어요. 그 애들은 촛불과 난롯불을 켜고, 습지에

가서 가장 먼저 핀 봄꽃을 꺾어다가 테이블을 장식하고, 음식의 온기와 맛있는 냄새로 집 안을 가득 채워뒀더군요. 예상하지 못한 손님이 있는데도 젊은 애들 특유의 열린 태도로 매우 침착하게 반응했고, 브렛을 위해 한 자리를 더 준비했어요.

나는 다 함께 앉아서 식사하기 전에 L과 브렛을 데리고 별채로 가서 한숨 돌릴 시간을 주었고, 그사이 토니는 트럭을 몰고 가서 짐을 내려주었어요. 나는 모든 것을 토니에게 맡겨두고 내 침대로 가서 이불을 머리끝까지 뒤집어쓴 후 입을 꾹 다물어버리고 싶었지요! 하지만 토니는 내가 될 수 없고 나도 토니가 될 수 없어요. 우리는 다른 사람이고 각자 맡아야 할 역할이 있지요. 가끔은 이 법칙이 깨지기를 열렬히 바라지만, 내 바람이 얼마나 열렬하든 이 법칙이 내 삶의 기반이라는 것을 나는 항상 알고 있어요.

별채 문을 열고 안으로 들어가 불을 켜자 그 모든 것이 졸렬하고 초라해 보였어요. 꼭 L과 브렛이 번쩍거리는 짐가방과 비싼 옷과 사치스러운 분위기와 함께 새로운 기준을, 새로운 관점을 도입해서 이전의 것들이 그 가치를 유지하지 못하는 것 같았어요. 목제 찬장과 선반은 투박하고 마구잡이로 만든 듯했고, 가스레인지와 테이블과 안락의자는 조명 밑에서 암울한 분위기를 형성했지요.

그때쯤에는 날이 꽤 어두웠고 커튼을 젖혀놓은 상태였기 때문에 창문에 우리 모습이 선명하게 반사되어 보였어요. 나는 그 위에 비친 이미지로부터 시선을 회피하며 커튼을 쳤고요. L은 아무 말 없이 주변을 바라보았고 실로 할 말이 딱히 없는 상황이었지만, 나는 브렛이 군말을 얹고 싶은 욕망을 절대 누르지 못하는 사람이라는 것을 이미 알고 있었기에 그가 킥킥 웃으며 이렇게 말했을 때 전혀 놀라지 않았어요.

"완전히 첩첩산중 별장이네요. 꼭 무서운 이야기의 한 장면 같아!"

기억하지요, 제퍼스. L은 데뷔 초반부터, 겨우 이십 대였을 때부터 엄청난 명성을 얻었잖아요. 그때 이후로는 분명 평생 지고 살 무거운 짐이 생긴 듯한 기분이었을 거예요. 그런 경험은 인생의 흐름을 왜곡하고 성격을 바꿔놓는 법이니까요. L은 열네 살이나 열다섯 살 정도로 아직 아이였을 때 집을 떠나 도시로 갔다고 했는데, 그렇게 어린 나이에 도시에서 어떻게 살아남았는지 나도 모르겠어요. L의 어머니가 아버지와 재혼하기 전에 전남편 사이에서 낳은 형제자매들이 그를 괴롭히고 못살게 굴어서 도망갔대요. 아버지는 친구이자 보호자 같은 존재였지만 아마 암으로 돌아가셨다는 것 같아요.

L의 가족이 살던 마을은 텅 빈 평야가 끝도 없이 펼쳐진 황량한 벽지였어요. 부모가 도살장을 운영했고 살림집은 그 건

너편에 있었어요. 그의 유년기 기억 중 하나는 자기 방 창문 너머로 보이는 마당에서 닭들이 피 웅덩이를 쪼던 장면이에요. 그의 초기작에서 관객에게 충격을 주고 그들의 주의를 끌었던 폭력적인 요소는 일반적으로 사회 속의 폭력을 반영한 것이라고 이해됐지만, 어쩌면 더 개인적이고 근원적인 원인이 있었을지도 모르겠어요. L이 그 후로 비평가들의 마음에 들지 못한 것은 이 까닭이 아닐까요. 비평가들은 그가 계속 사회에 충격을 줄 작품을 발표하기를 기대했지만 사실 그는 줄곧 자기 내면을 바라본 거예요. 이어진 명성과 성공도 고난의 오르막이었다고나 할까, 항상 의구심과 잔잔한 실망이 함께하고는 했지요.

하지만 그의 천재적인 재능 덕택에 예술가로서 영예나 위신을 잃지는 않았어요. 시대에 따라 회화가 유행에 앞서거나 뒤처지기를 반복했지만요. L은 그런 취향의 변화 속에서도 살아남아 사람들은 종종 그 이유를 궁금해하는데, 내가 보기에는 애초에 그가 한 번도 자신을 팔아먹은 적이 없기 때문이에요.

이런 이야기를 하는 것은 L이 그렇게 말했기 때문이에요, 제퍼스. 그가 말해준 어린 시절에 관한 정보가—사실 여부는 확실하지 않지만―대중에게도 알려져 있는지 모르겠어요. 나는 개인적으로 보증할 수 있는 말만 전달해야 한다고 생각해요. 그의 어린 시절을 더 명확하게 묘사하기 위해, 더 끔찍하게는 제퍼스가 내 관점과 감정에 공감하게 만들기 위해 없는 것을 꾸며내거나 과장하거나 다른 증거를 열거하고 싶은 유혹은 있지만요. 이런 일은 일종의 예술이고, 나는 예술가를 많이 겪어봐서 내가 예술과는 거리가 멀다는 것을 알지요! 그렇지만 내 생각에는 인생의 외관과 인생이 취하는 형태를 읽어낼 수 있는 능력은 더 일반적인 것이고, 이는 예술 작품을 바라보고 이해할 수 있는 능력에 기반하거나 이 능력으로 발전하는 것 같아요.

다시 말하면, 예술의 원칙이―혹은 특정한 예술가의 원칙이―삶의 결에 반영된 모습을 바라보면서 창작 과정에 기이한 친밀감을 느낄 수 있는 거예요. 이것으로 내가 L에게 느꼈던 강박적인 감정을 설명할 수 있겠어요. 가령 습지 풍경은 L의 빛 사용법이나 관점과 상당히 맞아떨어져서 가끔은 L의 그림과 비슷해 보였고, 마치 아직 그려지지 않은 L의 작품을 보는 것 같았어요. 따라서―어쩌면―내가 그 그림을 그려냈다고 할 수도 있었어요. 이런 반쪽짜리 창작을 도덕의 관점에서 어떻게 평가해야 할지 모르겠지만, 타인에게 영향을 미치는 것과 비슷해 선과 악 중 어느 쪽으로도 추동될 수 있는 강력한 힘이라고 설명하면 어떨까요.

L이 도착한 다음 날 아침, 나는 일찍 잠에서 깨어 작은 숲 사이로 금빛 붉은 태양이 떠오르는 모습을 바라보다가 아직 곤히 잠든 토니를 두고 침대에서 일어나 밖으로 나갔어요. 전날 충격과 혼란을 겪은 나를 위로하고, 내가 세상에서 점하는 위치를 확인할 필요성을 느꼈거든요. 그리고 당연하게도 아름다운 아침의 햇볕 속에서는 모든 것이 생각만큼 나쁘지는 않다고 느끼게 되었어요.

촉촉하게 빛나는 잔디밭을 통과하자 숲이 끝나는 지점에서 광활한 습지와 돛을 쳐든 채 바다를 갈망하는 낡은 배의 광경이 보였어요. 만조였어요. 밀물이 이곳 특유의 조용하고 마법 같은 방식으로 밀려들어 땅을 덮었지요. 이곳의 만조를 보고 있으면 왠지 누군가가 잠결에 뒤척이다가 몸을 쭉 펴고 널브러지는 모습을 보는 기분이에요.

바로 그곳에, 배 옆에 서서 나와 같은 풍경을 바라보는 사람이 있었어요. 다름 아닌 L이었지요. 나는 타인과 마주할 준비가 전혀 안 되어 있었고 아직 잠옷 차림이었으나 어쩔 수 없이 그에게 다가가 인사할 수밖에 없었어요. 하지만 이것이 나와 L의 관계에서 핵심적인 순간이 되리라는 것을 이미 인지하고 있었지요. 의지는 관철되지 않고, 사건을 바라보는 관점이 폐기되며, 사적인 순간에 통제력을 상실할 거였어요. L이 악의를 품었기 때문이 아니라 그저 L은 내가 통제할 수 있는 대상이 아니라는 당연한 사실이 일으킨 결과였지요. 그를 내 삶에 끌어들인 것은 그 누구도 아닌 나 자신이지만 말이에요! 그때 나는 문득 깨달았어요. 이런 종류의 통제 상실로 인해 과거의 내가 얼마나 분노하고 추해지고 엉망진창으로 망쳐졌다 한들 그것에는 새로운 가능성이 있다는 것, 그것은 새로운 종류의 자유일지도 모른다는 것을, 그날 아침에 알게 된 거예요.

그는 내가 다가가는 소리를 듣고 고개를 돌려 말을 걸었어요. L의 목소리가 얼마나 조용한지 아직 말하지 않았지요, 제퍼스. 마치 옆방에서 들리는 목소리처럼 웅얼거리는, 음악과 말소리의 중간쯤에 있는 소리예요. 제대로 알아들으려면 집중해야 하지요. 하지만 그가 입을 열면 눈에서 매혹적인 빛이 뿜어져 나와 그 자리에 못 박힌 듯 서 있게 돼요.

"정말 아름다운 곳이에요."

L이 말했어요.

"브렛과 나 모두 정말 감사하게 생각합니다."

그는 깔끔하게 면도한 얼굴이었고, 잘 다림질한 셔츠와 전날과 다른 알록달록한 스카프 차림의 생기 넘치는 모습이었어요. 그가 감사 인사를 하자 나는 즉각 부끄러움을 느꼈어요. 마치 내가 그에게 뇌물을 주려고 했는데 그가 예의 바르게 거절한 것만 같았지요. 이미 말한 것처럼 그가 이곳에 있는 이유가 오로지 나 때문이라는 것을 의식하게 되었어요. 나는 손님들이 잽싸게 자신의 독립성을 확보하거나 독립적인 척하고, 우리가 처한 상황에 ―자기중심적으로 말해보자면― 자기도 기여한 바가 있는 것처럼 구는 모습에 익숙했어요. 반면 L은 원하지 않는 곳에 억지로 끌려온 얌전한 아이처럼 굴었지요.

"꼭 여기에 머무실 필요는 없어요."

내가 말했어요. 아니, 나도 모르게 말했다고 해야 할까요. 평소라면 절대 하지 않을 만한 말이거든요.

L은 놀란 듯했고, 그의 강렬한 눈빛이 잠시 잦아들더니 다시 빛을 발했지요.

"알아요."

그가 말했어요.

"감사하실 것 없어요."

내가 말했어요.

"그런 말 들으면 초라하고 추한 기분이 들어요. 꼭 참가상을 받은 것처럼."

잠시 침묵이 감돌았지요.

"알겠습니다."

그가 말했고, 얼굴에 장난스러운 미소가 떠올랐어요.

나는 빗지도 않은 머리카락과 꼬깃꼬깃한 잠옷 차림으로 서서 맨발이 이슬에 닿아 차가워지는데 그냥 울어버리고 싶다고 생각했어요. 아주 기이하고 격렬한 충동이 연달아 나를 덮쳤지요. 잔디밭에 엎드려서 땅을 내리치고 싶었어요. 통제력을 완전히 잃어보고 싶었어요. 이미 L과의 관계 속에서 통제를 잃어버렸다는 사실을 인식하면서도요.

"혼자 오실 줄 알았어요."

내가 말했어요.

"아."

그가 부드럽게 말했어요.

"그렇지요. 그렇게 알고 계셨겠군요."

알려주는 것을 깜빡했을 뿐 더는 할 말이 없다는 듯한 태도였어요.

"브렛은 괜찮은 녀석이에요."

그가 덧붙였어요.

"하지만 모든 게 바뀌었잖아요."

나는 엉엉 울었어요.

설명하기가 힘들어요, 제퍼스. 그때 L과 나눈 첫 번째 대화에는 꼭 피붙이에게 느낄 만한 끈끈한 감정이, 우리가 형제자매인 듯한 친밀감이 있었어요. 같은 뿌리에서 자라난 것처럼요. 마치 내 평생이 자신을 통제하고 억누른 과정이었다는 듯 L이 보는 앞에서 울고 싶고 나를 놔버리고 싶었고, 그런 욕망은 누군가가 나를 알아봐줬다고 느낀 결과였어요. 그때 나는 내 추함을 날카롭게 의식하고 있었는데, 그 뒤로도 L과 함께 있을 때면 항상 그런 상태였어요. 분명 의미심장하잖아요, 그때 내가 느낀 기분을 떠올리는 것은 고통스럽지만 말이에요.

사실 나는 못생긴 사람은 아니고, 분명 내 인생의 다른 시절보다 그때 더 못생겼다고 할 수는 없거든요. 내가 여자로서 지닌 객관적 가치가 어느 정도든, 내가 못생겼고 역겨운 존재인 것 같은 그 괴로운 느낌은 나를 평가하는 타인의 시선에서 비롯한 것이 아닌 내면에서 비롯한 거였어요. 내면에 있는 못생기고 역겨운 이미지를 갑자기 다른 사람들에게, 특히 L에게,

또 브렛에게 보이게 된 것만 같았어요. 그런 상태에서 브렛의 무례함과 뼈 있는 군말 생각을 하니 참을 수가 없더군요! 나는 기억력이 생겼을 때부터 내면에 나 자신이 추하다는 생각을 품고 살아왔다는 것을 깨달았어요. 이것을 L에게 공개한 까닭은 어쩌면 그가 이런 생각을 제거해주거나 이런 생각으로부터 도망칠 기회를 제공해줄 것 같다고 믿었기 때문인지도 몰라요.

지금 돌아보니 내가 겪었던 것은 그저 내 내면에 있는 분류함을 직면하게 된 충격이었을지도 모르겠어요. 나는 내면에 여러 상자를 만들어 이것저것 숨겨두고 그중 어떤 것을 타인에게 보여줄지 결정하고는 했지만, 다른 사람들도 내면에 상자를 두고 자신을 숨기는 것은 마찬가지잖아요! 그전까지는 내가 아는 사람 중 분류함이 가장 적은 사람은 토니라고 생각했어요. 어찌 된 일인지 그에게는 상자가 두 개밖에 없었거든요. 그가 하는 말과 행동, 그가 하지 않는 말과 행동. 하지만 L을 보면서 처음으로 온전히 통합된 존재를 만났다는 생각이 들었고, L이 잡아서 가둬야 하는 야생의 생명체인 것처럼 그를 붙잡고 싶은 충동을 느꼈어요. 이와 동시에 그의 천성은 잡히기를 거부한다는 것을, 나는 그의 끔찍할 정도로 자유로운 상태를 그저 받아들여야 한다는 것을 깨달았지요.

그는 이야기를 시작하면서 내게서 시선을 돌려 바다와 습지를 바라보았고, 나는 그가 하는 말을 알아듣기 위해 꼼짝도 안 하고 서서 귀를 기울여야 했어요. 태양이 더 높이 떠올랐고, 잔디밭 위 우리가 서 있는 쪽까지 길게 이어지던 나무의 그림자가 짧아지고 바닷물이 밀려들면서 우리는 그림자와 바닷물 사이에 갇힌 듯했어요. 이곳 특유의 감지하기 힘든 변화로, 그 가운데에 있으면 무언가가 태어나는 과정에 참여하는 듯한 기분이 되고는 하지요. 적요함이 짙어지고 짙어지면서 공기도 점점 더 밀도가 높아지고, 마침내 바다는 보호막처럼 빛을 반사해내기 시작해요.

그때 L이 했던 말을 옮기는 것은 불가능해요, 제퍼스. 어떤 경우에도, 누구라도, 그렇게 진중한 대화를 정확하게 옮길 수 없을 것 같은 데다가 나는 거짓말을 하지 않겠다고 결심한 상태거든요. 심지어 서사를 위해서라도 말이에요. 그는 사회가 지겹다고, 자신은 줄곧 사회에서 도망치고픈 욕구를 느낀다고 했고, 그래서 어떤 곳이든 집이라고 생각하기가 힘들다고 했어요. 어렸을 때는 이런 반쯤은 노숙자 같은 생활이 불편하지 않았고, 나이를 먹은 후에는 지인들이 모아둔 재산으로 압

박용 깁스 같은 집을 만들어 그 안에 들어가 사는 모습을 지켜봤다고 해요. 그런 집들은 폭발해버릴 때도 있고 안에 사는 사람의 숨통을 조일 때도 있었어요.

하지만 L은 어느 곳에 있든 조금만 시간이 지나면 다른 곳으로 가고 싶어졌대요. 그의 삶에서 진실한 장소는 뉴욕에 있는 스튜디오, 지금까지 줄곧 사용한 그곳 하나뿐이고요. 시골 별장에 스튜디오를 하나 더 만들었는데 그곳에서는 도무지 작업이 안 됐대요. 자신을 주제로 한 박물관에 있는 것만 같아서요. 최근에 별장과 함께 도시에 있는 집까지도 팔아야만 했는데, 그 결과 항상 쓰던 스튜디오만 남아서 처음 일을 시작했을 때와 똑같은 상태가 되었어요. 마찬가지로 타인과 지속적인 관계를 쌓은 적도 없고요. 어찌나 게걸스럽게 사랑을 먹어 치우는지 삽시간에 애인이 생겼다가 헤어지고 또 생겼다가 헤어지기를 반복해서 그중 지속된 관계는 아무것도 없다는 사실을 모르며 사는 사람들을 많이 알고 있지만요. 그리고 겉으로 보기에는 순조로운 듯하지만 속으로는 썩고 있는 관계도 많이 알고 있고요.

그가 흥미를 느끼는 문제는 자신이 무언가를 놓치고 산다는 것이 아니라, 인식조차 하지 못하는 새로운 무언가가 있을

지도 모른다는 거였어요. 궁극의 현실과 관련된 미지의 어떤 것을, 그는 존재조차 하지 않는 현실 속의 어떤 것을 인식하지 못하는 채로 살고 있다는 거죠.

L은 과거로 돌아가 이런 관점으로 어린 시절을 다시 고민해볼 수밖에 없었다고 했어요. 하지만 자기 삶의 자세한 부분들은 너무나도 뒤죽박죽이라 그저 그 본질만 추출하고 나머지 자잘한 것들은 폐기해야 한다는 사실을 오래전부터 알고 있었대요. 하지만 그는 자신이 간과한 무언가가 있다고 확신했어요. 그것은 죽음과 관련이 있었지요. 죽음은 그의 어린 시절에서 중요한 부분을 차지해요. 처음부터 그는 죽음에서 삶의 충동을 발견했어요. 여느 아이라면 도살장에서 동물들의 죽음을 바라보며 겁에 질렸겠지만, 그는 깊은 고민을 했고 무언가가 맞아떨어지는 감각, 자신의 존재를 확인받는 감각을 느꼈어요.

그는 자신이 겁 없고 무덤덤한 이유가 죽음에 지속적으로 노출되어 감각이 마비된 결과라고 생각했지만, 그렇다면 그는 태어날 때부터 마비된 상태였던 셈이에요. 그건 사실이 아니지요. 무언가가 맞아떨어지는 감각은 다른 것을 의미했어요. 세상의 모든 것과 평등하다는 느낌, 그리고 그 모든 것을 이겨낼 능력을 말이에요. 그에게는 절대 숙명의 손길이 닿을 수 없었어요. 아니, 그렇다고 믿었지요. 눈앞에서 파괴를 목격할 때조차도 자신은 파괴될 수 없다고 믿은 거예요. 그는 자신의 생존을 자유로 받아들였고, 그 자유를 갖고 달아났어요.

나는 L에게 토니도 어렸을 때 죽음을 경험했는데, L과 정반대로 원래 있던 곳에서 절대 움직이지 않는 방식으로 반응했다고 말했어요. 한곳에 뿌리박고 절대 움직이지 않으려는 토니를 보면 가끔 짜증이 나서 그것을 경계심이라든지 보수성이라고 판단하고는 했지만, 시간이 지나면서 그런 성격에도 어느 정도 탄력성이 있다는 것을 깨달았기에 이제는 존중한다고 했어요. 나는 무엇이든 존중하기가 힘들다고, 어떤 것이 변할 수 없고 확정된 것으로 제시되면 그것이 무엇이든 본능적으로 저항하게 된다고 말했어요.

토니를 만나기 전 힘들었던 시기에 누군가의 추천을 받고 찾아간 심리분석가가 내 성격을 종이 위에 지도로 그려서 보여주었던 이야기도 했지요. 그는 꼬깃꼬깃한 A4용지 한 장에 내 성격을 요약해낼 수 있다고 생각했어요! 분명 그 수법을 자랑스러워하는 것 같더군요. 그의 지도 가운데에는 객관적인 진실처럼 보이는 것이 있고 그 주변으로 수많은 화살이 여기저기로 솟아 만나고 겹치면서 매우 복잡한 원을 그렸어요. 이 화살의 절반은 저항의 충동을 따르고 있었고, 또 다른 절반은 순응의 충동을 따르고 있었지요. 즉, 나는 무언가에 적응하면 그 즉시 반항을 시작하고, 반항한 후에는 그것에 만족해서 다시 순응하고 싶어 한다는 뜻이었어요. 의미 없이 빙글빙글 나만의 춤을 추는 셈이지요!

그는 자신의 설명이 과연 천재적이라고 생각했는데, 당시에 나는 오직 자신을 해하고 싶은 욕망에 사로잡혀 있었어요. 그 욕망이 개처럼 내 목을 물고 있었지요. 그래서 나는 상담을 그만두었어요. 분명 심리분석가는 내게서 욕망의 개를 떼어 놓을 생각이 없었거든요. 반항에 관한 그의 이론이 옳다는 것을 증명하게 되어 화가 났지요. 아니, 그가 자기 이론이 옳았다고 생각할 것 같아 화가 났어요.

몇 달이 지난 후 길에서 그 심리분석가를 만났다고 나는 L에게 말했어요. 그는 내게 다가와 약간 꾸중하는 듯이 잘 지내냐고 물었고, 나는 사람들이 지나다니는 대낮의 거리에 서서 그를 나무라기 시작했지요. 달변의 신이 강림하기라도 한 듯 이야기를 이어갔어요. 열변을 토했고, 거대한 의미가 담긴 문장들이 내 입에서 흘러나왔어요. 나는 그에게 되새겨줬어요. 어

린아이의 엄마인 내가 사는 것이 고통스럽고 자해라도 할까
봐 걱정되어서 그를 찾아갔는데, 그는 아이와 나를 지키기 위
한 그 어떤 조치도 취하지 않은 채 그저 종이에 그림이나 끄적
이고 내게 권위 콤플렉스가 있다는 증거만 보여줬다고요. 내
가 직접 겪고 있는 고통인데 증거를 모를 리가 있나요!

그는 내가 말하는 도중에 항복한다는 듯 손을 들어 올렸어
요. 얼굴이 하얗게 질렸고 갑자기 쇠약한 노인처럼 변한 모습
으로 줄곧 손을 들어 올린 채 뒷걸음질로 내게서 멀어지다가
어느 정도 간격이 생기자 뒤돌아 도망치기 시작했어요. 항복
한다는 듯 손을 올린 채 도망치는 남자의 이미지는 지금껏 내
가 받아들이지 못한 모든 것의 상징으로 머릿속에 남아 있다
고, 나는 L에게 말했어요. 나는 절대 나 자신에게서 벗어날 수
없지요. 하지만 그는 그저 도망치면 되잖아요!

L은 손으로 입을 가리고 푸른 눈으로 내 눈을 바라보며 이
야기를 들었어요.

"세상에, 잔인하기도 하지."

그가 말했어요. 하지만 손으로 입을 가리고 있어서 미소를
짓는지 찡그리는지 알 수 없었고, 누구에게 잔인하다고 하는
지도 알 수 없었지요.

우리는 잠시 침묵 속에서 서 있었고, 잠시 후 L이 다시 입을 열고 그의 어린 시절 이야기로 돌아갔기 때문에 내가 중간에 했던 이야기는 그저 예의 바르게 폐기된 듯했어요. 그가 타인에게 무관심해서 그랬던 것 같지는 않아요. 그는 분명히 내 이야기를 주의 깊게 들었거든요. 하지만 그는 서로를 부추겨 각자의 상처를 꺼내 보이는 공감의 게임을 할 생각이 없는 거였어요. 그는 나에게 자신을 설명하기로 결심했고, 그게 전부였어요. 그 대가로 내가 뭘 제공할지는 순전히 내 몫이었던 거지요.

L의 삶에 관한 설명을 들은 사람은 나뿐만이 아닌 듯했어요. 갤러리나 무대 위의 인터뷰에서 그것과 거의 똑같은 이야기를 하는 L의 모습을 상상할 수 있었어요. 인간은 자신이 그럴 자격을 얻었다고 생각할 때만 그런 식으로 말하는 법이거든요. 그리고 나는, 적어도 그가 보기에는, 그런 자격을 얻지 못했잖아요! 아니면 아직 얻지 못했다고 해야 할까요?

그는 어렸을 때 아버지가 병에 걸리자 어머니가 할 일을 줄여주기 위해 친척 집에 가서 살았던 이야기를 했어요. 친척 아주머니와 아저씨 부부는 아이가 없었으며 거칠고 장난기가 많았는데, 그들의 주요 재밋거리와 행동 동기는 상대방이 골탕 먹는 모습을 보는 것이었대요. 아주머니가 오븐에 화상을 입자 아저씨가 재미있어서 껄껄거리면서 손을 비비는 모습을 바라보던 것을 그는 기억했어요. 아저씨가 문틀에 머리를 찧으면 아주머니는 배를 잡고 웃었고, 싸울 때는 부지깽이나 프라이팬을 들고 식탁 주변을 빙빙 돌면서 추격전을 벌이다가 기꺼이 피까지 보았다지요. 그는 그들 같은 성격 유형이 더는 존재하는지 모르겠다고 했어요. 둘은 인간보다는 짐승 같았고, 그래서 그는 성격이라는 것 자체가 인류가 현대에 와서 거리를 두게 된 동물적 특징이 아닐지 고민하게 되었지요.

아주머니와 아저씨는 딱히 그에게 관심을 보이지는 않았으나 그를 괴롭히지도 않았는데, 그렇다고 해서 아버지가 몸져누운 힘든 시기에 어떻게 하면 아이를 위로할 수 있을지 잘 아는 것도 아니었어요. 그는 학교 공부에 더해 힘든 육체적 노동까지 맡아야 했고, 시간이 조금 흐르자 아주머니와 아저씨는 더는 그를 학교에 보내지 않았지요. 그는 조금씩 깨닫게 되었어요. 그들과 함께 지내는 동안 아버지가 돌아가시면, 그들은 그저 어깨를 한 번 으쓱하고는 살던 대로 살아가리라는 것을요. 심지어 그에게 말해주지 않을 수도 있을 듯했고, 이런 가상의 상황이 너무나도 또렷하게 그려져서 상상이 현실이 되기 전에 집으로 돌아가기만을 바라게 되었어요.

결국에는 집으로 돌아오는 데에 성공해 실제로 아버지가 돌아가셨을 때쯤에는 아저씨와 아주머니를 까맣게 잊었어요. 그러나 나중에 다시 떠올랐어요. 자신을 특별하게 여기지 않는 사람들과 살면서 자신이 이야기의 한 역할을 맡을 수 있는 곳으로 돌아가기를 간절히 바라던 시절이었지요. 그때 그는 여태껏 보았던 그 어떤 유혈 낭자한 장면보다 더 확실하게 죽음을 엿보았어요. 그가 현실 속에 존재하면서 현실을 지켜보든 보지 않든, 현실은 계속된다는 것을 깨달았던 거예요.

그때쯤에는 해가 높게 떠서 우리는 함께 서서 습지를 바라보고 화창한 날씨를 즐겼어요. 나는 온전히 그 순간에 존재할 때─짧게나마─느낄 수 있는 드문 평온을 느꼈지요.

"우리 때문에 귀찮은 게 아니어야 할 텐데요."

L이 그때 말했어요.

"나 때문에 이곳의 삶이 망가지는 건 싫어요."

"L이 이곳의 삶을 망가뜨릴 이유가 없잖아요."

나는 다시금 화가 나서 말했어요. 그런 말을 하지 않으면 얼마나 좋았을까요!

"그저 내 운이 다한 것만 같아서 그럽니다."

그가 말했어요.

"지난 몇 달간 상황이 정말 암울했거든요. 그런데 이제는 다 상관없다는 생각도 들어요. 다시 일이 잘 굴러갈 가능성도 있지만, 미래를 향하지 않고 과거를 거슬러 올라가게 될 것만 같아요. 나는 매일 조금씩 더 홀가분해집니다. 나쁘지만은 않아요, 머물 곳이 없는 삶도."

나는 그것이 오직 남자만―부양가족이 없는 남자―즐길 수 있는 감각이라고 말했어요. 제퍼스, 내가 겨우 참아낸 말은 그것이 머물 곳을 제공하는 나 같은 사람들의 인심에 의존하는 생활이라는 거였어요! 하지만 말한 것이나 다름없었어요. 웬일인지 L이 내 속내를 알아챘거든요.

"내 삶이 비극적이지 않다고 오해하지는 마시기를."

그가 부드럽게 말했지요.

"결국 나는 거지에 지나지 않고 줄곧 그렇게 살았으니까요."

나는 전혀 동의하지 않았고, 그렇게 말했어요. 애초에 여자의 몸으로 태어나지 않은 것만 해도 행운이지요. L이 자신의 자유를 인식하지 못하는 것은 자유가 그 뿌리부터 부정당하는 삶을 상상조차 할 수 없기 때문이에요. 구걸한다는 것은 본

질적으로 자유로운 행위지요. 적어도 욕구가 있는 상태와 평등을 이뤘다는 것을 암시하니까요. 나는 결핍의 경험을 통해 그저 자연의 무자비함만을 보았다고 그에게 말했어요. 상처 입은 사람은 자연에서 살아남을 수 없어요. 여자는 자신을 운명에 맡기고 아무런 상처 없이 살아남을 것이라고 절대 기대할 수 없고요. 살아남는다면 자기 생존의 공모자가 되는 셈이니, 그 후에는 어떻게 삶의 진실을 깨달을 수 있겠어요?

"나는 당신에게 깨달음 같은 것은 필요 없는 줄 알았습니다."

그가 중얼거렸어요.

"이미 모든 걸 알고 있다고 생각했는데요."

그 말을 하는 그는 왠지 말투가 빈정거리는 듯했지요. 실제로 빈정거렸든 그러지 않았든 그가 여자들에게는 신적이거나 여자들만의 유구한 지식 같은 것이 있다는 식의 농담을 하려고 했던 것이 기억나요. 그 말은 여자들의 지식이 어떤 것인지 굳이 알아볼 생각이 없다는 뜻이었지요.

그는 이곳에 머무는 동안 초상화를 시도해볼 생각이라고 말했어요. 최근 신변에 변화가 생기면서 사람을 더 명확하게 보게 되었다고요.

"궁금한 것이 있어요."

그가 말했지요.

"토니가 내 모델이 되어줄까요."

이 말은 너무 난데없고 예상과 정반대라서 나는 거의 신체적 타격을 입은 것 같았어요. 여태껏 우리 앞에 놓인 바로 그 풍경을 그의 시선으로 바라보면서 풍경 속에서 그의 예술을 발견했는데, 난데없이 토니를 그리고 싶다니 말이에요!

"저스틴도요."

그가 또 말했어요.

"저스틴이 함께해줄 거라고 생각하시나요."

"누군가의 초상화를 그릴 거라면."

내가 외쳤어요.

"당연히 내 초상화를 그려야 하는 것 아닌가요!"

그는 어렴풋한 놀라움이 느껴지는 표정으로 나를 바라보았어요.

"하지만 나는 당신을 제대로 바라볼 수 없어요."

그가 말했지요.

"왜요?"

나는 질문했고, 내 영혼 가장 깊은 곳에 바로 이 질문이 있었던 것 같아요. 항상 물어보았고 그때도 물어보고 싶었어요. 아직 대답을 듣지 못했으니까요. 그리고 그날 아침에도 나는 대답을 듣지 못했어요, 제퍼스. 바로 그때 브렛으로 보이는 형상이 잔디밭을 가로질러 우리에게 다가왔고, 나와 L의 대화는 거기서 끊겼거든요. 양손에 웬 보따리를 들고 있었는데, 알고 보니 별채에 있는 침구를 전부 가져온 거였어요. 축축한 잔디밭 위에 잠옷 바람으로 서 있는 내게 그걸 떠넘기려 하더군요.

"이런 일이 다 있네요."

브렛이 말했어요.

"이 침구를 덮고는 잠을 잘 수 없어요. 피부를 자극해서요. 아침에 일어났더니 얼굴이 꼭 깨진 거울 같지 뭐예요! 더 부드러운 것 없나요?"

브렛은 친밀한 사이가 아니라면 넘지 않는 사람과 사람 사이의 간격을 넘어 내게 가까이 다가왔어요. 가까운 곳에서 봐도 피부가 젊음과 건강으로 반짝반짝 빛났지요. 브렛은 코를 찡그린 채 내 얼굴을 뜯어보았어요.

"혹시 같은 침구를 사용하세요? 나처럼 얼굴이 잔뜩 자극된 것 같은데."

L은 이런 뻔뻔한 언행을 무시하면서 팔짱을 낀 채 서서 풍

경을 감상했고, 나는 우리 집에 있는 침구는 전부 똑같으며 전부 건강한 자연 소재로 만들었기 때문에 다소 거칠거칠한 거라고 설명했어요. 상점은 전날 두 사람을 마중하러 갔던 시내에 있어서 그 먼 길을 또 다녀오지 않는 이상 다른 침구를 제공할 수 없다고 덧붙였고요. 브렛은 애원하는 눈빛으로 나를 바라보았어요.

"거기까지 가는 건 너무 힘들려나요?"

나는 어찌어찌 가까스로 그 자리에서 빠져나왔고—정말 끔찍했어요, 브렛 옆에 있으면 완전히 개방된 공간에서도 갇혔다는 느낌이 들었지요—본채로 달려가 샤워실로 들어가서는 나 자신을 지워버리려는 것처럼 씻고 또 씻었어요. 나중에 저스틴과 커트에게 가까운 시내에서 필요한 것들을 사올 계획이니 별채로 가서 목록을 작성해오라고 했고, 침구 이야기가 또 나왔는지는 모르겠지만 내 귀에는 들리지 않았답니다!

그해 봄에 저스틴은 스물한 살이었어요, 제퍼스. 스물한 살은 사람이 자신의 본성을 드러내기 시작하는 나이라 딸은 자신이 여러 면에서 내 짐작과 다르다는 것을 보여주었는데, 그와 동시에 뜻밖에도 내가 알던 사람들을 상기시켰어요. 나는 부모라고 해서 딱히 자식에 대해 많이 알지는 못한다고 생각해요. 겉으로 보이는 자식의 특성이나 행동은 어쩔 수 없는 결과물이지 의도한 것이 아니기 때문에 온갖 오해를 낳고 말지요. 예를 들어 부모는 자식이 예술에 재능이 있다고 확신하는 경우가 많지만, 사실 자식은 예술가가 될 마음이 전혀 없는 거예요!

아이가 어떻게 자랄지 예측하는 일은 전부 어림짐작에 지나지 않아요. 아마도 육아에 재미를 가미하려고, 흥미로운 이야기를 들으면 시간 가는 줄을 모르는 것처럼 육아를 소재로 이야기를 지어 시간을 빨리 가게 하려고 그러는 거겠지만, 어쨌든 가장 중요한 문제는 아이가 세상에 나가 잘 살아나가는 거지요. 누구보다 그들 스스로가 이 사실을 잘 알 거라고 믿어요. 나는 자식의 의무라는 개념에 관심이 동했던 적이 없고, 저스틴에게 어머니란 대단한 존재라고 암시한 적도 전혀 없기에 우리는 서로를 대할 때 어머니와 자식 관계에서 중요한 것들을 상당히 빨리 파악할 수 있었어요. 저스틴이 열세 살쯤 되었을 때, 내가 자신에게 어떤 의무를 진다고 생각하는지 물어봤던 기억이 나네요.

"내게는 네가 원할 때 독립할 수 있도록 자유를 주어야 할 의무가 있어."

나는 한번 생각해보고 말했어요.

"하지만 그게 잘 풀리지 않으면 줄곧 너를 책임져야 할 의무도 있지."

아이는 잠시 아무 말 없이 앉아 있더니 고개를 끄덕이고는 말했어요.

"좋네."

나는 함께해온 세월 속 특정한 사건들 때문에 저스틴이 약하고 상처가 많다고 생각하게 되었지만, 사실 딸아이를 정의하는 특성은 강인함이에요. 어렸을 때부터 이런 강인함을 보여주었지요. 부모 역할은 치명적인 오류나 잘못 없이 자식의 어렸을 때 모습이 성장한 후에도 발현하게 해줌으로써 끝나는 것일지도 모르겠어요. 가끔 생각해요. 회화의 생존에 관해서, 하나의 그림이 훼손되지 않은 채 그 오랜 세월을 버텼다는 사실이 우리 문명에 시사하는 바에 관해서 말이에요. 원본의 생존에 필요한 도덕성 같은 것이 인간의 영혼을 양육하는 행위와도 관련이 있는 것 같아요.

한때 저스틴을 만날 수 없었던 시기가 있어서 그때 딸이 어떤 일을 겪었는지 절대 알 수 없을 것이기에, 나는 그 시기에 생긴 듯한 상처가 감지되면 항상 주의를 기울였어요. 의무에 관한 대화를 나누었을 때쯤 이 이야기도 했어요. 내가 일 년 동안 제공해야만 하는 돌봄을 제공하지 않았으니 이것을 공식적인 빚이라 생각하고 언제든 받아 가도 된다고 했지요. 심지어 종이에 차용증서까지 써줬다니까요! 저스틴은 기분 나쁘지 않은 웃음을 터뜨렸는데, 딸이 실제로 증서를 돌려준 적은 없었지만 커트를 데리고 베를린에서 돌아와 우리와 살게 되었을 때는 어쩌면 빚진 것을 받으려는 것일지도 모르겠다는 생각이 들었어요.

떨어져 사는 동안 딸은 완전히 딴사람이 되었어요. 익숙한 곳에 오랫동안 발길을 끊었다가 돌아가면 공간이 더 작고 깔끔해 보이는 것처럼 변화는 무엇이든 처음에는 충격적이기 마련이지만, 오랜만에 만난 저스틴은 어딘가 정제된 듯하면서도 어떤 면에서는 놀라울 정도로 달라진 상태였어요. 변화는 상실이고, 그렇게 보면 부모는 매일 자식을 상실하는 거예요. 그러다가 아이가 앞으로 어떻게 변할지 예측하는 것은 그만두고 지금 앞에 있는 모습에 집중하자고 생각하게 되지요.

그간 저스틴의 아담하고 건강한 몸은 성숙해져서 곡예사가 떠오를 정도로 단단하고 유연했어요. 폭발할 듯한 에너지를 능숙하게 조절하다가 당장이라도 의기양양하게 하늘로 날아갈 것만 같았지요. 하지만 따를 만한 지침이나 해야 할 일이 없을 때는 끔찍할 정도로 무기력했어요. 곡예사가 미지의 이유로 지상에 발이 묶인 것처럼요. 그리고 머리카락을 다 잘라 버려서 나는 아주 상심했지요. 게다가 예쁜 몸에 어울리지 않고 커트의 휘황찬란한 복장과도 대비되는 투박한 작업복이나 밋밋한 옷만 입더라고요. 별다른 이유 없이 자신의 여성스러운 매력을 낭비하려는 모양이었는데, 그 원인을 제공한 것이

나인 것만 같아서 내심 두려워진 나머지 커트를 탓해봐야겠다는 유혹도 느꼈어요.

두 사람이 조성하는 지루한 중년 커플 같은 분위기는 저스틴보다는 커트가 만들어내 이익을 보는 것 같았고, 커트가 목소리를 낮추고 저스틴을 조금 나무라거나 비판할 때가 잦아나는 줄곧 놀라고 말았어요. 꼭 부모가 자신을 과시하려고 괜히 자식을 나무라는 것과 비슷한 목소리던데요. 하지만 저스틴은 커트에게 비굴하게 굴었고, 무슨 일이 생겨 커트의 욕구나 기대가 충족되지 못하면 아주 야단이었어요. 이는 본채에서 그들과 함께 있는 동안 내가 그 불충족의 원인이 되지 않으려고 줄곧 조금씩 긴장하며 살았다는 뜻이었지요.

속으로는 저스틴의 행동이 그 애의 아버지를 향한 해결되지 못한 감정 때문이라고 해석했어요. 나도 옛날에는 전남편 옆에 있으면 긴장하고 비굴해지곤 했거든요. 나는 무척 자연스럽게 커트를 전남편과 비슷하게 생각하게 되었어요. 어느 날 아침에는 저스틴 옆에 앉아 있는데, 딸이 가방을 뒤지는 사이 조그마한 사진 한 장이 떨어졌어요. 주워봤더니 저스틴과 전남편을 가까이에서 찍은 사진이었지요. 그 사람의 얼굴을 본 것도 벌써 몇 년 전 이야기였어요. 둘은 머리를 맞대고 어깨에 팔을 두른 채 아주 행복한 표정을 짓고 있었는데, 정말 놀랍게도 질투나 불안은 전혀 느껴지지 않고 그저 좋아 보이기만 하더라고요!

"너랑 네 아빠, 사진이 아주 잘 나왔네."

내가 말했고, 딸이 내 귀에 대고 찢어지는 웃음소리를 냈을 때는 놀라서 펄쩍 뛰었어요.

"그건 커트인데!"

저스틴이 깔깔 웃으며 말하더니 사진을 가방 속에 구겨 넣었어요.

나중에 딸이 커트에게 이 사건을 전해주었고 둘은 내가 커트를 저스틴의 아빠로 오해한 것에 또 웃음을 터뜨렸으나 나는 이 오해에 두 사람의 짐작보다 더 깊은 의미가 있다는 것을 점차 의식했지요. 예를 들어 토니가 커트에게 바깥에서 일을 도와달라고 부탁하면 나는 즉시 목구멍으로 반대하고 싶은 욕구가 밀려드는 것을 느끼게 되었어요. 마치 커트가 불편한 일이나 노동으로부터 보호받아야 한다고 생각하는 것 같았지요. 한때 저스틴의 아버지를 두고도 이런 생각을 했는데, 이를 보면 인간이란 좀처럼 바뀌지 않는다는 것을 알 수 있어요.

하지만 저스틴은 토니의 부탁에 반감을 보인 적이 없어요.

그 이유는 부탁한 사람이 토니이기 때문이었어요. 어떻게 아느냐면, 언젠가 내가 커트에게 식탁에 있는 접시 정리를 도와달라고 했더니 저스틴이 보란 듯이 나를 노려봤거든요. 사람들이 누군가를 '깊이 사랑한다'라고 할 때, 특히 그 사랑의 대상을 선택할 수 없을 때는 보통 그 말을 의심하는 편이지만, 저스틴은 처음부터 진심으로 토니를 받아들이고 신뢰하는 것 같았어요. 그리고 토니도 마찬가지라 저스틴이 친딸이라고 해도 그보다 더 사랑할 수는 없을 터였지요. 사람들 대부분은 그런 초연한 사랑을 할 수 없지만 토니는 자기 피가 섞인 자식이 없고 친척도 없어서 자기가 원하는 사람을 사랑할 수 있어요.

어쨌든 그는 커트가 자신을 도와주며 바쁘게 지내야 한다고 믿었어요. 내가 커트를 전남편으로 오해한 것이 창피해서 토니에게 그 이야기를 전했더니 그는 하던 일을 멈추고 악어처럼 눈을 반쯤 감은 채 아주 오랫동안 가만히 서 있었어요. 그래서 나는 깨달았죠. 내가 저스틴의 아빠를 고른 것과 저스틴이 커트를 고른 것이 비슷한 선택이라는 사실을 토니는 처음부터 파악했던 거예요.

L과 브렛이 도착한 다음 날 아침, 내가 배 옆에서 L과 대화

한 아침부터 계절에 맞지 않게 더운 날씨가 시작되었어요, 제 퍼스. 그때는 봄이라 예년이었다면 바람과 햇빛과 비가 번갈 아가며 겨울의 잔해를 치워내고 새로운 생명이 싹트면서 급 격한 변화의 나날이 이어져야 했어요. 그러나 매일 불가해한 적막과 열기만 계속되었고, 연한 흙 위로 꽃이 서둘러 피어나 며 나무도 재빨리 잎사귀 옷을 입었어요. 습지를 걸어 다니면 서 살펴보니 평소라면 늪처럼 질척했을 길이 바싹 말라 있었 고, 여기저기 벌레 떼가 구름처럼 뭉쳐 날아다녔으며, 한 번도 들어본 적 없는 날카롭고 커다란 새소리가 들렸어요. 마치 어 떤 중요하고 신비로운 선약 때문에 모든 생명체가 성급하게 땅 위로 소환된 것 같았지요.

봄비가 내리지 않아 날이 너무 건조했기에 어린나무와 식 물이 말라 죽을까봐 걱정하던 토니는 긴 고무호스를 땅 여기 저기에 연결해 급수 시스템을 구축하기 시작했어요. 순환로 와 교차로 같은 것이 얼마나 많은지 꼭 거인의 혈관계 같았는 데, 모든 호스 옆면에 작은 구멍을 수백 개씩 뚫어서 물이 끊 임없이 흐를 수 있게 만들었어요. 품이 많이 들고 귀찮은 작업 이라 몇 시간이 걸렸고, 나는 저 멀리 이쪽 끝에서 저쪽 끝으 로 옮겨 다니며 몸을 구부린 채 일에 집중하는 토니의 모습에 익숙해졌지요. 얼마 후에는 커트를 데려다가 도우미로 삼았고, 그때부터는 저 멀리 두 사람이 몸을 구부린 채 머리에 햇볕을 받으며 논의하는 광경이 보였어요.

가끔 그들에게 마실 것을 가져다주기도 했는데, 두 사람은 복잡한 접합부의 구조를 파악하거나 어째서 물이 특정한 경로로 흐르지 않는지 고민하느라 내가 옆에 있다는 것을 알아채기까지 한참이 걸리고는 했어요. 되는대로 대충 해서는 안되는 작업이었지요. 아주 작은 실수로도 시스템 전체가 무너질 테니까요. 나무들은 대부분 토니가 직접 심은 것이고, 그는 각각의 나무를 전부 아꼈어요. 제퍼스, 끝까지 보살피는 것, 자신을 속이지 않고 필요한 작업 일부를 무시해버리지 않는 것은 얼마나 힘들고 많은 시간이 드나요! 시를 쓰는 일도 이와 비슷할 것 같다는 생각이 드네요.

처음에 커트는 꽤 의욕적으로 일했는데, 시간이 지나자 지겨워하는 티가 역력하더군요. 그 애의 태도는 특권층 가정에서 익힌 예의범절과 적당한 가정교육의 산물이었지 완벽주의적인 성정이나 성실한 군인 같은 끈기에 기반한 것이 아니었어요. 그는 성격상—그의 성격은 잘 훈련된 귀염받는 반려견 같았지요—그런 상황을 받아들이는 데에 어려움을 겪었어요. 상황에 자신이 중심 역할을 맡은 서사를 부여하기가 힘들었거든요. 어쨌든 하루가 끝나면 기진맥진했고, 마치 자신이 중요하다는 믿음이 뇌진탕을 당한 것처럼 얼떨떨하고 멍한 상태였어요. 커트와 함께하는 일상이 중단된 저스틴에게는 자신의 힘을 시험해보고 싶은 욕망이 생겼고, 브렛은 그럴 기회를 주려고 달려들었어요.

"브렛은 정말 재미있는 사람이야."

어느 오후에 저스틴이 말했어요. 별채에 필요한 것을 가져다주러 갔다가 의아할 정도로 오랜 시간을 보내고 돌아온 후였지요.

"브렛이 의대에서 공부하면서 런던 발레에서 춤도 췄다는 걸 알았어?"

나는 브렛이 의대에 다녔다는 것은 물론 전문 댄서라는 것도 전혀 몰랐어요. 그 당시에 내가 아는 것은 그 여자가 내 삶에 거대한 나뭇조각처럼 걸려 있는데 언제 어떻게 제거해야 할지 도무지 모르겠다는 것뿐이었어요.

이상하도록 좋은 날씨 때문에 토니는 해가 지고 황혼녘이 되면 바깥에 있는 커다란 화로에 불을 피웠고, 우리는 밤의 선선한 공기가 밀려드는 동안 바다 위로 해가 지는 광경을 바라보았어요. 나는 하늘로 날아가는 화롯불의 연기 앞에서 별채에 있는 L도 이 연기를 볼 수 있겠다고 생각하면서 그가 흥미가 동해 우리 쪽으로 오기를 바랐어요. 첫 번째 대화 이후로 나는 L을 거의 보지 못했고, 별채에서 궁금하거나 필요한 것이 있으면 브렛이 나섰기 때문에 그가 숨어 있다는 것이 그보다 더 확실할 수는 없었어요.

토니는 내 마음을 읽었는지 L을 불러내려는 듯 매일 밤 불을 크게, 더 크게 피웠어요. 네 번째 아니면 다섯 번째 밤에 땅거미가 내릴 때쯤 나는 드디어 별채의 두 사람이 나무 그늘 사이로 구불구불한 길을 따라 우리에게 다가오는 모습을 보았어요. 우리는 모두 자리에서 일어나 그들을 맞아주었고, 불 주변에 자리를 만들어주었어요. 우리가 무슨 이야기를 했는지는 기억나지 않고, 어둠이 짙어지면서 L의 램프 같은 눈동자가 마치 야행성 동물처럼 점점 더 밝고 날카롭게 빛났다는 것과 그가 내게서 최대한 먼 곳에 자리 잡았다는 것만 기억나요.

우리는 커다란 물병에 칵테일 같은 것을 담아 돌려 마셨는데 L만은 마시지 않았어요. 주의를 끌고 싶지 않아서 그랬는지 자기 잔에 술을 따르기는 했지만 나중에 보니 입을 대지 않았더군요. 내가 그와 알고 지내는 내내 그는 술을 마시지 않았어요. 적어도 마시는 것을 본 적은 없지요. 반면 우리는 일과가 끝나면 항상 술을 거나하게 마시고는 했어요, 제퍼스. 그러고는 새들과 함께 늦지 않은 시간에 몽롱한 상태로 잠드는 것을 즐겼어요. 그런 방식이 이곳의 삶과 어울리는 것 같았거든요. 그래서 어둠 속에서 또렷한 정신으로 앉아 있는 L을 보면 불편했지요. 그래도 L이 옆에 있어서 좋기는 했어요. 정확히 말하면, 한두 시간 정도는 그가 보이지 않는다는 것이 무엇을 뜻하는지 고민할 필요가 없어서 좋았지요.

하지만 그 후로 L은 다시 나타나지 않았어요. 그는 줄곧 별채에 머물렀고, 브렛은 매일 밤 소리를 지르면서 비틀비틀 작은 숲을 통과해 우리가 둥그렇게 모여 앉은 자리로 와서는 대부분 저스틴 옆에 자리를 잡았어요. 호스를 붙들고 끙끙대면서 하루를 보낸 커트는 첫 번째 칵테일 잔을 반도 비우기 전에 화구 앞에서 꾸벅꾸벅 졸았고요. 우리는 아홉 시쯤이면 저녁을 먹으라고 커트를 깨웠지만 그 애는 그냥 자러 갔어요. 그렇게 비어버린 저스틴의 옆자리를 브렛이 꿰차게 되었지요. 그러니까 내가 원하는 것을 불러내려고 피웠던 불은 원하지 않는 것, 바로 브렛을 불러냈던 셈이에요!

침구 사건이 발생한 뒤로 나는 브렛과 마주칠 때마다 친절하되 조심스럽게 대했지만, 이제 브렛이 본채에서 보내는 시간이 늘어나자 브렛을 더 편안한 태도로 대해야겠다는 생각이 들더라고요. 어느 날 오후에는 저스틴의 방을 지나가는데 안에서 그 둘이 웃고 떠드는 소리가 들렸어요. 나중에 저스틴과 마주했을 때는 딸의 짧은 머리가 새로운—그리고 더 매력적인—스타일로 변해 있었고, 머리에 밝은색 스카프를 둘러 예쁜 얼굴이 더욱 돋보였어요.

"브렛이 머리를 기르라고 해서 설득당했어."

딸은 조금 멋쩍은 듯 말했어요. 내가 몇 주 동안 머리를 기르라고 은근슬쩍 말해왔으니까요.

저스틴은 정말로 머리를 기르더군요, 제퍼스. 봄과 여름이 지나도록 머리를 길렀고, 가을이 될 때쯤에는 사랑스러운 갈색 곱슬머리가 거의 어깨까지 닿았어요. 그때쯤 커트는 떠나고 없어 저스틴의 예쁜 머리카락을 볼 수 없었지만요.

곧 저스틴과 브렛은 항상 붙어 다니게 되었고, 나는 다소 못마땅했으나 두 사람의 나이 차이가 많이 나지 않으니 성격이 그렇게 달라도 자연스럽게 친구가 될 수 있는 거라고 생각했어요. 그런데 나중에 알고 보니까 브렛이 나이가 훨씬 많았고, 그래서 브렛이 저스틴에게 넘어간 것이 아니라 저스틴이 브렛에게 넘어간 것처럼 느껴졌어요. 그 결과가 나쁘지는 않았다고 인정해야겠어요, 적어도 외모에 관해서는요.

"이게 대체 뭐야?"

브렛은 저스틴이 즐겨 입기 시작한 포댓자루 같은 옷을 보면 이렇게 말하고는 했어요. 나는 감히 하지 못하는 말이었지요.

"허버드 아주머니의 찬장에서 꺼낸 옷이야?"

'허버드 아주머니'는 빅토리아 시대에 코르셋을 착용하기 싫은 여자들이 입던, 머리 꼭대기부터 발끝까지 가려주는 헐렁한 드레스예요. 브렛의 비교에는 과장이 섞여 있었으나 아주 틀린 말은 아니었답니다! 물론 브렛 자신은 기회가 날 때마다 자신의 예쁜 몸매를 드러냈어요. 내 생각에 저스틴이 자신을 감추면서 무미건조하고 편안한 것만 맹목적으로 추구하는 것은 자신을 부끄러워하고 싫어하기 때문인 것 같았는데, 나 스스로 항상 그런 기분이라 딸도 그렇게 된 것 같았어요. 딸의 여성성을 발달시키기 위해 꼭 해야만 하는 무언가를 하지 않은 듯해 내심 두려웠고, 최악의 경우에는 내가 당했던 것을 무의식적으로 딸에게 똑같이 해줬을까봐 두려웠어요.

나는 내 몸에 역겨움을 느끼며 자랐고, 여성성은 혐오스러운 것들을 눈에 보이지 않게 숨기는 도구라고—코르셋이 그렇지요—생각했어요. 내 안에 있는 추함을 받아들이는 것은 그 어떤 종류의 추함을 받아들이는 것과 마찬가지로 불가능한 일이었어요. 그러므로 브렛 같은 여자들은 나를 몹시 불편하게 했어요. 브렛은 자신을 즐겨 노출했을 뿐만 아니라 그럼으로써—특별한 악의 없이도—다른 사람까지 노출할 수 있었고, 나는 이 점을 알았거든요. 그래서 어느 날 부엌에 있는데 브렛이 저스틴 뒤로 슬며시 다가가 웃음을 터뜨리면서 저스틴의 작업복 밑단을 잡아 머리 위로 들어 올렸을 때, 그래서 우리 딸의 앳된 몸이 속옷 차림으로 온 세상에 공개되었을 때, 난 브렛의 얄팍한 수를 다 까발리고 싶어 안달이 났어요.

"이게 감히 무슨 짓이에요?"

내가 소리를 질렀지요. 처음 만났을 때부터 해주고 싶었던 말이었어요.

"당신이 뭔데 이런 짓을 해?"

저스틴 쪽에서 억누른 듯 끽끽거리는 소리가 새어 나왔는데, 곧 나는 그 소리가 웃음이라는 것을 깨달았어요. 그래도 브렛이 가차 없이 드러낸 것이 내 몸인 듯 나는 분노가 치밀었어요.

"미안해요."

브렛이 후회가 깃든 예쁜 얼굴을 지나치게 가까이 들이밀고는 화해를 청하듯 내 팔 위에 손을 얹었어요.

"장난이 너무 과했나요?"

"여기 있는 사람이 전부 노출증 환자인 건 아니라고요."

나는 심술궂게 말했어요.

하지만 저스틴은 이런 일이 일어난 후에도 브렛에게 전혀 화내지 않았고 심지어 이따금 자신을 허버드 아주머니라고 불러도 내버려두었어요. 속으로 마음을 끓이던 나는 어느 날 딸이 포댓자루 같은 옷을 전부 없애고 변화를 감행 중이라는 사실을 깨닫게 되었어요. 어느 오후 햇볕이 쨍쨍한 집 밖으로 나왔다가 잔디밭에 앉아 있는 두 사람을 보았는데, 순간적으로 그 둘 중 어느 쪽도 알아볼 수 없었어요. 싱그럽고 앳된 여자 둘이서 새벽의 요정처럼 햇볕에 팔다리를 드러내고 웃으면서 우리 잔디밭을 밝혀주었지요!

"브렛이 배 조종법을 알려주고 싶대."

오래지 않아 저스틴이 말했어요.

"우리 둘이 배를 타러 간다고 하면 토니가 허락해줄까?"

"네가 직접 물어보는 게 좋겠는데."

내가 말했어요.

"브렛이 배에 관해서 잘 아는 게 확실해? 이 지역 바다는 모터보트를 탈 수 있는 지중해와는 달라. 토니가 걱정할 것 같은데."

"혼자서 대서양을 건넌 적도 있다는데!"

내가 반대 의견을 내자 저스틴이 말했지요.

"브렛이 항해 중에 찍은 사진으로 뉴욕에서 전시회도 열었대!"

글쎄요, 바로 그 자리에서 브렛을 허무맹랑한 거짓말쟁이라고 폭로하고, 자기 인생에 관한 브렛의 이야기들이 얼마나 말도 안 되는지 저스틴에게 알려주고 싶었으나, 진실은 저절로 드러나리라고 생각해도 무방할 듯했어요. 브렛에게 가차 없는 진실의 조명을 드리우는 일은 토니에게 넘겼고, 그러면서도 그런 식으로 자기 자신을 과장하고 거짓말하는 사람에게 딸이 애정을 느끼도록 방치했다는 사실에 내심 죄책감을 느꼈는데, 초대하지도 않은 브렛을 우리 삶으로 데려온 사람이 L이라는 것이 기억나 참 속상했답니다.

"그 여자애, 배 조종할 줄 알아."

토니가 이렇게 말했을 때 나는 정말 깜짝 놀랐어요. 배 조종에 관해 브렛과 이야기해보라고 토니를 종용한 후였지요.

"자격증도 있더라고. 나한테 보여줬어."

그건 국제 자격증이었는데요, 제퍼스. 알고 보니 그 자격증만 있으면 세계 어디서든 대형 요트의 선장이 될 수 있다더군요. 우리의 낡고 바랜 배도 해당이 될지 모르겠지만요! 저스틴은 토니와 배를 타고 바다에 나가는 것을 항상 좋아했는데, 토니가 배 조종하는 법을 알려준다고 하면 줄곧 싫다고 했어요. 자기 인생 속의 어른들에게서, 심지어 토니에게서도 배울 것이 있다고 믿지 않았던 것 같아요. 그리고 자신은 배를 소유하게 될 일이 없을 테니 굳이 배워야 할 필요를 느끼지 못하겠다는 말도 했는데, 분명 커트가 그런 생각을 부추긴 것 같았어요. 상식이나 경멸처럼 들리는 말이었지만, 사실 그 근본은 두려움이었지요. 저스틴이 배 조종법을 배우면 어느 날 배에 탄 채 자신에게서 멀어질지도 모른다는 커트의 속마음이 빤히 보였다니까요!

이런저런 방식으로 저스틴과 커트는 위험과 모험으로부터 등을 돌리고 사는 것 같았어요. 하지만 이제는 저스틴이 과거의 결정에 반항하는 모습을 보이기 시작했어요. 나조차 그런 결정과 그런 결정에 갇혀버릴 딸의 미래를 내심 체념한 채 받아들였는데도 말이에요.

제퍼스, 내가 하고 싶은 말은 저스틴이 커트로부터 자신을 분리하고 그가 자신을 통제하지는 않는지 질문하는 모습을 보면서 마치 딸이 나를 앞질러 가는 듯한 이상한 느낌에 사로잡혔다는 거예요. 마치 우리 둘이서 다른 시간대의 똑같은 공간 위에서 경주를 벌이는데, 내가 속절없이 넘어지고 말았던 지점에서 저스틴은 나보다 훌륭한 능력을 발휘해 계속 달려나가는 것 같았어요. 내 잠재의식이 발견해낸 커트와 전남편 사이의 유사점이 정말 놀라웠던 이유는, 내게 전남편은 두려움의 대상이라 위협적이고 거대한 존재였으나 커트는 의존적이고 나약한 멸시의 대상이었기 때문이에요.

하지만 커트는 약하지 않았어요. 남자들은 절대 약하지 않지요. 그중 일부는 자기 권력을 인정하고 좋은 일에 쓰지만 일부는 자신의 권력을 향한 의지를 매력적으로 전시하기도 해요. 어떤 남자들은 기만과 속임수로 자기 이기심을 활용하지만, 막상 그들도 자신의 이기심을 두려워하지요. 그러니까 커트가 약하다면 저스틴의 아빠도 약하다는 것이지요. 사진 사건은 바로 이 사실을 증명했어요. 권력의 상당 부분은 타인이 얼마나 내게 권력을 주고 싶어 하는지 알아보는 능력에 달린 것 같아요. 커트를 보면서 나약함으로 인식했던 그것은 오래 전 내 삶이 황폐해진 원인이었고, 그때도 그저 우연히 그 정체를 알게 되었을 뿐이었어요.

L이 도착하고 몇 주 동안, 토니가 급수 시스템을 마련하고 브렛이 우리 삶으로 침입하고 무더운 날씨가 우리를 속박한 그 기간은 마치 공연의 중간 휴식처럼 느껴졌고, 그때 일어난 변화는 의복이나 풍경 같은 배경 요소의 변화 같았어요. 그리고 나는 다름 아닌 일등석에 관객으로서 앉아 있었지요. 마치 망원경을 반대로 눈에 댄 것처럼 세상을 평소보다 더 먼 거리에서 바라보는 듯한 느낌이었는데, 어쩌면 그 누구도 내게 집중해주지 않아서 그랬을지도 모르겠어요. 이런 상황이 죽음처럼 고통스럽게 느껴질 수도 있겠지만, 애초에 관객이 있어야만 공연이 성립할 수 있다는 사실을 기억하면 꼭 그렇지도 않아요. 하지만 나는 비어 있는 내 옆자리를 인식하고 있었어요. 그 자리에는 L이 있어야 했지요. 나는 우리가 함께 이 공연을 바라보며 이해를 도모할 수도 있다고 생각했어요. 그가 곧 모습을 드러내리라는 희망이 내 실망과 슬픔을 눌러주었지요.

토니가 호스를 설치하느라 너무나도 바빠서 채소밭에 있는 봄 묘목을 내다 심을 시간이 없었으므로 내가 하겠다고 나섰어요. 사실 나는 이런 종류의 일을 좋아하지 않아요. 게을러서 그런 것이 아니라 내 삶에는 해치워야 할 실용적인 일들이 너무 많다 보니 하나만 더 추가해도 균형이 무너져 내가 항상 바라던 삶을 이루지 못했다고 인정해야 할 것 같거든요. 문제는 저울 반대편에 무엇을 놓을지 찾는 거예요. 앞에서도 말했다시피 나는 시간이 나면 옴짝달싹하지 않고 앉아서 앞만 응시할 수도 있는 사람이거든요. 하지만 누군가가 무엇을 해달라고 부탁하면 그 즉시 강요받는 느낌이 든다니까요! 토니는 이런 내 성격을 완벽하게 이해해서 내가 손 하나 까딱하지 않도록 내버려둬요.

하지만 유일하게 그를 괴롭히는 것은 내가 움직이기 싫어하는 성격인 만큼 잠을 더 많이 자거나 생각을 적게 하면 좋을 텐데 그러지 않는다는 거였어요. 나는 아침이면 항상 에너지가 가득한 채 잠자리에서 일어나 하루 만에 로마라도 건설할 것처럼 돌아다니지만, 내 다른 자아가 그러지 못하게 막아서지요. 토니는 깊고 길게 잤는데, 잠에서 깨면 그 즉시 즐거움과 의무의 균형을 회복했기 때문에 한쪽이 다른 쪽보다 너무 무거워서 힘든 일은 전혀 없었어요. 나는 흥미롭게 그를 바라보고는 했고, 배우려고 노력했지요, 제퍼스. 토니는 고통스러울 정도로 천천히 아침을 만들어 먹는 반면 나는 짐승처럼 게걸스럽게 해치우기 때문에 배고픔이 가시기 한참 전에 식사가 끝나고는 했어요.

그가 엄청난 수고를 기울이는 어떤 일들이 내 눈에는 답답하게만 보였고요. 예를 들어, 나는 오래된 라디오를 그냥 버리고 싶었지만 그는 새로운 라디오를 산 후에도 고치려고 달려들었어요. 수리에 너무 오랜 시간이 걸려 한동안 식탁이 부품천지가 되는 바람에 다툼이 시작됐는데, 바로 그때쯤 라디오가 사라졌어요. 며칠 후 토니에게 할 말이 생겨 들판에서 트랙터를 몰고 있는 그에게 다가갔어요. 잔디밭을 가로질러 가까이 가면 갈수록 트랙터 엔진 소리 너머로 흐르는 헨델의 「알치나」가 더욱 선명해졌지요. 운전하는 동안 음악을 들으려고 트랙터에 라디오를 설치한 거였어요!

토니는 내가 그동안 일을 할 만큼 했으니 이제 그와 함께하며 삶을 즐겨야 한다고 믿었어요. 하지만 기뻐하고 즐기는 삶을 한 번도 높이 평가하지 않았던 사람에게 기뻐하고 즐길 것을 찾기가 얼마나 힘든지는 몰랐어요. 그는 내가 지금껏 이겨내고 성취한 것들을 자랑스럽게 여기면서 여왕벌처럼 나다녀야 한다고 생각했지만, 나는 삶을 멈추고 자신을 대견해하기에는 세상이 너무 위험한 곳이라고 생각하게 되었는걸요. 사실 나는 마치 은행 계좌에 돈을 차곡차곡 쌓아놓듯 어딘가에 나를 위한 기쁨을 쌓아간다고 생각하며 살았는데, 인출해야겠다는 생각이 들었을 때는 금고가 텅 비었다는 것을 알게 되었어요. 기쁨은 썩어 없어지는 것이라 애초에 조금씩 꺼내 써야 하는 것 같더군요.

이제 내가 원하는 것은 유의미한 작업이나 흥밋거리였지만, 아무리 노력해도 그 묘목들에서는 의미를 찾을 수가 없었어요! 어쨌든 나는 오래된 부츠를 신고 모종삽과 갈퀴를 찾아낸 후 한숨을 푹푹 쉬며 터덜터덜 화단으로 걸어가 작업을 시작했어요. 그런데 손수레에서 작고 푸릇푸릇한 식물들이 담긴 상자를 내려놓는 내 앞에 나타날 사람이 브렛 말고 누가 있겠어요. 생기 넘치고 사랑스러운 브렛은 노란색 프림로즈 무늬 원피스를 입고 발에 은색 샌들을 신었는데, 진흙이 묻어 더러운 내 부츠와는 아주 극명한 대조를 이루었어요.

"도와줄까요?"

브렛이 쾌활한 목소리로 말했어요.

"오늘 아침에 L은 기분이 엉망인가봐요. 그래서 내가 자리를 비켜주는 게 낫겠다고 생각했어요."

글쎄, 인정해야겠어요, 제퍼스. 나는 브렛의 존재가 불만스러워 강요당한 기분에 사로잡혀 있느라, 낯선 사람들 사이에 갇힌 채 고집스럽기로 유명한 남자와 모호한 관계 속에서 비좁은 공간을 공유하는 브렛의 심정은 단 한 번도 생각해본 적 없었어요. 나는 직감적으로 다른 여자들을 이해하고 그들에게 공감하는 여자가 아니에요. 아마 나 자신조차 이해하거나 공감하지 못하기 때문이겠지요. 그전에는 브렛이 모든 것을 가진 듯 보였지만, 그 순간 나는 브렛에게 아무것도 없다는 사실을, 거리낌 없이 타인의 공간을 침해하는 듯한 태도도 단순히 생존 수단이라는 사실을 알게 되었어요. 독립적으로 자라날 힘을 갖지 못한 식물이 다른 식물들 위로 자라 의존하며 살아가는 것 같았어요.

"친절하기도 해라."

내가 말했어요.

"그렇지만 옷이 더러워지면 미안할 텐데요."

"아, 그건 걱정하지 마세요."

브렛이 말했어요.

"가끔은 더러워지면 마음이 놓여요."

브렛은 모종삽을 집어 들더니 묘목 상자 옆에 쪼그리고 앉았어요. 브렛이 말했어요.

"작은 도랑을 파면 더 수월할 거예요."

나는 하기 싫은 일의 주도권을 떠넘기게 된 것이 무척 달가웠고, 브렛이 아주 능숙하고 말끔하게 화단을 따라 자작한 도랑을 파는 사이 발을 뻗고 뒤로 기대앉았어요. 내가 L의 기분이 자주 나빠지는지 묻자 브렛은 하던 일을 멈추고 머리를 뒤로 획 젖히더니 깔깔 웃었지요.

"그 사람이 뭐라고 하는지 아세요? 자기가 '인생의 변화'를 겪고 있대요."

"인생의 변화? 여자들 갱년기 같은?"

"그 사람의 주장이에요. 요즘에는 여자들도 그런 표현은 안 쓰는데."

브렛은 비웃었지만 난 이런 생각이 꽤 흥미롭더라고요, 제퍼스. 창의성을 발휘하는 것이 직업인 예술가가 정력의 상실이나 변화를 겪었을 때 충분히 일어날 수 있는 일 같았어요. 아, 육체와 운명에 자신을 바치다가 내쳐지는 기분이란 얼마나 쓰디쓴지요! 충동에 조종되고 버려지는 기분이란 얼마나 끔찍한지요! 예술가가 다른 사람들 이상으로 이런 기분을 느끼지 못할 이유가 무엇인가요?

"내 의견이 궁금하시다면요."

브렛이 말했어요.

"변화하는 건 그가 아니라 온 세상이에요. 그는 과거의 세상이 더 좋은 거예요. 그래서 삐친 거고요. 당연하게 누리는 척했던 모든 것을 다시 갖고 싶은 거예요."

미술품 시장은 완전히 무너졌다고 브렛이 이야기를 이어갔어요. 몇 년 동안 시장이 광적으로 부풀려진 결과였고, 그래서 L과 비슷한 상황에 놓인 사람들이 많았다고요. 사실 그들은 상황이 더욱 안 좋은 것이, L과 달리 오랫동안 이어온 경력이 없었으니까요. 하지만 어떤 사람들은—아주 소수였지요— 명성과 재산에 아무런 해를 입지 않았어요.

"그들 중에는 그보다 어린 사람도 있고요."

브렛이 말했어요.

"다른 인종도 있고, 두어 명은 놀랍게도 여자라서 더욱더 세상이 자신에게 적대적이라고 느끼게 된 거죠. 문제는 그가 무력감을 느낀다는 거예요."

"하지만 그 사람은 '어마어마한' 유명인이잖아요."

내가 말했어요.

브렛은 어깨를 살짝 으쓱해 보였어요.

"내 생각에 그는 저명한 예술가로서 길고 호화로운 은퇴 생활을 준비하고 있었던 것 같아요. 부자인 친구가 아주 많거든요."

브렛이 목소리를 낮추고 덧붙였어요.

"그 친구들을 보러만 다녀도 일 년은 족히 걸렸을 테고, 순회가 다 끝나면 다시 처음 만났던 친구를 보러 갈 수 있었을 거예요. 대부분 그의 작품에 투자를 많이 했기 때문에 지금 그들을 보러 가면 가치가 90퍼센트씩 내려간 작품들이 벽에 걸려 있을 거예요. 제 생각에는요."

브렛이 상자에 담겨 있던 묘목을 잽싸게 꺼내 도랑을 따라 가지런히 심으면서 계속 이야기했어요.

"이것이 L의 인생 최고의 사건일지도 모르겠어요. 모든 걸 잃고 다시 원점으로 돌아가는 거죠. 다른 사람의 수영장에 앉아서 마티니나 홀짝이기에는 너무 젊은 나이잖아요."

나는 브렛에게 몇 살이냐고 물었어요.

"서른둘이요."

브렛이 씩 웃으며 대답했어요.

"하지만 다른 사람한테는 절대 말하면 안 돼요."

브렛은 이곳으로 비행기를 타고 올 수 있게 도와준 부유한 사촌을 통해 L을 만났다고 했어요.

"아주 변태 같은 놈이에요."

브렛이 말했어요.

"어렸을 때는 집안 행사가 있을 때마다 나를 찬장에 가둬놓고 내 원피스 속으로 손을 넣었어요. 지금은 꼭 바다 괴물처럼 생겼어요. 다만 미술품을 수집하거든요, 다들 그러듯이 말이에요. 그런 사람들은 상상력이 빈곤해서 달리 돈 쓰는 법을 몰라요. 돈으로 살 수 없다고 하는 것들을 사실은 살 수 있다고 증명하기 위해 혈안이 된 모습을 보면 우스워요, 그렇지 않나요. 실제로 L을 처음 만난 곳이 사촌의 집이에요. L의 스튜디오에 방치된 스케치 더미를 사라고 사촌을 설득했는데, 사촌은 미술에 관해 아무것도 몰라서 흔쾌히 지나치게 비싼 값을 치르고는 비행기까지 내주었지요. L이 가진 돈은 그게 전부예요."

브렛이 덧붙였어요.

"지금으로서는."

"브렛은요?"

나는 아연실색해서 물어봤어요.

"아, 나야 돈은 언제나 있어요. 상당히 잃기는 했지만 지금 가진 것으로 충분해요. 내 문제는 항상 그거였어요. 동기가 없다는 것이요."

브렛은 얼굴을 찡그린 채 손가락으로 따옴표를 만들고 말했어요.

"L에게 끌렸던 이유는 그가 신랄하고 반항적이고 분노에 차 있기 때문이었어요. 내가 사는 세계에서는 그런 사람을 거의 못 만나거든요. 그런데 그런 사람이 왜 갑자기 내 세상에 나타났는지는 미처 고민해보지 못했네요!"

브렛은 저스틴을 얼마나 좋아하는지 이야기했어요.

"저스틴은 정말 진솔해요."

브렛이 말했어요.

"어머니 덕에 그렇게 자란 건가요?"

나는 나도 모르겠다고 했지요. 분명 진솔한 태도로 딸을 '대하기는' 했지만, 그건 다른 이야기니까요.

"너무 솔직하면 지치기도 하거든요."

내가 말했어요.

"드러냈던 걸 다시 덮어두고 싶은 생각이 들지요."

"정말 그래요!"

브렛이 말했어요.

"내가 열한 살이었을 때, 다들 절대 보면 안 된다면서 이것저것 기어코 보여주고는 해서 얼마나 지겨웠는지 몰라요. 그래서 수녀가 되겠다고 결심했다니까요! 나는 항상 무언가가 되겠다고 결심하곤 했어요. 내가 할 수 없는 건 무엇인지 알아내기 위해서 그랬던 것 같아요."

브렛은 어쩌다가 토니를 만나 이곳에 정착하게 되었는지 물어보았어요. 나는 그 사연을 설명하고 이 모든 것이 완전히 우연에 따른 결과였다는 것을 알려주었어요. 그때까지 해온 일과, 과거의 자신과 아무런 관련이 없는 삶을 사는 건 이상한 일이라고, 나는 말했지요. 토니를 만나야만 했던 맥락도 없고, 지금 내가 존재하는 이곳과 과거에 존재했던 그곳을 이어주는 길도 없으니, 습지와 토니에 관한 내 지식은 분명 완전히 다른 뿌리에서 나온 거였어요.

여기서 멀지 않은 곳에 바다가 육지를 여러 조각으로 나누어놓은 다도해가 있는데, 섬 사이사이로 흐르는 길고 좁은 물줄기 하나를 가운데에 두고 마주 보는 두 마을이 있다고, 내가 브렛에게 말했어요. 도로를 통해 다른 마을에 다녀오려면 내륙 쪽으로 달리고 또 달려야 해서 말 그대로 몇 시간이 걸렸

는데, 막상 반대쪽을 바라보면 너무나도 선명하게, 빨랫줄에
걸린 옷까지 보일 정도로 가까웠어요! 두 마을이 분리된 방식
이, 거리가 멀어서가 아니라 반대편으로 건널 수 없어서 분리
된 상황이 내 처지를 잘 보여준다고 내가 말했어요. 나는 내가
실제로 존재하는 곳보다 여기서 바라보는 건너편이 더 익숙
했기 때문에 저쪽으로 건너가면 어떻게 될지 아주 잘 알았어
요. 내가 잘 모르는 것은 이곳의 모습이었지요. 하지만 토니를
만난 것이 행운이라는 사실은 알고 있었고요.

"행운에 의지해 사는 건 두려운 일이지요."

브렛이 생각에 잠긴 얼굴로 말했어요.

그러고는 L을 사랑하냐고 대놓고 묻지 뭐예요!

"아뇨."

내가 답했어요. 하지만 제퍼스, 사실은 나도 같은 것이 궁금
해지던 참이었어요.

"그냥 그를 알고 싶은 것뿐이에요."

"아."

브렛이 말했어요.

"왜 그러시나 궁금했거든요."

"브렛은 L을 사랑하나요?"

내가 물었어요.

"난 그냥 친구일 뿐이에요."

브렛은 손에 묻은 흙을 털고 텅 빈 묘목 상자를 다시 손수레에 담으면서 말했어요.

"L은 한동안 나를 아주 좋아했어요. 내가 성적인 문제를 해결해줄 거라고 생각했던 것 같아요. 하지만 난 그러지 못해요. L은 그쪽으로는 완전히 끝났거든요. 그 대신 그에게서 그림 그리는 법을 전수받을 생각이에요. 내게 재능이 있대요. 내 다음 직업은 화가가 될 것 같아요!"

토니가 L의 모델이 되겠다고 하는 바람에 나는 깜짝 놀랐어요. 햇살이 환한 어느 이른 아침에 별채로 갔다가 몇 시간 후에 돌아왔지요.

"저 남자는 왜 그냥 자살해버리지 않는 건지 모르겠군."

토니가 말했어요.

토니는 두 번 더 모델 역할을 했고, 그 후에는 너무 바빠 시간을 낼 수 없었어요. 우리 쪽 바다로 어마어마한 고등어 떼가 밀려드는 바람에 토니와 친구들은 매일 배를 타고 나가 고등어를 잡아다가 팔았거든요. 우리는 저녁 식사로 싱싱한 고등어를 먹었고 토니는 해가 뜨면 집을 나섰다가 해가 지면 돌아왔지요.

어느 날 L에게 외국 소인이 잔뜩 찍힌 거대하고 너덜너덜

한 택배가 도착했어요. 브렛과 저스틴이 함께 시내로 외출했던 참이라 내가 직접 상자를 들고 별채로 건너갔어요. 그동안 나는 한 번도 별채에 간 적이 없었고, L이 도착한 다음 날 아침에 함께 뱃머리 옆에 서서 이야기한 후로는 그와 단둘이 있었던 적도 없었어요. 내가 정확히 어떤 기분이었는지 설명하기가 힘드네요, 제퍼스. 내 안에는 제대로 설명할 수 없는 먹먹한 실망감이 있었어요. 그때쯤에는 L과 브렛이 우리와 함께 지낸 지도 벌써 3주 정도 지난 뒤였는데, 어쩌면 그 어떤 긍정적 결과도 없이 그들과의 삶에 적응해버렸기 때문일지도 모르겠어요.

브렛은 즐겁게 수면 위를 항해했고, L은 무거운 돌처럼 깊이 가라앉았어요. 무엇이 문제인지, 내가 왜 실망했고 이 실망이 어떤 기대로 인한 것인지 정확히 말할 수 없었는데―손님들의 방문은 항상 예측할 수 없는 방식으로 이루어지곤 했으니까요―머릿속에 떠오르는 것은 내 실망이 L과의 첫 대화에서 언급되었던 고마움의 문제와 어떤 식으로든 연결되어 있다는 추측뿐이었어요. 나는 L처럼 노골적으로 고마움을 표현하지 않는 손님은 한 번도 만난 적이 없다고 생각했어요. 그런데 그때 떠오르더군요, L이 맨 처음에 내게 고맙다고 인사했으나 내가 그 인사를 물렸던 것 말이에요.

L에게 온 택배는 작은 숲을 지나는 오르막길로 들고 가기에는 꽤 무겁고 모양도 이상했어요. 별채 대문은 햇살을 받으며 활짝 열려 있었고, 문지방 앞에 선 나는 발걸음을 멈추고 상자를 안쪽에 내려놓은 후 잠시 가만히 숨을 골랐어요. 그런데 그곳에서 큰 방 전면에 나 있는 창문을 보았을 때는 이렇게 외칠 수밖에 없었어요.

"내 커튼!"

커튼이 사라지고 없었어요. 커튼 봉만 휑하니 남아 있었지요! 나는 L이 안에 있는 것도 몰랐는데, 그는 저 멀리 한쪽 구석에 등을 돌린 채로 앉아 있다가 내 목소리를 듣고 고개를 돌렸어요. 큼지막하고 물감이 얼룩덜룩한 앞치마 차림으로 목제 스툴에 구부정하게 앉아 있었고, 앞에는 캔버스와 이젤이 있었어요. 손에는 붓도, 그 어떤 도구도 들고 있지 않았어요. 그저 가만히 앉아 그림을 응시하고 있었던 것 같았어요.

"커튼은 우리가 떼어냈어요."

L이 말했어요.

"성가셔서요. 잘 보관해두었습니다."

그가 덧붙이고는 들릴 듯 말 듯한 목소리로 '내 커튼'이라고 했어요. 놀리는 듯 불쾌한 어조였지요.

그의 앞쪽에 있는 캔버스 위에는 진흙 같은 불분명한 지표면과 중앙으로 흘러내리는 급경사면이 으스스한 분위기로 그려져 있었어요. 이미지는 이제 막 그려지기 시작한 듯 아주 희미해서 제대로 해독해내기가 힘들었어요. 확실한 것은 캔버스 위의 산악 지형과 커튼을 떼어낸 창밖으로 보이는 풍경 사이에 전혀 연관성이 없다는 거였어요.

"택배가 왔더라고요."

내가 상자를 가리키면서 말했어요.

택배를 본 그의 표정이 밝아지고 눈동자의 빛이 돌아왔어요.

"고마워요."

그가 말했어요.

"들고 오느라 무거웠을 텐데."

"난 약골이 아닌걸요."

내가 말했어요.

"하지만 몸집이 작잖아요."

그가 말했어요.

"그러다가 허리를 다칠 수도 있어요."

어쩌면 그가 조용하고 불분명한 방식으로 이야기해서 그럴지도 모르고, 어쩌면 내가 나 자신에 관한 타인의 의견을 잘 받아들이지 못해서 그럴지도 모르겠지만, 그가 내 몸집을 언급하는 순간 나는 그가 정말 그 말을 했는지 더는 확신할 수 없었고 아직도 확신할 수 없답니다! 그에게는 아주 확연한 특징이 있어요, 제퍼스. 그는 '지금, 이곳'이라고밖에는 표현할 수 없는 것의 경계를 흐려버리고는 했지요. 평소라면 초점이 잡혀 또렷하게 보여야 하는 사물이 형체가 없고 파악할 수 없는 추상적인 개념 같은 것으로 바뀌어버렸어요. L과 함께 특정한 시간과 장소에 존재할 때는, 다른 사람들과 있을 때와는 정반대로, 이미 일어난 일이나 나중에 일어날 일을 겪는 듯한 느낌이었어요.

"누군가는 가지고 와야 했으니까요."

내가 말했어요.

"미안합니다."

L이 말했어요.

"불편했겠네요."

우리는 가만히 서서 서로 응시했는데, 토니에게 배운 것이 있다면 이런 종류의 싸움에 필요한 체력이었어요. 하지만 결국에는 패배를 인정할 작정으로 이제 가보겠다고 말하려던 바로 그 순간, L이 말했어요.

"앉으시겠어요?"

그는 자기 옆에 있는 스툴에 앉으라고 했지만, 나는 텅 빈 난롯가 주변의 낡은 가죽 등받이 의자에 앉았어요. 성인이 된 후 줄곧 간직하던 가구인데, 왜 별채에 두기로 했는지 기억나지 않았어요. 그 의자가 토니를 만나기 전의 삶을 너무 많이 상기시켜서 우리 둘의 공간에 적합하지 않다고 생각했기 때문일까요. 그 이유가 무엇이든, 그날 그 의자를 다시 마주하니 의자가 이 모든 일이 일어나기 전에도 존재했고 앞으로도 존재할 거라는 생각이 들면서 위로가 됐어요.

"우리는 그걸 사형수용 전기의자라고 불러요."

L이 말했어요.

"모양이 믿을 수 없을 정도로 비슷하잖아요."

"원한다면 치워줄게요."

내가 차갑게 말했어요.

"괜한 소리 말아요."

L이 말했어요.

"그냥 놀리는 건데."

140

나는 개의치 않고 의자에 앉아 처음으로 L을 찬찬히 살펴 봤어요. L을 어떻게 묘사해야 할까요, 제퍼스? 누구든 친분이 생기면 외양을 묘사하기가 참 힘들어져요. 그들 옆에 있으면 어떤 기분이 드는지 이야기하는 쪽이 훨씬 더 쉽지요! 습지에 동풍이 불면 날씨가 더울 때도 모든 것이 서늘하게, 실제와는 반대로 느껴져요. 뭐랄까, L은 이곳에 자리를 잡고 그 동풍처 럼 계속 날아들려고 준비한 상태였어요. 그에게는 또 다른 특 징이 있었는데, 그가 옆에 있으면 남성과 여성의 구분도 전부 이론적으로만 느껴졌어요. 아마도 그가 관습을 향한 경멸을 노골적으로 드러냈기 때문인 것 같아요. 달리 말하면, 남자는 이렇고 여자는 저래야 한다는 자연스러운 편견에 적대적이었 어요.

L은 체구가 아주 작고 말끔한 차림새라 전혀 위압적인 외 모는 아니지만, 언제라도 폭력을 저지를 것만 같은 분위기가 감돌았어요. 줄곧 충동을 억누르고 있는 듯했지요. 과거에 부 상이라도 당한 듯 조심스럽게 움직였는데, 내 생각에는 그냥 이런 식으로 나이가 든 것 같았어요. 어쩌면 L은 자신이 영원 히 젊으리라고 생각했는지도 모르겠네요. 아직 젊어 보이기 는 했어요. 섬세한 이목구비, 특히 앞서 묘사한 커다랗고 빛나

는 눈 위의 짙고 굴곡진 눈썹 때문이었어요. 코는 작고 귀족적이었어요. 속물 같은 코였지요. 도톰한 입술은 작고 예뻤고요. 외모에서 왠지 지중해 분위기가 풍겼어요. 이미 말했듯이 예리한 그림 같은 느낌이 있었지요. 항상 말끔하게 잘 관리된 상태라 일반적으로 예술가 하면 떠올리는 이미지와 완전히 달랐어요. 반대로 그의 작업용 앞치마는 정육점 주인의 작업복처럼 더러운 것이 덕지덕지 묻어 끔찍했고요. 그때 나는 그의 왼손가락들에 미약한 장애가 있다는 것을 알게 됐어요. 손가락이 굽고 손끝이 납작하더라고요.

"어렸을 때 사고를 당했어요."

내 시선이 손가락으로 향한 것을 본 L이 말했어요.

그래요, 그는 매력적인 남자였으나 내가 가질 수는 없었어요. 나는 L이 발산하는 중성적인 느낌을 개인적인 공격으로 받아들여 그가 나를 진정한 여자로 간주하지 않는다고 해석했어요. 전에도 말했듯 그는 내가 추하다고 느끼게 만들었고, 고백하자면 그날 나는 L을 만날지도 모른다는 생각에 옷을 아주 세심히 골라 입었어요. 하지만 그는 왜소하고 과묵해서, 내가 육체적인 매력을 느낄 만한 남자는 절대 아니었어요. 원한다면 내 허랑한 자존심을 변호할 수도 있었다고요! 그 대신 나는 절망에 굴복했고, 기이하게도 그 안에서 희망을 발견했어요. 나는 그가 그의 실재 이상이거나 내가 나의 실재 이하이기를 바랐는데, 그런 바람들이 내 의지를 자극했어요. 어쨌든 우리 사이에 미지의 무언가가 도사리고 있다는 느낌은 내 안의 위험한 자아를 일깨웠어요. 내가 지금껏 제대로 살아오지 못했다고 생각하는 자아였어요. 바로 이 자아 때문에 ― 혹은 이 자아의 어떤 특성 때문에 ― 애초에 토니에게 끌렸던 거예요.

토니를 처음 만났을 때도 내가 그에게 매력을 느꼈다는 사실을 제대로 인식하고 받아들이기가 힘들었어요. 토니 역시 내 머릿속에 틀에 박힌 남성의 이미지가 있다는 것을, 토니는 그 이미지에 맞지 않는다는 것을 알려줬어요. 그를 제대로 바라보려면 전적으로 신뢰할 수 없는 능력을 사용해야만 했어요. 나는 깨달았어요. 틀에 박힌 이미지가 다양한 방식으로 영향을 미친 결과, 나는 어떤 사람들은 제대로 인식하고 현실로 받아들였던 반면 그 외의 사람들은 제대로 인식하지 못하고 평면적으로만 받아들였다는 것을요. 더는 그 이미지를 신뢰해서는 안 된다는 것을 알게 되었고, 신뢰와 믿음을 거부함으로써 좋은 결과를 얻게 되는 메커니즘은 기존의 신뢰와 믿음

체계를 대체하게 되었어요. 이런 면이야말로 지금의 나와 과거의 나를 구분하는 가장 큰 차이점이에요. 토니도 아니고 실제로 흐른 세월의 길이도 아니지요.

나는 종종 궁금해져요, 제퍼스. 진정한 예술가는 일찍이 자기 내부의 현실을 폐기하거나 축소하는 일에 성공한 사람이 아닐까요. 그것이 사실이라면, 한 측면에서는 삶에 대해 그렇게 잘 알면서 다른 측면에서는 전혀 모르는 것도 설명이 되잖아요. 토니를 만나 내 관념 속 현실을 기각하는 법을 배운 후 나는 내가 얼마나 무차별하고 터무니없이 온갖 것을 상상할 수 있는지 깨달았고, 내 정신이 만들어낸 것들을 얼마나 차갑게 바라볼 수 있는지도 알게 됐어요.

이전에 그것과 비슷한 경험을 했다면, 언젠가 아주 구체적으로 자해를 상상했던 경험밖에는 없었어요. 아마도 그때는 내가 살던 삶을 향한 믿음과 그 삶에 느끼는 거부감이 목숨을 걸고 결투를 벌였던 것 같아요. 그때 나는 나 자신을 향한 두려움이나 혐오 같은 것을 엿보았고, 그것은 전에는 몰랐던 나라는 사람의 밑면으로 가는 문이었던 거예요. 문 너머에서 본 건 괴물, 추하고 거대한 괴물이 몸부림치는 모습이었어요, 제퍼스. 나는 최대한 빨리 문을 닫았지만 그놈은 나보다 더 빨라서 나를 한입 크게 베어 물었어요. 나중에 습지로 와서 기억을 더듬어봤을 때는 내가 나 자신을 아주 잔인한 방식으로 바라보고 있다는 걸 깨달았어요. 그때만큼 열렬히 내게 창작할 수 있는 능력이 있기를 바란 적이 없어요. 창작만이—존재의 어떤 측면을 표현하고 반영하는 것만이—내가 갖고 있던 끔찍한 지식에 대한 속죄가 되어줄 것 같았지요. 그때까지는 발생한 사건과 내 존재에 몰두함으로써 생을 견딜 만한 것으로 받아들였는데, 그런 것들을 잃어버린 거예요.

이 상실로 나는 삶을 바라보는 관점에서 권위를 획득한 듯했어요. 그 권위는 언어를 넘어서는 것이라고 느껴졌고요. 내가 이런 것을 그림으로 그려낼 수 있다고 굳게 믿었기 때문에 그림에 필요한 도구를 사서 집 한쪽에 차려두기도 했지만, 이후에 경험한 것은 해방과는 정반대였어요, 제퍼스. 갑자기 내 몸 전체에 영구적인 장애가 생겨 정신은 온전한 채로 영원히 마비된 몸속에 갇혀 살게 된 것 같았지요.

소포클레스가 말했듯이, 진실로부터 아무런 도움도 받을 수 없을 때 진실을 안다는 것은 얼마나 끔찍한 일인가요!

하지만 지금 내 목표는 L을 묘사하는 것이지요. 관점과 현실에 관한 내 의견에 쓸모가 있다면, L의 정체와 그의 정신이 작동하는 방식을 더 깊이, 조악하지 않게 이해하도록 도와주기 때문이에요. 내 생각에 예술가의 영혼은—혹은 그의 영혼 속에서 '진짜' 예술가의 역할을 담당하는 부분은—도덕으로부터, 개인적인 편견으로부터 완전히 벗어나야 해요. 삶은 우리가 운명의 한계를 받아들이도록 개인적인 편견을 더욱더 강화하는 쪽으로 작동한다는 것을 고려하면, 예술가는 이런 유혹을 피하고 진실이 필요한 순간을 포착하기 위해서 남달리 또렷한 정신을 유지해야 해요. 온 세상에서 진실이 필요한 순간만큼 놓치기 쉬운 것, 아니 무시하기 쉬운 것은 없는 것 같아요. 그리고 그 순간을 무시하라는 유혹은 한 번만 오는 것이 아니라 수천 번씩, 굴복할 때까지 찾아오죠.

사람들은 대부분 진실을 살피기 전에 자기 자신부터 보살피기를 좋아하고, 그러다가 재능이 사라져버리면 어리둥절하지요. 이것은 행복과 관련이 없어요, 제퍼스. 하지만 내가 알기로 가장 성공적으로 자신의 이상을 실현해낸 예술가들은 가장 불행하기도 했다는 점을 말해야겠네요. L도 그런 경우였어요. 그의 불행은 빽빽한 안개처럼 그를 둘러싸고 있었지요. 하지만 나는 그의 불행이 다른 것, 즉 그의 나이, 희미해지는 남성성, 일신상의 변화 같은 것과 관련이 있다고 의심할 수밖에 없었어요. 다시 말해 그는 자신을 '더욱더' 보살피고 싶었던 거였어요, 보살피지 않으려는 게 아니고요!

스툴에 앉은 그는 캘리포니아에서 보냈던 젊은 시절에 관해 이야기했어요. 경력 초반기에 누렸던 성공이 정점을 찍은 후였어요. 해변에 있는 집을 한 채 샀는데, 바다와 어찌나 가까운지 파도가 부서지면서 하얀 물거품이 집 안으로 들어올 정도였다고요. 바다의 매혹적인 소리와 움직임이 마법이나 주술 같은 것을 걸어서 그는 매일을 같은 날처럼 살았고, 결국에는 시간의 흐름조차 인식하지 못했어요. 내리쬐는 햇살 아래서 파도가 부딪치며 안개처럼 고운 거품이 일었고, 그릇에 빛이 담긴 듯 둥그런 인광이 형성되었어요. 빛의 그릇 속에서, 시간의 메커니즘 밖에서 사는 삶, 그는 이것이 바로 자유라는 사실을 깨달았어요.

캔디라는 여자와 사귀었는데, 입에 넣고 싶은 감미로운 이름은 그 여자의 모든 것을 정의했어요. 캔디의 모든 것이 달콤한 설탕 같기만 했지요. 긴 여름 내내 두 사람은 모래 위에서 살았고, 찬란한 물속을 뒹굴었으며, 거의 발가벗고 다녀 피부가 바짝 구워진 탓에 마치 가마에 구워진 두 도자기 인형이 된 듯, 그들 내부에 절대 변하지 않을 무언가가 생겨난 듯 느껴졌어요.

　L은 온종일 캔디를, 캔디가 서 있고 누워 있고 움직이는 모습만 보고 살 수도 있을 것 같았어요. 캔디를 그림으로 그린 적은 단 한 번도 없었는데, 캔디가 그의 마음에 박혀 있던 가시를 빼내고 먹먹한 친밀감의 세계로 데려왔기 때문이었어요. 캔디는 이미 자기 자신의 가장 정확한 재현이었고 L은 아기가 어머니에게 순종하는 것처럼 캔디에게 순종했어요. 그 보답으로 받은 몽롱한 다정함 덕에 L은 태어나서 처음으로 아무것도 의식하지 않는 삶이 어떤 것인지 알게 되었어요.

　"캔디는 파리로 갔어요."

　그가 강렬한 시선으로 나를 의자에 묶어두면서 말했어요.

　"그리고 거기서 웬 귀족과 결혼했고, 수십 년 동안 만나지도, 소식을 듣지도 못했어요. 그런데 지난주에 갑자기 편지를 보냈더군요. 내 갤러리 담당자에게 연락처를 받아서 자신의 인생에 관해 써 보냈어요. 남편과 어느 외딴 시골에 살고 있고, 딸은 파리에 있는 집에 산대요. 지금 딸의 나이와 해변에서 함께 살던 시절 자신의 나이가 똑같아서 그때를 떠올리게 되었다는 거예요. 딸을 보면 그 시절 자신의 모습이 많이 떠올라서요. 나를 만나보면 어떨까 생각도 해보았지만 결국에는 그러지 않기로 했다는군요. 너무 많은 시간이 흘렀고, 너무 슬플 것 같다고요. 하지만 파리에 올 일이 있다면 캔디의 딸이 기꺼이 나를 만나 도시 안내를 해줄 거래요. 나는 줄곧 고민하고 있어요."

L이 말했어요.

"어떻게 파리에 갈지, 캔디의 딸을 만나면 어떨지. 딸 안에서 다시 태어난 어머니. 정말 말도 안 되는 굉장한 유혹이잖아요! 이런 일이 정말 가능할까요?"

그는 서늘하게 빛나는 함박웃음을 지었고, 눈빛이 타오르는 듯했어요. 갑자기 놀랄 만큼 생생해졌지요, 위험하다는 느낌이 들 정도로요. 나는 그의 이야기가 고통스럽고 끔찍했어요. 그가 나를 괴롭히려는 잔인한 의도로 그런 이야기를 했기를 바랐는데, 그렇지 않다면 그가 미쳤다고 결론 내릴 수밖에 없었거든요! 운이 다한 채 늙어가는 남자가, 옛 연인의 복제품을 만나 젊음과 성적 활기를 멋지게 회복해내겠다는 기대를 품고 파리로 달려가려 하다니 말이에요. 비웃음이 나올 만한 이야기였지요, 제퍼스. 그토록 불편하지만 않았다면요.

"나는 파리에 가는 방법을 몰라요."

나는 딱딱한 말투로 말했어요.

"가능할지 모르겠어요. 직접 찾아보셔야겠네요."

이렇게 딱딱하게 굴어야 하는 상황을 내가 얼마나 싫어하는데요! 그런 식으로 자신의 자유와 충족된 욕망을 전시하면, 내가 느끼는 자유와 충족감은 처음 별채로 들어왔을 때보다 줄어든다는 것을 L은 알았을까요? 내 대답을 들은 L은 깜짝 놀란 얼굴이었어요, 그토록 실용적인 반대는 기대하지 못했다는 듯이요.

"정말 바보 같지요."

그가 조용히, 반쯤은 혼잣말로 말했어요.

"현실을 지겨워하다가 현실은 오래전부터 자신을 지겨워했다는 것을 깨닫게 되잖아요. 우리는 현실적으로 살려고 노력해야 해요."

그가 예의 끔찍한 미소를 지으며 말했어요.

"토니처럼."

L은 이상하게 낄낄거리더니 이젤 뒤에서 토니 초상화를 꺼내 벽에 기대놓고 내게 보여줬어요. 작은 캔버스에 그렸는데, 인물은 훨씬 작게 표현했더군요. 토니를 아주 자그맣게 그린 거예요! 옛날에 그리던 세밀화처럼 아주 자세하게 머리부터 발끝까지 전신을 표현해놓아 토니는 비극적이면서도 하찮게

보였어요. 무자비하더군요, 제퍼스. 토니를 장난감 군인처럼 그려놨다니까요!

"혹시 고야 같은 방식으로 토니를 바라보려나요."

L이 말했어요.

"아주 가깝게요. 아니면 가깝지만 멀게?"

"전신을 한번에 본 적은 별로 없어요."

내가 답했어요.

"덩치가 너무 커서."

"토니가 시간을 많이 내주지 않았어요."

내가 그림에 실망한 모습을 보고 그가 퉁명스럽게 말했어요. 나는 그가 내 실망을 알아채기를 바랐지요.

"아주 바쁜 것 같던데요."

L의 말에는 조롱의 함의가 있었어요. 꼭 토니가 스스로 대단한 척한다고 비난하는 것처럼 말이에요.

"토니가 모델 역할을 한 건 내가 원한다고 생각했기 때문이에요."

내가 뚱한 목소리로 말했어요.

"이 인물 안에서 무언가를 발견하려고 애쓰는데, 아무것도 없는 것 같군요."

L이 말했어요.

"망가진 듯한, 완성되지 않은 듯한 느낌이 있으면 좋겠는데."

그는 잠시 침묵했어요.

"아시나요, 나는 단 한 번도 '온전'하거나 '완성'된 존재가 되고 싶지 않았답니다."

그는 말하면서도 줄곧 토니 초상화를 빤히 바라보았어요. 마치 그 그림이 그가 얻을 수 없었거나 얻고 싶지 않았던 온전함을 상징하고, 기이하지만 바로 그 이유 때문에 실패작이라는 듯한 시선이었어요.

"왜요?"

내가 물었어요.

"그러면 집어삼켜지는 거라고 항상 생각했어요."

그가 말했어요.

"어쩌면 집어삼키는 사람은 L 자신 아닐까요."

내가 대답했지요.

"나는 아무것도 삼키지 않았습니다."

그가 차분하게 말했어요.

"여기저기 몇 입 깨물어보기는 했지만. 역시 싫어요, 나는 완성되고 싶지 않습니다. 나를 뒤쫓는 것이 무엇이든 그것을 따돌리는 쪽이 좋습니다. 나는 여름 저녁의 아이들처럼 누가 나를 부르러 올 때까지 밖에서 뛰어노는 게 좋아요. 안으로 들어가기 싫어요. 하지만 이 말은 내 기억이 전부 내 외부에 있다는 뜻이지요."

그리고 L은 그가 40대쯤이었을 때 돌아가셨다는 어머니 이야기를 했어요. L의 이야기에 따르면, 그는 항상 자기 어머니의 몸을 혐오했어요. 그의 어머니는 다섯째이자 마지막 아이인 L을 낳았을 때 40세였어요. 섬세하고 자그마한 아버지와 달리 뚱뚱하고 우락부락했고요. 어머니와 아버지가 어울리지 않는다고, 잘 맞는 한 쌍은 아니라고 느끼던 것을 기억하고 있었어요.

아버지가 죽음에 가까워지자 L은 혼자 병상 옆에 앉아 있을 때가 많았는데, 자주 아버지의 피부에서 새로 생긴 멍이나 상처를 발견했어요. 아픈 아버지의 방에 오는 사람은 아무도 없기 때문에 멍과 상처의 원인은 어머니일 수밖에 없었지요. L은 아버지가 그저 어머니에게서 벗어나기 위해 죽음을 선택한 건 아니었을지 종종 궁금해졌지만, 아버지가 그를 홀로 남겨두고 떠나기를 바랐다고는 도저히 생각할 수 없었어요. 아버지가 그를 어머니의 반경 밖에 두려고 얼마나 애썼는지 나중에서야 깨달았는데, 이는 L이 그림을 시작한 계기이기도 했어요. 아버지가 가계부를 쓰거나 밭일을 하는 동안 L은 대부분 그 옆에 머물렀고, 아버지는 그동안 그림을 그리면서 시간을 보내면 되겠다고 생각했던 거예요.

L의 어머니는 접촉을 요구하고는 했어요. 그가 애정 표현을 하지 않는다고 불평했지요. 그는 직감했어요, 어머니는 그가 시중들기를 원한다는 것을요. L은 어머니에게 공감, 적어도 연민을 느꼈지만, 어머니가 발이나 어깨를 마사지해달라고 부탁하면 실존하는 어머니의 몸에 혐오감을 느꼈어요. 이런 식으로 어머니는 아무도 충족해주지 않는 욕망을 L에게 드러냈던 거예요. 그는 중요하지 않았으니까요. L의 어머니에게 L은 실재적 존재가 아니었어요.

어느 날, 아버지는 자리를 비우고 어머니가 가스레인지 앞에서 무언가에 열중하는 사이, 부엌 창문 앞에 서서 커다란 가위를 들고 색종이로 사슬을 만들던 것을 L은 기억했어요. 그가 가위를 싹둑거리자 종잇조각들이 눈송이처럼 바닥으로 흩날렸어요. 기억 속 어머니의 목소리는 그에게 이리 와서 안아달라고 말했어요. 어머니는 갑자기 외로움을 참기 힘들어졌다는 듯이 종종 이런 식으로 그를 부르고는 했어요. 아들이 손으로 이어붙인 색종이 사슬을 펴 보이자 어머니는 그 광경에 기이할 정도로 감복했어요. 어떻게 만들었는지 자꾸만 묻고 또 물었지요. L은 자신의 능력으로 어머니의 인정을 얻어냈다는 사실을, 이는 L이 어머니의 이해 범위를 벗어났기 때문에 가능했다는 사실을 깨달았지요.

"어머니가 나를 잡아먹을 것만 같아서 항상 두려움에 떨던 것이 기억나요."

그가 말했어요.

"그래서 어머니에게 보여줄 것을 만들었어요. 그러면 나를 잡아먹어야겠다는 생각을 못 할 것 같았거든요."

L은 동물과 동물의 해부도를 연구하며 그림을 배웠어요. 도살장에는 그릴 만한 것이 넘쳐났지요. 죽은 동물들에 관한 중요한 사실 하나는 화가가 자신의 사체를 그리도록 얌전히 모델이 되어준다는 거예요. L의 아버지는 그가 그린 그림을 자세히 살펴보고 조언을 해주었어요.

"나는 자식을 화가로 길러내는 것은 아버지라는 생각을 종종 해요."

그가 말했어요.

"반면 작가로 길러내는 것은 어머니죠."

나는 왜 그런 생각을 하는지 물었어요.

"엄마들은 거짓말이 심하잖아요."

그가 말했어요.

"그들이 가진 거라곤 말밖에 없어요. 가만히 두면 자식의 머릿속을 말로 꽉 채워버리고요."

과거에 L은 글쓰기를 시작하면 어떨지 몇 번 고민했다고 해요. 기억나는 것을 글로 쓰고 써낸 것들을 접합하는 방식으로 연속성을 만들어낼 수 있겠다고 생각했던 거예요. 하지만 일어난 일이라고는 자신의 기억이 얼마나 빈약한지 깨달은 것뿐이었어요. 아니면 과거를 기억하는 일이 그가 기대한 만큼 즐겁지 않았을 수도 있고요. 제퍼스, 그는 아버지가 죽고 가출한 후로 다른 가족을 단 한 번도 다시 만나지 않았어요. 잠시나마 다른 가정에 임시 입양되는 일은 종종 있었어요. 이런 경험은 전반적으로 긍정적이었고, 아마도 그 경험으로 포용과 운명보다 선택과 욕망을 더 중요하게 생각해야 한다는 것을 배웠겠지요.

나는 그가 이야기하는 것을 들으면서 그에게 도덕이나 의무에 대한 개념이 전혀 없다는 사실을 깨달았어요. 그건 의식적인 결정이 아니라 기본적인 지각력이 결핍된 결과에 가까웠어요. 그저 의무라는 개념 자체를 이해하지 못하는 것 같았어요. 무엇보다도 바로 그 특성 때문에 나는 L에게 끌렸지만 그는 절대 나에게 끌릴 수 없었어요. 끌린다 한들 처참한 결과만 생기리라는 것을 나는 알았지요. 아마도 L 덕분에 깨닫게 된 것 같아요, 그간 내가 다른 사람들이 내 삶을 좌지우지하도록 어느 정도 허락해왔다는 것을요. L 같은 사람들에게는 더 높은 도덕적 기능이, 우리의 추측과 믿음이 무엇으로 이루어졌는지 보여주는 기능이 있는 걸까요? 달리 말해보면, 살아 있는 존재로서 예술가의 쓸모도 예술의 쓸모에 포함되는 걸까요? 내가 보기에는 그런 것 같아요.

하지만 작가의 삶에 비춰 예술을 해석하는 행위를 다들 부끄럽게 생각하잖아요. 작품을 창조한 사람의 삶과 성격에서 작품의 의미를 찾는 것은 왠지 저능하게 여겨져요. 하지만 그 부끄러움은 그저 문화계에 존재하는 더 일반적인 억압이나 부정의 분위기, 예술가 자신도 종종 공모의 유혹을 느끼는 그 분위기의 증거일지도 모르겠어요.

어떻게 그럴 수 있었는지 모르겠지만 L은 이런 유혹을 따돌리는 데에 성공했고, 자신을 자기 작품으로부터, 혹은 자기 작품이 그저 개인적 관점의 결과물일 뿐이라는 주장으로부터 거리를 두어야 할 필요를 느끼지 못하는 거예요. 어쨌든 그때는 그 역시도 넘을 수 없는 장애물을 맞닥뜨린 것이 분명했어요. L이 말했던 것처럼 그가 놓친 무언가가 있었지요. 하지만 놓친 것을 어떻게 찾아낼 수 있을까요? 그는 완벽하지 못한데 말이에요?

"왜 마지못해 여성으로 사는 건가요?"

L이 갑자기 물었어요. 다소 멍청해 보이는 미소를 짓고 있었지요.

그 질문을 받은 것이 싫지는 않았는데, 그 말이 사실처럼 들렸기 때문이에요. 다만 그 사실이 농담으로 쓰였다는 점은 마음에 들지 않았어요.

"모르겠네요."

내가 말했어요.

"여자로 사는 법을 모르는 것 같아요. 아무도 보여준 적이 없어서요."

"보고 배우는 문제가 아니에요."

그가 말했어요.

"문제는 허락을 받는 거예요."

"우리가 처음 이야기를 나눴을 때, 나를 제대로 바라볼 수 없다고 했지요."

내가 말했어요.

"그러면 허락해주지 않는 사람은 L인가봐요."

"왜 그렇게 항상 강요하려고만 하나요."

그가 말했어요.

"밀어붙이지 않으면 아무 일도 생기지 않을 거라고 생각하는 것 같아요."

"당연히 아무 일도 생기지 않지요."

내가 말했어요.

"아무도 M의 의지를 꺾은 적이 없을 거예요."

그가 내게서 시선을 거두고는 흥미롭다는 듯 주변을 둘러보았어요.

"이건 다 누구 돈으로 산 거죠?"

그가 물었어요.

"건물과 땅은 토니 거예요. 나도 돈이 조금 있고요."

"M의 귀여운 책 몇 권으로 돈이 많이 벌리지는 않을 텐데요."

L이 내 작업을 언급한 것은 그때가 처음이었어요, 제퍼스.

작업이라는 말이 어울릴지 모르겠지만요. 그때까지는 나에 대해 아무것도 알지 않으려는 그의 태도가 마치 내 존재를 거부하는 것처럼 느껴졌는데, 사실 그는 내 의지에 강요받는 듯한 기분이 싫었을 뿐이라는 것을 마침내 이해할 수 있었어요. 하지만 나는 그에게 내 의지가 필요하다고 확신했어요. 그의 앞에 놓인 장애물을 넘어 다른 쪽으로 나아가려면 필요할 수밖에 없었어요. 우리는 서로가 필요했다고요!

"몇 년 전에 돈이 조금 생겼어요."

내가 그에게 말했어요.

"첫 번째 남편, 저스틴의 아버지가 옛날에 내 이름으로 주식을 조금 사뒀거든요. 탈세 목적이었지요. 그걸 까맣게 잊고 있었는데, 몇 년이 지나고 우리가 이혼한 후 그 주식이 엄청나게 올랐어요. 그 사람이 돌려달라고 했지만, 내 변호사가 그럴 필요 없고 법적으로 그 돈은 내 것이래요. 그래서 안 돌려줬죠."

L의 눈동자가 또다시 환하게 밝아졌어요.

"액수가 많았나요?"

그가 말했어요.

"정의의 관점에서 보면 그가 내게 진 빚과 대략 비슷한 액

수였어요."

내가 말했어요.

L은 콧방귀를 뀌더군요.

"정의라니."

그가 말했어요.

"참 예스러운 개념이군요."

나는 정의가 실현됐다기보다는 결말에 다다른 느낌이었다고, 힘겨운 경주가 끝난 것 같았다고 말했어요. 그가 말한 대로 내 귀여운 책들은 딱히 돈이 되지 않았는데, 그 이유 중 하나는 책을 자주 쓸 수 없기 때문이었어요. 삶이 윤리적인 형상을 갖추고 난 후에야, 일단 산산이 무너지고 난 후에야 그 모양새를 글로 써낼 수 있었거든요. 나는 책을 쓰지 않을 때는 온갖 종류의 직업을 전전하면서 불안감과 아드레날린에 의존해 살았는데, 이제 내가 생각해낼 수 있는 최악의 악덕은 아무 일도 하지 않는 거였어요.

"난 제대로 즐기면서 산 적이 없어요."

내가 그에게 말했어요.

"다른 건 다 갖췄어도 즐기는 삶만은 누리지 못했지요. L의 말대로 내가 무슨 일이든 일어나라고 밀어붙이는 사람이라면, 즐기는 건 밀어붙여서 되는 일이 아니니까요."

내가 이 말을 했을 때 그가 어떤 행동을 했는지 맞춰보세요. 갑자기 자리를 박차고 일어나더니 고양이처럼 테이블 위로 올라가 나는 깜짝 놀라고 말았답니다!

"그럼 한번 즐겨볼까요?"

L은 얼굴이 악마처럼 새빨개져서는 까불거렸고, 나는 당황해서 멍하니 바라보았지요. 그가 테이블에 발을 구르며 내 이름을 외치고 또 외쳤어요.

"즐겨보자고요, 어때요? 한번 즐겨봅시다!"

그날 별채에서 어떻게 빠져나왔는지 기억나지 않아요, 제퍼스. 하지만 작은 숲을 지나 집으로 돌아오면서 마음에 상처가 난 듯한 기분이었던 것은 기억나요. 무거우면서도 가볍고, 생생하면서도 치명적인 상처였어요. 그때 토니가 L을 두고 했던 말이 생각났고, 어떻게 토니는 항상 그 누구보다 더 정확하게 진실을 파악하는지 궁금해졌어요.

커트는 작가가 되겠다고 선언했어요. 곧바로 책 집필에 돌입하기로 했고요. 어떤 작가가 말하기를 글을 쓸 때는 펜과 종이를 사용하는 것이 가장 좋은데, 손의 근육을 움직이면 문장을 형성하는 데에 도움이 되기 때문이래요. 커트는 그 조언을 따르기로 했고요. 누구든 시내에 가는 사람이 있으면 무지 종이 두 묶음과 펜 여러 개를 사다달라고 했어요.

나는 아래층에 있는 작은 서재가 조용해서 좋은 데다가 지금 쓰는 사람이 없으니 원한다면 그곳을 사용해도 된다고 했어요. 서재에는 창문을 등지는 큼지막한 책상이 있는데, 작가들은 대부분 글을 쓸 때 바라볼 것이 없는 쪽을 선호할 거라고 덧붙였어요.

커트가 새로운 직업에 맞게 고른 옷차림은 긴 검은색 벨벳 실내복, 뒤로 젖혀 쓴 빨간색 태머샌터*였고, 화룡점정으로 맨발에 밑창이 짚으로 된 에스파드리유를 신었어요. 양팔 밑에 종이 묶음을 하나씩 끼고 외투 주머니에 펜을 꽂은 채 그 신발을 신고 비장하게 서재로 걸어가더니 문을 닫더라고요. 나중에 창문 앞을 지나며 봤는데 책상을 정원과 작은 숲 쪽으로 돌려놓아 그가 지나가는 사람을 바라보거나 지나가는 사람이 그를 바라볼 수 있었어요. 외출할 때면 창문 너머에 그가 있었고, 돌아올 때도 창문 너머에 그가 있었지요. 애절한 눈빛으로 먼 곳을 응시했는데, 어쩌다가 눈이 마주쳐도 눈치채지 못하는 것 같았어요.

나는 그의 마음속에 ― 자신을 숨기는 것이 아니라 ― 관심을 끌려는, 특히 저스틴의 관심을 끌려는 의도가 있는 것이 아닐지, 그와 동시에 저스틴을 감시하려는 것이 아닐지 궁금해졌지요. 저스틴은 브렛과 바깥에서 보내는 시간이 부쩍 많아졌거든요. 그 둘은 참 많은 것을 같이했어요. 운동도 하고, 수채화 그림도 그리고, 심지어 브렛이 시내의 중고 상점에서 찾아내 고치고 광을 냈다는 예스럽고 예쁜 목제 활로 양궁도 했

* 스코틀랜드 농부들이 착용하던 베레모의 일종.

어요. 줄곧 바람 없이 따뜻한 날이 이어졌기 때문에 주로 정원이나 작은 숲의 나무 그늘 밑에, 커트의 악의적인 시선 속에 머물렀고요.

토니의 배를 빌려다가 바다 위에서 하루를 보내는 날도 몇 번 있었는데, 그들이 커트에게 같이 가자고 했지만 그는 자신의 창문 앞에 남았지요. 그는 창틀에 갇힌 채 우리의 시시함과 시간 낭비를 꾸짖는 상징물 같은 것이 되었어요.

커트는 하루 대부분을 서재에서 보냄으로써 울타리 수리나 잔디 깎기보다 더 중요한 일에 매진하고 있다고 선언한 것이나 다름없었고, 토니에게 느끼던 애착도 급속도로 식고 말았어요. 이제 커트는 자연스럽게 L이 자신의 동료라고 느끼는 것 같았어요. 나는 가끔 두 사람이 이른 저녁에 작은 숲을 거닐며 이야기하는 것을 보았지만, 어떻게 이런 대화가 이루어졌는지, 누가 먼저 말을 걸었는지 알 수 없었어요. 커트가 저스틴에게 L과 각자의 작업에 관해 이야기했다고 말하는 것을 들었는데, L과는 어떤 주제를 두고도 정상적인 대화를 이어가기 힘든데 하물며 작업에 관해 이야기했다니 정말 놀라웠지요. 토니는 커트가 자신을 따라다니지 않아도 개의치 않았어요. 토니가 참을 수 없는 것은 커트가 아무 일도 하지 않는 것이기 때문이었어요.

어떤 면에서는 커트의 방향 전환이 대단하다고 생각했어요. 적어도 그것은 저스틴의 변화, 더는 작은 아내 역에 만족하지 않으려는 저스틴의 결단을 향한 건설적 반응이었기 때문이에요. 커트가 걸작을 쓰고 있을지도 모르는 일이었고요! 저스틴이 수줍어하면서 그런 것 같냐고 묻기도 했어요. 나는 겉만 보고는 모르는 일이라고 답했고요. 가장 흥미로운 작가 중에도 은행 매니저만큼 평범해 보이는 사람이 있고, 말할 때 재치가 넘치는 사람도 일어난 일을 차례차례 설명해야 하는 상황에서는 지루해질 수 있다고 내가 말했어요. 어떤 사람들은 그저 현재를 사는 법을 몰라서, 현재를 재구성한 후 나중에 다시 살기 위해 글을 쓴다고도 말했어요.

"그래도 포기하지 않고 쓰고 있잖아."

내가 말했어요.

"벌써 종이 한 묶음을 다 썼어."

저스틴이 말했어요.

"시내에서 더 사다달라고 그러던데."

나는 딸의 미래 때문에 걱정이 많았고, 그 애가 활짝 피어나고 점차 독립적으로 변하는 모습에 왠지 마음이 아프더군요.

걱정할 것이 줄어들수록 더 슬퍼지는 지경이었어요. 딸은 가을부터 공부를 더 하려고 대학에 지원했는데 합격한 참이었거든요. 커트도 함께 간다거나 가지 않는다는 말은 없었어요. 그 문제는 저스틴의 고려사항이 아닌 것 같았지요.

"저기로 나가려는 거지."

토니가 말했어요. 내가 밤에 침대에서 이런 감정을 털어놓자 한 말이었지요. 그가 손가락으로 캄캄한 창문을 가리켰기에 나는 그가 더 넓은 세상을 뜻하는 거라고 이해했어요.

"아, 토니."

내가 말했어요.

"난 마치 우리 딸이 커트랑 결혼하고 주저앉아 평생 남편 시중이나 들며 살기를 '원하는' 것 같다니까!"

"당신은 저스틴이 안전하기를 바라는 거야."

토니가 말했고, 그 말은 사실이었어요. 저스틴은 자신의 진정한 아름다움과 잠재력을 드러낸 탓에 전보다 위험해진 셈이었거든요. 딸이 자신의 진가를 깨달으면 어떤 희망과 가능성을 꿈꾸게 될지, 그 희망과 가능성이 짓밟히면 어떻게 될지 생각하니 견딜 수 없었어요. 허버드 아주머니의 옷을 입고 그 어떤 위험도 감수하지 않는 쪽이 더 안전하잖아요!

"저스틴은 저기서 더 안전해."

토니가 여전히 창문을 가리키며 말했지요.

"당신의 사랑만 있으면 된다고. 당신이 해야 할 일은 딸에게 사랑을 주는 법을 연습하는 거야."

토니의 말은, 원래 저스틴이 갖고 있던 것을 돌려주듯, 딸이 언제든 가져가도 되는 것을 주듯 사랑을 주라는 거였어요. 이 사랑이라는 선물이 왜 중요했을까요? 사실 나는 내 사랑의 가치를 의심했어요. 내 사랑이 누군가에게 이익이 되리라고 확신하지 못했지요. 나는 자기 비판적으로 저스틴을 사랑했어요. 어떻게든 딸을 내게서 놔주려고 애썼는데, 딸은 떠나면서 내 일부를 가져가고 싶었나봐요!

깊이 고민한 끝에 깨닫게 되었어요. 내 양육의 주요 원칙은 그저 내가 어렸을 때 겪었던 것을 정반대로 돌려주는 것이더 군요. 나는 정반대가 무엇인지, 내가 오른쪽이 아니라 왼쪽으로 갔어야 했던 순간이 언제였는지 알아내는 데에 능숙했어요. 내 양심은 자주 어린 시절의 장면들로 나를 데려갔는데, 이제 돌이켜보니 그야말로 놀랍더라고요. 하지만 딱히 정반대가 없는 것들도 있었어요. 그러면 내가 알아서 시사점을 생각해내야 했고요. 어쩌면 솔직함의 한계는 여기서, 과거와 아무런 관련이 없는 새로운 것을 만들어내야 하는 지점에서 시작되는 건지도 모르겠어요, 제퍼스. 그리고 바로 여기서 종종 저스틴과 문제가 생기더군요.

나는 내게 부족한 것이 권위라고 생각했는데, 권위의 정반대가 무엇인지 알아내기 힘들었어요. 거의 모든 것을 권위의 정반대라고 할 수 있을 것 같아서요. 나는 권위가 어디서 발생하는지, 그것이 지식이나 기질의 결과라면 배울 수 있는 것인지 궁금할 때가 많았어요. 사람들은 권위를 보면 바로 알아차리지만, 권위가 무엇으로 되어 있고 어떻게 작동하는지는 모르는 것 같아요.

내가 내 힘을 과소평가한다는 토니의 말은 사실 권위에 대한, 힘을 만들고 키워내는 권위의 역할에 관한 이야기일 수도 있었어요. 권력을 수단이 아닌 목적으로 탐내는 사람은 독재자밖에 없고, 대부분의 사람들에게 독재자 비스름한 위치로 올라갈 기회는 부모가 되는 것뿐이에요. 나는 독재자였을까요? 독재자로서 권위 없는 무형의 힘을 휘두르고 있었을까요?

내가 많은 시간 느끼던 것은 일종의 무대 공포증이었어요. 기대하는 얼굴이 가득한 학생들 앞에 선 초보 선생님이 느낄 것 같은 기분 말이에요. 저스틴은 종종 그런 얼굴로, 내가 모든 것을 설명해줄 거라고 기대하는 얼굴로 나를 바라보았고, 나중에 돌아봤을 때 딸에게든 나 자신에게든 만족스럽게 설명해줬다고 느낀 적은 단 한 번도 없었어요.

옛날에 딸은 내가 몸으로 애정 표현을 하려고 할 때마다 고슴도치가 가시를 세우듯 발끈하면서 거부했어요. 그래서 나는 딸에게 접촉하는 것을 삼갔고 나중에는 우리 중 누가 애정 표현을 거부하기 시작했는지 잊어버렸어요. 어쨌든 그것을 통해, 신체적 애정 표현을 통해 사랑을 주는 연습을 시작하기로 결심했지요. 토니와 그 대화를 나눈 다음 날 아침 부엌에 가서 딸을 끌어안았어요. 움직이지도 반응하지도 않지만 품에 안길 의향이 없지는 않은 작은 나무를 안고 있는 듯한 느낌이 얼마간 지속되었어요. 기분은 좋았지만, 애정이 쌓였다거나 우리만의 시간을 보냈다는 느낌은 없었어요. 중요한 사실은 딸이 딱히 놀라지 않았다는 것, 내게 포옹할 자격 정도는 있다고 알려주려는 듯 한동안 가만히 나를 내버려뒀다는 것이었어요. 그러다가 끝내야겠다고 결심한 듯 조금 웃더니 한 걸음 물러서며 말했어요.

"강아지라도 한 마리 기를까?"

저스틴은 가끔 토니와 내게 왜 강아지를 기르지 않냐고 묻곤 했어요. 우리 삶이 강아지를 기르기에 이상적이었고, 나를 만나기 전에는 토니에게 항상 반려견이 있었다는 걸 알았거든요. 토니는 침대맡에 가장 아끼는 갈색 스패니얼 '페치'의 사진을 두고 잤어요. 제퍼스, 토니에게 강아지가 생기면 강아지가 관심의 중심이 되어 내게 와야 할 우정과 애정이 그쪽으로 쏠리지는 않을까, 사실 나는 걱정됐어요. 어떻게 보면 이 가상의 반려동물과 경쟁 중인 셈이었는데, 나는 반려동물의 특성 중 상당수를—충성, 헌신, 복종—이미 보여줬다고 생각했어요.

하지만 나는 토니가 강아지를 원한다는 것을 알았고, 그가 내게서 무엇을 얻고 있든 그것을 동물에게서 느끼는 보상이나 책임감과 혼동하지 않는다는 것도 알았어요. 내가 보기에 이것은 토니가 내 충성과 복종에 완전히 설득되지 않았다는 뜻이었고, 내심 성인 여자보다 강아지를 만족시키기가 더 쉽다고 생각할지도 모르는 일이었어요. 토니가 더는 강아지를 기르고 싶지 않다고 말했다 한들 나는 곧이곧대로 받아들이지 않았을 거예요. 하지만 토니는 그런 말을 할 생각이 없었어요. 그가 아는 사실 혹은 안다고 인정할 만한 사실은 내가 강아지를 좋아하지 않으리라는 것, 그러므로 이 논의는 끝이라는 것이었어요.

내가 심리학자라면 우리에게 강아지가 없다는 사실은 안정감이라는 개념과 연관이 있다고 생각할 것 같아요. 저스틴을 끌어안았을 때 강아지 이야기가 나왔다는 점에서 그 가정이 확인되는 느낌이었어요. 이 이야기를 하는 이유는 존재하고 변화하는 무언가가 상반되는 관점에 휘둘리면서도 자기 자신을 유지할 수 있다는 것을 보여주기 때문이에요. 강아지가 없다면 우리는 인간에게서 신뢰와 안정감을 찾아야 했어요. 나는 이쪽이 더 좋았지만, 토니와 저스틴은 냄새만 맡고는 도망쳐버렸어요. 하지만 강아지가 없다는 것은 적어도 토니와 내게는 엄연한 사실이었어요. 그 의미는 다를지라도 둘 다 동의할 수 있는 사실이었지요. 이 사실은 여느 두 사람 사이에 어김없이 존재하고 침범해서는 안 되는 경계선이나 구분 같은 것이 우리 사이에도 존재한다고 암시했어요.

토니 같은 사람은 이것을 받아들이기가 아주 쉽겠지만 나 같은 사람, 그런 경계를 알아채고 존중하는 일에 애를 먹는 사람에게는 몹시 어려워요. 나는 사물의 진실에 닿아 그것을 파헤치고 또 파헤쳐야, 고통스러울 정도로 까발려야 직성이 풀려요. 이것 역시 개와 비슷한 특성이지요. 그 대신 내가 할 수 있는 것은 경계선 안쪽에 있는 내 영역에 머물면서 내 사랑의 주요 대상자 두 명이―토니와 저스틴―내심 내가 아니라 말을 못하고 비판하지 않는 존재로부터 사랑받기를 원하는 것은 아닐까 의심하는 것뿐이었어요.

저스틴은 음악에 관심이 많아서 저녁에 우리가 모닥불 주변에 둘러앉아 있으면 기타를 치면서 노래를 불러주기도 했어요. 노래할 때면 목소리가 아주 감미롭고 우수에 찬 듯 마음을 파고들어 나는 항상 감동했어요. 그간 듀엣곡을 만들어서 브렛과 연습해왔던 참이라, 어느 저녁에 두 사람은 식사를 마치고 우리 앞에서 공연하기로 했어요. 그러자 커트는 이 기회를 활용해서 지금 쓰고 있는 작품을 낭독하고 싶다고 말했지요.

토니와 나는 주변을 정돈하고 의자를 배열하고 음료를 따라놓느라 정신없이 돌아다녔는데, L이 저녁 문화 모임에 참석할지도 모르겠다는 생각이 들자 집을 안락하게 보이고 싶었기 때문에 그가 여자 역할 운운한 것이 아직 귀에 쟁쟁한데도 청소에 전념했어요. L 덕분에 내 참모습을 직면하게 되었지만 그렇다고 해서 나를 개선하기 위해 필요한 일에 적극적으로

착수하게 되지는 않는다는 것을 나는 이해하기 시작했지요. 준비를 계속하면서 내가 다른 사람인 상상을, 무심하고 이기적이면서 그런 성격으로도 성공적인 저녁 모임을 이뤄낼 수 있다고 확신하는 사람인 것처럼 상상을 했어요. 그런 사람이 될 수 있기를 때로는 얼마나 간절히 원하는지 몰라요!

정해진 시간이 되어 창문 너머로 두 사람이 작은 숲을 가로질러 이쪽으로 다가오는 모습이 보이자 내 짐작이 옳았다는 것을 알게 되었어요. 브렛은 가리는 것보다 보여주는 것이 더 많은 슬립이나 네글리제 같은 놀랄 만큼 조그마한 드레스를 입었는데, 이렇게 살을 노출한 탓에 브렛과 L 사이에서 진행 중인 사적인 무언가가 공개된 듯 분위기가 즉시 어색해졌어요. 브렛은 얼굴이 붉었고, 우체통처럼 생긴 기이한 입은 헤벌어져 새카만 안이 보였어요. 브렛의 표정에는 어딘가 야생적인 분위기가 감돌아서 나는 군중 속에서 긴장할 때면 사로잡히곤 하는 멍한 두려움을 느끼기 시작했어요. L의 눈 속에도 야생적인 빛이 번뜩였고, 이따금 두 사람은 서로를 바라보며 웃음을 터뜨렸어요.

우리는 앉아서 잠시 이야기를 나눴어요. 무슨 이야기를 했는지는 모르겠어요. 난 원래 이런 상황을 기억하지 못해요. 토니는 침착한 태도로 손님을 위한 음료를 만들면서 모든 것이 정상이라는 듯이 행동했어요. 브렛은 칵테일 두 잔을 연달아 마셨는데, 기이하게도 마시면 마실수록 정신이 또렷해지는 것 같더라고요. L은 한 잔 받아들더니 탁자에 조심스럽게 올려놓고는 그 후로 눈길 한 번 주지 않았어요.

나는 줄곧 저스틴 쪽을 흘긋거렸는데, 딸은 불 옆의 낮은 의자에 앉아 무릎 위에 기타를 반듯하게 올려놓은 채 생각에 잠긴 듯한 표정을 짓고 있었어요. 옆에서 브렛이 계속 날카로운 웃음을 터뜨리는데도요. 그러던 어느 순간 기타를 들고 부드럽게 연주를 시작하더니 나지막이 콧노래를 했어요. L은 평소처럼 내게서 가장 먼 곳에 앉았고 커트가 그의 옆에 앉았어요. 두 사람은 대화 중이었어요. 아니, 그보다는 L이 이야기했고 커트는 듣고 있었지요. L은 고개를 돌린 채 커트의 귀에 대고 말했는데, 아마도 L의 목소리가 워낙 알아듣기 힘든 데다가 음악과 웃음소리가 들리기 때문이었겠지요.

마침내 저스틴의 연주가 토니와 나뿐만 아니라 브렛에게도 진정 효과를 발휘해서, 감미로운 목소리가 노래를 시작할 때쯤에는 다들 입을 다물고 귀를 기울였어요. 커트 역시 머리를 저스틴 쪽으로 돌리는 바람에 L은 계속 커트의 귀에 대고 이야기하기 위해서 자세를 바꿔야만 했어요. 시간이 지나자 커트는 다시 저스틴에게서 몸을 돌리고 L의 이야기를 들었으나 자꾸만 차갑고 기묘한 눈빛으로 저스틴을 흘긋거렸고, 그때 나는 그의 충심에 균열이 생겼으며 그 원인은 L이라는 사실을 직감했어요.

저스틴이 연주하는 노래는 익숙한 것이었고, 우리는 그런 상황에서 종종 그랬던 것처럼 함께 노래 부르기 시작했어요. 나는 이런 순간이 참 소중해요, 제퍼스. 저스틴이 나를 위해 노래한다고, 저스틴의 노래는 딸이 처음 태어난 날부터 지금까지 우리가 함께해온 방황의 주제곡이라고, 마음 깊은 곳에서 항상 느껴지기 때문이에요. 게다가 그 특정한 순간에는 저스틴이 그 어느 때보다 대단하다고 생각했어요. 우리가 처한 상황에 마땅한 질서를 부여할 수 있는 능력이 생긴 것 같았거든요.

브렛은 슬립 위로 코트를 덧입고는 듣기 좋은 허스키한 목소리로 노래를 따라불렀고, 토니는 굵고 낮은 목소리로 감동을 주었으며, 나 역시 저스틴의 노래에 어울리려고 최선을 다했어요. 마침내 커트도 노래에 동참했어요, 그저 습관 때문이었는지 모르겠지만요. 입을 꾹 다물고 있는 사람은 L뿐이었는데, 나는 그가 노래를 못하거나 어떤 곡인지 몰라서 그런다고는 단 한순간도 생각하지 않았어요. 노래하지 않는 것은 그의 '의지'였고, 그 이유는 다들 노래를 하고 있으며 강요에 따라 행동하지 않는 것이 그의 본성이기 때문이었어요. 다른 사람이라면 감명받았거나 즐거운 척이라도 애써 해봤겠지만, L은 이 기회에 지금껏 견뎌야만 했던 다른 피곤한 일들을 되짚어보겠다는 듯 그저 지친 표정으로 가만히 앉아 있었어요. 가끔 시선을 들어 나와 눈을 마주치기도 했는데, 그러면 그의 단절이 나에게로 건너왔지요. 기이한 거리감, 불충에 가까운 느낌이 나를 압도했어요. 거기서도, 즉 내가 가장 좋아하는 것들에 둘러싸인 곳에서도 그는 나를 회의감으로 던져넣고 내가 모를 수 있었던 것들을 들춰 보였어요. 그 순간에는 그의 끔찍한 객관성이 내 것이 되어 세상의 진실을 바라보는 것만 같았지요.

당연한 말이지만, 제퍼스, L이 대단한 이유 중 하나는 그에게 세상을 정확하게 바라볼 수 있는 능력이 있다는 것이었는데, 나를 당황스럽게 한 것은 그의 정확한 시선이 삶의 영역에서는 그토록 거슬리고 잔인하다는 사실이었어요. 달리 말하면, L의 그림 속에서 관객에게 자유롭고 충만한 느낌을 주는 무언가를 삶 속에서 직접 마주치거나 실천하면 지극히 불편해졌어요. 변명도, 설명도, 위장도 불가능하다는 느낌이었지요. 그러니까 L은 인생에 서사 같은 것은 없다는, 어떤 순간이든 그 순간의 의미를 넘어서는 개인적 의미는 없다는 무시무시한 생각으로 사람들의 머릿속을 가득 채운 거예요. 내 안의 어떤 부분에서는 이런 느낌이 정말 마음에 들었어요. 아니, 적어도 이것을 알았고 이것이 사실이라는 점을 인정했는데, 사람은 빛의 진실과 함께 어둠도, 어둠의 진실도 인정해야 하니까요. 바로 이런 의미에서 나는 L을 알았고 인정했어요.

나는 살면서 아주 많은 사람을 사랑하지는 않았어요. 토니를 만나기 전에는 그 누구도 진심으로 사랑하지 않았고요. 저스틴을 평범한 모녀간의 감정이 아닌 다른 무언가로 사랑하는 방법, 딸을 있는 그대로 바라보는 방법도 이제 겨우 배워가는 중인걸요. 진정한 사랑은 자유를 기반으로 하기에, 나는 부모와 아이가 그런 사랑을 할 수 있는지 잘 모르겠어요. 모두가 어른이 된 후 다시 시작한다면 모를까요. 나는 토니를 사랑하고 저스틴을 사랑하고 L을 사랑해요, 제퍼스. 그와 함께한 시간은 종종 쓸쓸하고 고통스러웠지만, 그의 올바른 잔인함을 통해 나는 진실에 더 가까워졌으니까요.

브렛과 저스틴은 함께 아주 매력적인 노래를 선보인 후 내가 앙코르를 요청하자 한 번 더 불렀어요. 두 번째 노래가 끝났을 때 검은색 벨벳 실내복을 입은 커트가 일어나서 우리 앞쪽 난롯가 옆에 선 채 낭독을 시작했어요. 3센티미터는 될 법한 종이 뭉치를 옆에 있는 테이블에 위엄 있게 올려놓은 뒤 서론도 없이 낭랑하고 애절한 목소리로 읽기 시작했는데, 원고를 한 장씩 들어 올려 낭독하고 엎어서 내려놓는 모습을 보면서 그가 원고를 전부 다 읽을 계획이라는 것을 깨달았지요! 그 깨달음이 서서히 굳어가는 사이, 우리는 한마디도 없이 꼼짝도 하지 않고 매료된 관객으로서 앉아 있었어요. 어떻게 그렇게 짧은 시간 동안 이렇게 많은 글을 쓸 수 있었는지 나는 도무지 이해할 수 없었지요. 그건 가상의 세계를 배경으로 한 소설이었어요, 제퍼스. 드래곤과 괴물과 상상 속의 생명체들이 끝없이 서로와 싸우고, 구약에 나오는 것처럼 인물의 이름이 끝도 없이 이어지며, 몇 페이지씩 계속되는 하느님 말씀 같은 대화를 커트는 아주 느릿느릿 장엄하게 읽었어요.

그렇게 한 시간쯤 지나자 나는 눈을 굴려 곁눈질로 주변을 둘러보았지요. 모닥불은 잦아들었고 토니는 의자에서 잠들었으며 브렛과 저스틴은 멍한 얼굴로 서로에게 머리를 기대고 앉아 있었어요. 집중하는 사람은 L뿐인 듯했고요. 그는 양손을 무릎 위에 포개고 머리를 살짝 옆으로 기울인 채 꼼짝도 안하고 앉아 있었어요. 마침내 거의 두 시간이 지났을 때 커트가 마지막 장을 내려놓음으로써 그 두꺼운 원고 뭉치의 낭독이 끝났어요. 그는 팔을 늘어뜨리고 고개를 뒤로 젖힌 채 어깨를 들썩이며 크게 한숨을 내쉬었어요. 우리는 일어나서 손뼉을 쳤지요.

"여기까지 썼어요."

그는 숨을 들이쉬며 말했어요.

"어때요?"

그때쯤에는 이미 새벽 한 시였고, 다른 사람은 할 말이 있을지 몰라도 나는 그 모임을 더 연장할 생각이 없었어요. 예의상 해줄 말을 생각해내려 했는데, 커트의 낭독 중 그 어떤 것도 기억나지 않았어요. 나는 저스틴이라도 한마디 해줄 거라고 기대했지만, 딸은 그저 생각에 잠긴 표정으로 브렛의 어깨 위에 머리를 기대고 있었어요. 머릿속에 있는 말이 무엇이든 입 밖에 내서는 안 된다는 태도더군요. 토니는 잠에서 깼지만 그것이 다였고요. L은 꼿꼿한 자세로 의자에 앉아 손가락으로 턱을 감싸고 있었는데, 아주 침착하고 정신이 또렷해 보였어요. 침묵이 계속되어 무슨 일이든 일어날 것만 같았으나 그러기 전에 L이 입을 열었어요.

"정말이지 분량이 너무 길어요."

L은 특유의 조용하고 느긋한 목소리로 말했어요.

커트는 문학적 글쓰기에서 분량이 문제가 되리라고는 한 번도 생각하지 못한 것 같더라고요. 그와 정반대로, 분량이 많다는 건 일이 잘 풀리고 있다는 뜻이라고 생각한 듯했어요.

"길 수밖에 없는데요."

커트가 딱딱한 말투로 말했어요.

"하지만 이제야 끝났잖아요."

L이 말했어요.

"왜 그래야만 하지? 왜 이렇게나 시간이 오래 걸려야 해요?"

"이야기 진행상 어쩔 수 없어요."

커트가 말했어요. 당황스러운 표정이더군요.

"이제 겨우 1부라고요."

L은 눈썹을 치켜뜨고 살며시 미소 지었어요. 그러고 말했어요.

"하지만 내 시간은 내 것인데요. 사람들에게 시간을 내어달라고 할 때는 조심하는 게 좋아요."

L은 이야기를 마치고는 차분히 자리에서 일어나 잘 자라고 인사한 후 어둠 속으로 사라졌지요! 커트는 충격을 받아 하얗게 질린 얼굴로 잠시 그 자리에 서 있었어요. 저스틴이 분발해서 위로하는 말을 늘어놓으려 했는데, 커트가 손을 들어 올려 중단했어요. 주변이 자신을 몰아세우려는 적으로 득시글하다는 듯 끔찍한 눈길로 여기저기 두리번거렸어요. 그러고는 원고 뭉치를 움켜 집어 겨드랑이에 끼운 후 마찬가지로 어둠 속으로 돌진했어요! 나중에 저스틴이 이야기해주었는데, 커트의 소설은 사실 둘이 몇 달 전에 읽었던 책을 충실하게 표절한 작품이라더군요. 커트가 의식하지 못하고 그런 짓을 했을 거래요. 이런저런 아이디어가 떠오르자 자신이 전에 읽은 내용을 기억해낸 것이 아니라 직접 상상해냈다고 착각한 거죠.

다음 날 서재 창문에는 이제 커트의 모습이 보이지 않았어요. 커트는 글을 쓰기 전에 입던 옷을 입고 부엌에 나타나서는 모든 사람과 거리를 두었어요. 그가 울적한 모습으로 정원을 배회할 때 나는 밖으로 나가 그쪽으로 갔어요. 그때쯤에는 커트가 안타깝기도 했고, 내가 커트에게 더 신경 썼어야 했다는 생각이 들었거든요. 그런 모습인 사람을 보면 얼마나 죄책감이 드는지 몰라요, 제퍼스! 사실 내 마음 한구석에서는 아예 그 녀석을 사라지게 만들면 어떨까 고민하고 있었지요. 그 애를 데리고 기차역으로 가서 표를 사다가 그 완벽하다는 가족의 품으로 보내버리는 거예요. 이런 충동은 내 죄책감의 건너편에 앉아 있었고, 둘은 우울하게 서로를 응시했어요.

"전부 그 남자 잘못이에요."

커트가 이렇게 말해서 나는 깜짝 놀랐어요. 커트는 과수원을 관통하는 냇물 옆의 바위에 커다란 도깨비 인형처럼 걸터앉아 있었어요. L을 말하는 것이냐고 물었더니 그는 낙담한 얼굴로 고개를 끄덕였어요.

"내게 온갖 이상한 조언을 해줬거든요."

"무슨 조언인데?"

내가 말했어요.

"그렇게… 그렇게 '겁꾸러기'처럼 굴지 말라던데요."

커트가 말했어요.

"그게 그가 사용한 단어였어요. 처음에는 무슨 뜻인지 몰랐지만 나중에 알게 됐죠. 저스틴과 관계를 개선하고 싶으면 따로 애인을 둬야 하는데, 가장 좋은 애인은 일이래요. 저스틴이 더는 날 사랑하지 않는 것 같다고 했더니 그런 조언을 한 거예요."

커트가 말했어요.

"그렇게 시작됐죠. 글쓰기를 시작해보라고 했어요. 돈도 많이 안 들고, 특별히 재능이 필요한 것도 아니라고."

"또 무슨 말을 했지?"

"내가 지금 무슨 생각을 하든 절대 저스틴에게 알려주면 안 된다고 했어요. 저스틴이 다정하게 굴면 나도 다정하게 굴어도 된대요. 하지만 저스틴이 다정하게 굴지 않으면 그 애를 꺾어놔야 하고요. 저스틴의 의지를 꺾어야 하는데, 항상 그 애가 기대하거나 바라는 것의 정반대로 행동하면 꺾을 수 있다는 거예요. 정말 끔찍한 남자예요."

커트는 두려운 듯 눈을 휘둥그레 뜨고 나를 바라보았지요.

"M을 파괴할 생각이래요."

"날 파괴한다고?"

"그게 그 사람 말이었어요. 하지만 제가 가만히 내버려두지 않을 거예요!"

글쎄, 이 폭로를 어떻게 받아들여야 할지 알 수 없었지만, 의지를 꺾는다는 이야기는 분명 들어봤잖아요. 사실은요, 제퍼스, 내 일부는 파괴되고 싶었어요. 하지만 파괴로 인해 다른 사람들, 사물들과 공유하는 현실이 전부 무너질까봐 두려웠어요. 과거와 미래를 모두 내포하는 행위와 암시의 거미줄이, 거대하고 더러운 시간의 흐름이 남긴 증거물로 가득하지만 어쩐 일인지 지금 이 순간을 포착하는 데는 실패한 거미줄이 무너질 것 같았어요. 나는 줄곧 존재했던 내 일부를 없애고 싶었고, 내 생각에는 바로 이것이 내가 L과 공유하는 감정의 본질인 것 같았어요. L이 우리의 첫 번째 대화에서 직접 설명한 것처럼요.

나는 내가 아는 현실 너머에, 아니면 그 뒤에, 아니면 그 밑에 더 거대한 현실이 있다고 믿었고, 거기에 닿을 수만 있으면 내 평생의 고통이 끝날 것 같았어요. 더 이상 앉아서 고민하는 것만으로 더 거대한 현실에 닿을 수 있다고 생각하지 않았어요. 거리에서 만난 심리분석가가 나로부터 달아났을 때 그 생각도 가져가버렸지요. 폭력을 사용해 아픈 부위를 실제로 파괴해야 할 필요가 있었어요, 병을 치료하기 위해서 때로 수술을 감행해야 하는 것처럼요.

내게 이것은 자유를 얻고자 했던 모든 시도가 실패한 후 자유가 부득이하게 취하게 된 형식, 궁극의 형식처럼 보였어요. 어떤 폭력을 어떻게 사용해야 할지 나는 몰랐고, 그저 L의 위협에서 그 폭력의 가망성을 엿보았을 뿐이었어요.

나는 커트에게 당분간 고향에 머물고 싶은지, 그렇다면 집에 가는 교통편 마련에 도움이 필요한지 물었어요.

"M을 혼자 두고 떠날 순 없죠."

커트가 말했어요.

"너무 위험할 거라고요."

나는 아무 일 없을 테고 만약의 경우에는 토니가 날 지켜줄 수 있다고 말했지만, 커트는 내가 파괴될 위험을 막기 위해 남겠다고 결심했더군요. 나중에 저스틴은 잔뜩 화가 난 채 내게 달려와 왜 자신에게 알리지도 않고 커트를 집으로 돌려보내려 했는지 물었어요. 나는 방어하려 했고, 방어가 성공했든 실패했든 우리가 함께 쌓아올리던 작은 사랑은 충격을 받고 무너져내려 처음부터 다시 쌓아야 할 모양새였지요.

토니와 내가 처음 만난 후 그는 매일같이 편지를 써 보냈어요, 그렇게 한 달쯤 지났을 때 내게 여유가 생겨 다시 그를 보러 갈 수 있었어요. 그때 나는 꽤 먼 곳에 살고 있었거든요. 그의 편지는 아주 잘 쓰여 시적이었고, 매우 규칙적으로 도착해 나는 너무 놀랐어요. 마치 그가 멈추지 않고 꾸준하게 북을 치고 있고, 그 북소리가 우리 사이의 먼 거리를 건너와 그가 나를 부른다는 사실을 알려주는 것 같았어요. 토니의 편지는 생전 처음으로 만족감을 경험하게 해주었어요. 내 마음속 가장 내밀한 희망과 욕망이, 내가 생각하는 삶의 가능성이 이뤄진 것 같았어요.

편지는 항상 내 기대보다 더 빨리, 더 빈번하게 도착했고, 분량도 더 많은 데다가 더 아름다워서 절대 내게 실망을 주는 법이 없었어요. 내가 토니에게 무엇을 기대했든 나를 통과해 흐르면서 내게 수분을 공급하고 생명력을 회복해주기 시작한 이 눈부신 언어의 강은 아니었지요. 나는 편지 덕분에 그 후로 줄곧 그의 침묵을 끌어안고 살아올 수 있었어요. 그의 내면에 언어의 강이 있고 오직 나만 그 존재를 알고 있으니까요.

L과 함께한 그 이상한 몇 주 동안 나는 종종 토니의 편지를, 우리의 사랑이 시작된 시절을 회상했어요. 겨우 몇 달이었지만 너무나도 길고 찬란하게 느껴져서 내 몇십 년간의 인생을 상대적으로 작아 보이게 만들었는데, 마치 도시 한복판에 거대한 건물이 있어 아주 멀리서도 그것만 또렷이 보이는 것 같았어요. 어떻게 보면 그 시절은 너무나 풍요로워서 홀로 시간의 흐름에서 떨어져 나온 셈이었고, 이 말은 그 시절이 아직도 존재한다는 뜻이에요. 지금도 그 시절에 몇 시간이고 머물 수 있고, 그럴 수 있는 이유 중 하나는 그 시절이 언어를 기반으로 하기 때문이에요.

그리고 난 지금 L과 함께 보낸 시간으로 또 다른 건물을 짓고 있어요, 제퍼스. 하지만 어떤 건물을 짓는지, 나중에 다시 이 건물로 돌아올 수 있을지 모르겠어요. 살다 보면 시간이 앞으로 흘러간다는 것이 더는 흥미롭게 느껴지지 않는 시점이 오기 마련이에요. 아니, 그보다는 시간이 앞으로 흘러간다는 생각이 삶에 관한 여러 착각 중에서도 가장 핵심적이었다는 것을 깨닫게 되지요. 앞으로 무슨 일이 일어날지 주시하며 기다리는 동안 갖고 있던 것을 전부 조금씩 빼앗겼던 거예요. 언어는 시간의 흐름을 막을 수 있는 유일한 수단이에요. 언어는 시간 안에 존재하고, 시간으로 이루어져 있으면서도 영원하거든요. 아니, 영원할 수 있지요. 이미지 역시 영원하지만 시간과는 연관이 없어요. 이미지는 시간을 저버려요, 그래야만 하거든요.

현실 속에 사는 그 누가, 이미지에 영원을 부여한 시간의 대차대조표를 검사하거나 이해할 수 있겠어요? 하지만 이미지의 영적 특성은 우리의 시각이 그러듯이 우리를 자기 자신으로부터 해방시켜주겠다며 유혹해요. 나는 토니와의 삶이 위치한 현실의 한복판에서 L로부터 뿜어져 나오는 풍요로움의 유혹을 느꼈어요. 하지만 내 안으로 흘러들었던 토니의 언어와 달리, L의 목소리는 그 출발점이 정반대였어요. 어떤 수수께끼나 공허 같은 것에서 시작되었지요.

L의 목소리는 하루하루 지나가며 아주 약하게 잦아들었고, 이제 들리지 않을 거라고 판단해 다시 L을 낯선 사람으로 대

하던 무렵 습지를 산책하다가 예상치 못하게 그와 마주쳤어요. 나는 저녁거리를 마련할 생각으로 작은 만 주변에 자라는 식용 바다식물의 이파리를 채집했는데—나는 언제나 이 활동이 자랑스러워서 나 자신을 제대로 써먹을 때는 이때밖에 없다고 느끼기도 했어요, 제퍼스—L이 굽이진 길을 따라 나타났어요. 평소보다 더 느슨한 차림이고 얼굴이 햇볕 때문에 불그스레했는데, 전반적으로 항상 풍기던 악마의 분위기보다는 인간의 분위기가 더 강했어요. 바지 밑단을 걷어 올리고 손에는 신발을 든 채로, 조수가 밀려들 때 모래톱에 나갔다가 밀물을 헤치며 걸어왔다는 거예요!

"그런데."

L이 숨을 몰아쉬며 이 모든 것이 꽤 재미있다는 듯이 말했어요.

"돌아오는 길에 사람들이 총을 쏘는 소리가 들렸어요. 주변을 둘러봤는데 아무도 보이지 않더라고요. 여러 장소에서 한 발씩 돌아가며 쏘는 것 같던데요. 이런 생각이 들었어요. 처음에는 물에 빠질 뻔했는데 이제는 사냥꾼을, 그것도 여러 명이나 상대하게 생겼구나. 누구에게 도움을 요청해야 하지?"

그가 말하는 와중에 뒤쪽에 있는 들판에서 총소리가 한 차레 크게 울렸고, 그는 움찔거렸어요.

"또 저러는군요."

L이 말했어요.

나는 그에게 설명했어요. 그것은 새들이 농작물을 쪼아 먹을까봐 해마다 농부들이 설치해두는 가스총 소리일 뿐이라고요. 나는 익숙해진 후라 놀라는 일도 거의 없고 주의력이 반쯤 무의식에 걸쳐 있는 상태에서는 온갖 다른 소리로 들린다고, 가끔은 사악한 남자들이 차례대로 자기 머리에 총알을 박아 넣는다고 상상할 때도 있다고 말했지요.

"허."

그가 마지못해 오묘한 미소를 지어 보이며 말했어요.

"사악한 남자들은 그런 짓 안 해요. 그리고 M은 그 사람들을 알고 나면 좋아하게 될걸요. 사악한 것들은 절대 죽지 않습니다, 후회 때문에 죽을 일은 더더욱 없죠."

그는 무릎까지 종아리가 전부 진흙투성이였고, 나는 조수를 유의해야 한다고, 길을 잘 모르면 위험할 수도 있다고 말했어요.

"나는 끝을 찾고 있었어요."

그가 말했어요. 그러고는 내게서 시선을 옮겨 지평선이 물

안개와 닿아 뭉그러지고 불분명해진 풍경을 내다보았지요.

"하지만 끝이 없더군요. 그냥 완만하게 굽은 길이 계속 이어져 걷고 또 걷다가 지치고 말아요. 나는 저쪽에서 보면 이쪽이 어떤 모습일지 궁금했어요. 그래서 아주 오랫동안 걸었는데 저쪽이라고 할 만한 곳은 '전혀' 없더라고요. 경계가 무너져 있어요, 아닌가요? 경계가 없어요."

나는 아무 말 없이 그가 무슨 말이든 덧붙이기를 기다렸고, 오랜 시간 후 그가 다시 이야기를 시작했어요.

"아시다시피 삶의 중반을 막 지나면 많이들 이상한 생각을 하게 돼요. 신기루를 보면서 다른 삶을 쌓아올리기 시작하는데, 사실 그들이 쌓는 건 죽음이죠. 어쩌면 내게 일어난 일도 그렇게 설명할 수 있겠어요. 문득 난 보게 됐어요, 바로 저기서."

그는 저 멀리 푸른 밀물의 형상을 가리키며 말했어요.

"착각 속에서 쌓아올린 죽음을 본 거예요. 전에도 무너뜨리는 법을 알았다면 좋았을 거예요. 경계뿐만 아니라 다른 것들을 무너뜨리는 법까지 말이에요. 나는 그 반대로 행동했어요. 지쳐서는 안 된다고 생각했거든요. 내가 구조를 쌓아올리려고 애쓰면 애쓸수록 내 주변의 모든 것이 더 심각하게 망쳐지는 느낌이었어요. 내가 세상을 만드는 듯한, 그것도 잘못 만드는 듯한 느낌이 들었어요. 실제로 나는 내 죽음을 만들고 있었을 뿐이에요. 하지만 당장 죽어야만 하는 건 아니잖아요. 무너뜨리는 행위는 죽음처럼 보이지만 사실은 그 반대예요. 처음에 난 그걸 알아보지 못한 거죠."

L이 이런 이야기를 하자 그가 나를 옹호해준 것 같아 정말 기뻤어요, 제퍼스. 그가 이해하리라는 것을 알고 있었다고요! 흐리고 바람이 부는 그날 아침, 습지는 밋밋한 빛이 비쳐 평소만큼 신비로운 매력이 느껴지지 않았어요. 왜인지 딱딱한 분위기가 풍겼는데, 내 마음을 기쁘게 해준 것도 그 사실적이고 딱딱한 분위기였어요. 그것을 통해 L과 내가 같은 것을 본다는 사실을 알 수 있어 마음이 놓였거든요. 습지가 극도로 장대한 풍경을 보여주어―분위기와 빛과 날씨가 특정한 상태가 되면 만들어지는 풍경이었어요―내 온갖 감정을 자극할 때도 있었으나 그날 아침처럼 평범한 색채 속에서는 달리 고민할 것이 없었어요.

내가 알기로 그는 그때까지 습지에 관한 작업은 전혀 하지 않았어요. 다만, 초상화에 집중하는 것도 막바지에 다다랐다고 하기는 했지요. 그가 말하기를, 문제는 이 주변에 사람이 너무 없고 다들 그의 모델이 되기에는 너무 바쁘다는 거였어요. 왜 처음에는 그걸 깨닫지 못했는지 모르겠다더군요. 토니, 저스틴, 커트까지 그렸으니 시내에 가서 모델을 납치해오지 않는 이상 남은 사람이 없다는 거예요.

"이 세상에 없는 사람들을 그릴 생각도 해봤어요."

그가 말했어요.

"생각만으로도 속이 메슥거리던데요. 하지만 그 메슥거림을 넘어설 수 있다면…"

나는 아직 그리지 않은 사람이 한 명 남아 있다는 것을 알려주었어요. 바로 나! 그는 이전에 나를 제대로 볼 수 없다고 말했으나 그 이유는 말해주지 않았고, 그가 나와 접촉하기를 최대한 피한다는 사실을 나는 잘 알고 있었지요. 로맨스에서는 한 사람이 다른 사람을 피하는 행위를 사랑의 플롯 속 한 장치로 사용하기도 해요. 그 함의는, 어떤 사람들은 욕망의 대상을 경멸하는 것처럼 행동함으로써 그 대상이 누군지 드러낸다는 것이지요. 그런 플롯의 저자들이 부끄러운 줄도 모르고 이용하는 환상이란 얼마나 희망적이고 비극적인지!

나는 L이 나를 향한 애정을 억누르고 있다고 착각하지는 않았지만, 내가 그에게 그토록 골칫거리라는 것은 이상하게 생각했어요. 내가 상징하는 문제를 없애면 그가 앞으로 나아가는 데에 도움이 되지 않을까 궁금해졌고, 그래서 토니를 그렸던 것처럼 나도 그림으로 그리라고 제안하면서 딱히 부끄러움을 느끼지 않았어요. 그날 정원에서 커트가 했던 이야기, L이 나를 파괴하려고 한다는 이야기는 내가 하던 생각을 확증해주었어요. 어째서 내가 파괴되어야 한다고 생각하는지, 왜 그는 그냥 대놓고 이야기하지 않을까요?

그는 내 말에 바로 대답하지 않았고, 한동안 단단히 팔짱을 낀 채 밝지만 생기 없는 빛과 바람 쪽으로 고개를 돌리고 서 있었어요. 불편함에서 위안을 찾은 듯한 태도였지요. 마침내 입을 열고 이야기하기를, 누군가를 그리는 행위는 낱낱이 살펴보는 행위이자 숭배하는 행위이고―적어도 그에게는 그렇다고 했어요―화가는 무슨 일이 있어도 냉철한 분리 상태를 유지해야 한대요. 바로 이런 이유로 그는 자식의 초상화를 그리는 화가들이 유독 거슬렸대요. 사랑에 빠지면 이런 냉철함이 그 무엇보다도 강렬한 전율을 선사하는데, 상대에게 매료된 후에도 줄곧 그는 나와 다른 개별적 인간이라서 그런 거라고 그가 말했어요. 그리고 사랑하는 사람과 친숙해질수록 이 전율은 더 약해지는 거예요.

달리 말하면 숭배는 상대에 대해 알기 전에만 가능하고, 객관성이 완전히 상실되거나 폐기된 초기와 진실이 서서히 밝혀지는 길고 현실적인 후기로 이루어져 있어요. 초상화는 냉철함과 욕망이 처음부터 끝까지 공존하는 데다가 줄곧 무정함 같은 것을 필요로 한다는 점에서 난잡한 상태라고, 그래서 지금 시도하기에 적절한 듯했다고 그가 말했어요. 어렸을 때 어떤 식의 난잡함에 자신을 내맡겼던들 그건 그냥 장난에 지나지 않았는데, 시간의 흐름에 따라 마음이 굳어가는 것도 그때는 아주 미미한 수준이었기 때문이었다지요. 이제 그를 매료하는 것은 가질 수 없는 것이었어요. 어떤 사람들은 근본적으로 또 도덕적으로 가질 수 없으므로, 그들을 손에 넣으려면 닿을 수 없다는 그들의 특성을 훔치거나 망가뜨려야―적어도 경험해야―했지요.

최근에 그는 역겨움을 자주 느꼈고 내면이 역겨움으로 가득 차 줄곧 흘러넘쳤는데, 어렸을 때 오랜 시간 역겨움을 억눌렀던 대가를 이제야 치르게 된 것은 아닌지 그는 종종 궁금했대요. 진실이 무엇이든, 어떤 것에는 절대 닿을 수 없다는 사실이야말로 인간의 지겨운 악취를 맡을 때마다 내면에 차오르는 역겨움을 없애주는 해독제였다고 그가 말했어요.

그가 이야기하는 동안 내 안에서는 거부당하고 버려졌다는 처참한 느낌이 자라났어요. 내가 이해한 바로 그 모든 설명의 속생각은 내 낡은 여체가 그에게 역겹다는 것, 내 옆에 앉지 못할 정도로 역겨워서 그간 나와 거리를 두었다는 것이기 때문이지요!

"L에게는 놀라운 일일 수도 있겠지만, 나 역시 죽음을 무너뜨리는 법을 찾으려고 애쓰고 있어요."

나는 분해서 말했어요. 눈에 눈물이 차올랐지요.

"그래서 L을 이곳으로 초대한 것이고요. 그런 기분을 느끼는 게 세상에 L 한 사람만 있는 건 아니랍니다. 보기 역겹다고 해서 날 지워버릴 수는 없어요. 나 역시 닿기 힘든 사람이라고요! 난 당신에게 보이기 위해 존재하는 게 아니에요."

내가 말했어요.

"그러니까 오해하지 마세요. 당신 시선에서 벗어나려고 애쓰는 건 나니까요. 내가 실제로 어떤 사람인지 알 수 있다면 더 좋겠지만 L은 그러지 못해. 당신의 시선은 일종의 살해고, 나는 더는 살해당하지 않을 거예요."

나는 손으로 얼굴을 감싸고 엉엉 울었어요!

글쎄, 내가 그날 아침에 배운 것은 예술가가 자신에게 인간이 가질 수 있는 최대한의 사악함과 끔찍함을 허용한다 해도 그의 내면 어딘가에는 연민의 능력이 남아 있다는 사실이었어요. 아니, 그 능력이 사라지면 그의 예술도 사라진다는 사실이었어요. 한 인간을 시험할 수 있는 가장 진실한 방법은 그의 동정심을 시험하는 것이지요. 동의하나요, 제퍼스? 어쨌든 L은 그날 아침 내게 아주 다정했고, 심지어 나를 안은 채 자기 가슴에 기대 울게 해주면서 머리카락을 쓰다듬어 주었어요. 그리고 말했지요.

"저런, 저런, 가여운 사람. 울지 말아요."

그의 부드럽고 다정한 목소리에 나는 더 심하게 울고 말았어요.

그와 몸이 가깝게 닿은 느낌은 꽤 당황스러웠는데, 이유는 모르겠지만 우리는 우연하게라도 접촉해서는 안 될 것 같았어요. 그와의 접촉이 썩 기분 좋지 않더라고요. 내가 묻어놓으려고 했던 역겨움의 문제가 다시 떠올랐는데, 이번에는 내가 그에게 역겨움을 느끼는 것 같았어요. 어쩌면 L에게는—누가 알겠어요, 세상 남자들은 전부 그럴지도 모르죠—여자와 접촉하는 방식이 딱 한 가지뿐이라, 그들의 자동적인 자아가 자신도 모르게 특정한 행동을 하게 되는 걸까요. 다만 나는 자동적이고 고루한 접촉은 원하지 않았어요. 나는 빨리 그를 밀어내고 풀밭에 앉아 무릎에 얼굴을 묻고는 조금 더 울었지요. 잠시 후 L이 내 옆에 앉았고, 우리는 아무 말도 하지 않았어요. 습지의 평화로운 풍경과 소리, 흔들거리는 풀잎과 그 속을 날아다니는 나비, 멀리서 바다를 스치는 바람소리, 길게 울리는 새소리, 거위와 기러기 울음에 집중할 수 있었어요.

"가만히 앉아 이 부드러운 세상을 보고 있으니 좋군요."

L이 말했어요.

"우리는 자기 자신을 참 피곤하게 해요."

그렇게 앉아 있던 나는 수년 전 햇살이 찬란한 아침에 파리의 거리를 걷다가 그의 그림이 가득한 공간으로 들어가게 된 이야기를 시작했어요. 그때 그 이미지들이 내 안에 친밀감 같은 것을 불어넣었을 때 어떤 기분이었는지 말했어요. 내 진정한 뿌리를 찾은 듯한 기분이었지요. 나는 그때까지 비밀로 간직하던 어떤 것이 나만의 비밀이 아니라는 것을 깨달았어요. 그의 작품이 나와 같은 비밀을 고백하는 것을 본 후로 내 삶의 방향이 변화했다고, 왜냐하면 비밀을 지키는 보호막보다 비밀 자체가 더 강하게 느껴졌기 때문이라고 나는 말했어요.

하지만 이 변화는 당연하게도 내 예상보다 훨씬 수고스럽고 격렬했으며 나는 종종 내가 파멸로 가는 길에 들어섰다고 생각하기도 했어요. 내가 이해할 수 없는 것은 자기 자신의 진실을 깨달았을 뿐인데 이렇게 극심한 고통과 잔인함을 겪어야 한다는 거였어요. 진실한 상태로 살기를 원하는 것은 분명 도덕적으로 무해할 텐데요.

그 후로 알게 된 것은 내가 순진했다는 사실이라고 내가 말했어요. 내가 변하는 동안 다른 사람들이 나를 가만히 내버려둘 거라고 생각하다니, 내 변화가 그들의 이익에 명확히 반하는데도 내버려둘 거라고 생각하다니 정말 순진했지요. 그리고 내 삶이 사랑과 자유로운 선택에 기반한다고 생각했는데 사실은 비겁한 이기심을 숨기는 가면에 지나지 않았다는 것을 깨닫고 깊은 충격을 받았어요. 어떤 사람들은 내가 자신을 기분 나쁘게 하거나 자신이 원하는 것을 빼앗아가면 무슨 짓이든 할 테고, 한때는 이런 사람들을 좋아했고 이런 사람들 사이에 살고자 선택했다는 사실이야말로 인생의 가장 중요한 수수께끼이자 비극이라고 나는 말했어요. 하지만 이것은 내 인간성을 빚어낸 조건과 구성물의 반사상일 뿐이라고, 이기심과 가식이 내 안에서 증식해 계속 세상으로 퍼져나가려고 노력하는 거라고 했어요. 그런 노력에 저항하려고 애쓰느니 미쳐버리는 것이 낫다고도 했지요.

"그래서 정말 미쳤나요?"

L이 물었어요.

"미치지 않았어요."

내가 말했지요.

"언젠가 미칠 것 같기는 해요."

나는 저스틴의 아버지가 좋은 사람이라고, 적어도 괜찮은 사람이라고 기계적으로 믿었던—아니, 추측했던—것에 관해 이야기했어요. 제퍼스, 우리 머릿속의 관념적인 정상성에 맞아떨어지는 남자를 좋은 남자라고 생각하기란 얼마나 쉬운가요! 내 생각에 여자는 그런 식으로 신뢰받지 못하는 것 같아요, 굴종하는 여자라면 그럴지도 모르겠지만요.

하지만 내가 파리에서 돌아와 삶을 바꾸고 싶다고 선언한 지 한 달도 되지 않아 나는 집과 돈과 친구를 전부 잃었는데, 그때도 내 앞에 놓인 더 큰 상실을 예견하지 못했어요. 그때 저스틴은 네 살이라 자기 의사 표현이 가능했거든요. 어느 날 저스틴이 아버지의 집에—우리 집이 그의 집이 되었지요— 있는 사이 그에게서 전화가 왔는데, 딸이 내가 오는 것을 싫어한다는 거예요. 원래는 그날 내가 딸을 데리러 가기로 약속했는데 말이에요. 심지어 그 말을 직접 들을 수 있도록 딸에게 전화를 바꿔주기도 했어요.

제퍼스, 나는 일 년이 지난 후에야 저스틴을 다시 만날 수 있었어요. 그동안 나는 가끔 딸이 다니는 학교 정문 앞으로 가서 유령처럼 몸을 숨긴 채 얼굴이라도 볼 수 있기를 바랐는데, 어느 날 그가 아이 손을 잡고 학교에서 나오다가 나를 발견하고는 이쪽을 가리키며 말했어요.

"저기 그 못된 아줌마다! 도망가, 저스틴, 도망가!"

그리고 두 사람은 거리를 달리며 내게서 멀어졌어요! 그때 나는 자살하려고 했지만 죽을 수 없더군요. 어머니는 그럴 수 없어요, 사고라도 일어나지 않는다면 말이에요. 나중에 알게 되었는데, 그는 일 년 내내 딸을 심각하게 방치해서 때로는 몇 시간이나 혼자 두기도 했대요. 마치 자신의 잔인함과 무관심을 보여주기 위해 특별히 내 일부분을 가져간 것만 같았지요.

이것이 내 슬픔이었어요, 제퍼스. 그리고 그곳 습지에 앉아 엉엉 울면서 L에게 이 슬픔을 내보였지요. L이 이해해주기를 바랐어요. 그가 그토록 꺾고자 하는 내 의지가 이미 여러 번 공격을 이겨냈다는 것을, 내가 살아 있고 딸이 살아 있다는 것이 의지 덕이라는 것을요. 내 의지 때문에 재앙을 겪고 살 곳

202

을 잃은 채 떠돌기는 했지만, 증오가 사랑인 척하고 활보하는 곳에서 사느니 떠도는 게 낫지요! 의지를 잃는다는 것은 삶의 통제력을 잃는 것 —미쳐버리는 것 —이고, 나는 어느 날 내 의지가 자기 멋대로 꺾일 것을 확신한다고 L에게 말했어요.

하지만 여자의 광증은 남자의 비밀이 숨을 수 있는 최후의 피신처이며 자신의 비밀을 드러내기보다는 여자를 파괴하는 쪽을 선택한 남자가 숨어드는 곳이고, 내게 그런 식으로 파괴될 의향은 없다고 했어요. 차라리 스스로 파괴하겠다고, 저스틴이 내가 왜 그러는지 이해할 수만 있다면 그렇게 하겠다고 했고요. 그것 외에 내가 바라는 것은 그날 파리에서 얻은 깨달음을 기반으로 L과 소통하는 거였어요. 그가 나를 알아봐주기를 바랐어요. 토니, 저스틴, 습지에서의 내 삶에 마땅히 고마움을 느끼지만, 나는 성격상 누군가가 나를 알아봐주기를 바라는 사람이라 평생 괴로웠거든요.

"좋아요."

오랫동안 조용하던 그가 나지막이 말했어요.

"이따가 별채에 들르세요. 한번 봅시다. 몸에 잘 맞는 옷을 입고 오세요."

그가 덧붙였어요.

그래요, 제퍼스. 나는 바다식물을 채집한 가방을 들고 벌떡 일어나 집으로 달려가면서 순수한 기쁨을 느꼈어요. 정말이지 가볍고도 자유로운 기분이라 이대로 태양까지 날아갈 것만 같았지요! 모든 것이 바뀐 듯했어요. 그날이, 풍경이, 풍경 속 내 존재의 의미가, 모든 것의 안팎이 뒤집힌 것 같았어요. 길고 긴 투병 생활 끝에 처음으로 고통 없이 걷는 기분이 그런 걸까요. 나는 화단 옆 경사진 잔디밭을 올라 집 앞의 모퉁이를 돌아서다가 토니와 마주쳤어요.

"오늘 정말 멋지지 않아?"

내가 토니에게 말했어요.

"모든 게 정말 멋지지 않아?"

그는 몹시 의아한 눈빛으로 오랫동안 나를 바라보았어요.

"당신, 잠깐 누워 있어야 할 것 같은데."

토니가 말했어요.

"왜 이래, 토니. 이상한 소리 좀 하지 마. 나 에너지가 넘친다고!"

내가 외쳤어요.

"집을 한 채 짓거나 숲에 있는 나무를 다 벨 수도 있을 것 같아."

나는 더 가만히 있을 수 없어서 집으로 달려 들어가 부엌을 지나가는데, 저스틴과 커트가 구석에 조용히 서서 방금 텃밭에서 따온 콩을 한 무더기 쌓아놓고 껍질을 까고 있었어요.

"밖의 풍경이 정말 멋지지 않니?"

내가 말했어요.

"나 오늘 기운이 넘쳐흐른다!"

두 사람은 얼굴을 들고 멍하니 나를 바라보았고, 나는 조리대 위에 바다식물을 내려놓은 뒤 계속 달려 계단을 오르고 방으로 들어와 문을 닫고 침대에 몸을 던졌어요. 왜 내가 행복하기를 원하는 사람은 아무도 없을까요? 왜 즐겁고 들뜬 나를 보자마자 다들 그렇게 못마땅하게 반응할까요? 이런 생각과 함께 기분이 다소 가라앉기 시작했어요. 침대에 앉아 L과의 대화를 복기했고, 그의 관심이 선사한 찬란하고 건강한 기분을 곱씹었어요. 세상에, 삶이란 왜 이렇게 고통스러운 걸까요? 그런 건강한 순간은 왜 주어지는 걸까요, 그 결과가 평소에 얼마나 심한 고통에 짓눌려 사는지 깨닫게 되는 것뿐이라면요? 매일 사람들과 부대끼며 살면서 내가 그들과는 다른 고유한 개인이라는 것을, 이 삶은 유한하다는 것을 유념하기가 왜 이렇게 힘든 걸까요?

어쨌든 토니가 옳았다는 것을 알게 됐어요. 나는 조용히 누워 있을 필요가 있었거든요. 침대에 누워 호흡하면서 내 안에 있던 거대하고 해로운 종양 같은 것이 제거된 듯 황홀하고 가벼워진 기분을 음미했어요. 결국 내 안에 종양이 있었다는 것도, 이제는 사라졌다는 것도 다른 사람이 상관할 일은 아니었어요. 가장 중요한 것은 내가 나로서 만족하며 사는 법을 배워야 한다는 거였어요. 내가 보기에 다른 사람들은 기꺼이 자기 자신에게 만족하며 살아요. 오직 나만 방황하는 영혼처럼 자신이라는 보금자리에서 벗어나 표류하다가 다른 사람의 이야기와 기분과 변덕에 잡아먹혀요! 문득 예민한 감성이라는 것이 세상에서 가장 끔찍한 저주처럼 느껴졌어요, 제퍼스. 그런 것이 있어봤자 갖가지 사소한 것들에 집착하며 진실을 갈구하게 되잖아요. 사실 진실이라는 것은 단 하나뿐이고, 묘사할 수 있는 것이 아닌데 말이에요. 나는 언어로 설명할 수 없는 결핍감, 혹은 가뿐함을 느꼈고, 침대에 누워 그 느낌을 헤아리면서 그것이 무엇인지, 그것을 어떻게 묘사할 수 있을지 지나치게 궁리하지 않으려고 애썼어요.

하지만 우리는 시간 속에 살아요. 싫어도 어쩔 수 없지요! 결국 나는 일어나서 아래층으로 내려갔는데, 다른 사람들과 같이 살면 해야만 하는 역할 연기라든지 일상적인 집안일 때문에 어찌어찌 늦은 오후가 되어서야 L과 약속한 대로 별채에 가야겠다고 생각했어요. 시간이 흐르고 집안일을 하는 동안 나는 내 안에서 커다란 변화가 일어나고 있다는 것을 인식했고, 다른 사람도 그 변화를 알아채기를 바랐어요. L이 나를 바라본다는 생각 때문에 나 자신을 바라보게 되었고, 자신을 바라보았기 때문에 다른 사람들도 나를 바라봐주기를 기대하게 된 거예요! 하지만 다들, 심지어 토니도 평소와 다를 것 없이 행동했고, 위층으로 가서 옷을 갈아입을 때도 모든 것이 지극히 평범하게 느껴져서 내가 하는 행동 역시 평범하다고 줄곧 확신했어요.

옷장을 열면서 입고 싶은 옷을 찾으려는데, 갑자기 여기에는 내가 원하는 것이 없다는 확신이 들면서 불편해졌어요. 이미 말했지요, 제퍼스. 언제부터인가 나는 옷의 언어를 배우려는 시도를 그만둔 상태라 누군가가 유니폼을 주었다면 매일 기꺼이 입었을 텐데, 그 대신 직접 유니폼과 비슷한 체계를 발명했고 내가 가진 옷은 전부 엇비슷했어요. 하지만 그중 어떤 것도 몸에 잘 맞는 옷을 입으라는 L의 요청에 맞지 않았고, 나는 절망적으로 옷장을 뒤지다가 습지에 오기 전에는 몸에 맞는 옷이 '있었다'는 것을, 어쩌면 마지막으로 그런 옷을 입은 날이 토니와 결혼한 날일지도 모르겠다는 것을 기억했어요! 이런 생각을 하니 갑자기 눈물이 차올랐고, 마음 깊은 곳에서 깨닫게 된 진실에 참담해졌어요. 토니는 나를 여성의 몸을 가진 여성으로서 사랑하는 게 아닌 걸까요? 내가 몸이 드러나지 않는 옷을 입는 것은 내 성적 매력과 아름다움을 포기하는 행위였을까요?

나는 갑작스럽고 직감적인 확신에 사로잡혀 옷장의 맨 뒤쪽까지 파헤치다가 그곳에 있다는 것조차 잊었던 웨딩드레스를 나도 모르게 꺼내 들었어요. 깔끔하고 아름답고 잘 맞는 웨딩드레스를 손에 쥐고 있으니 이것이 완벽한 정답이라는 느낌이 들면서도 다른 복잡한 감정이 밀려들어 괴로워졌어요. 그중 가장 확연한 감정은 그 시절의 토니와 나 두 사람에게 느끼는 이름 붙일 수 없는 슬픔이었어요. 마치 그 시절의 우리는 더는 존재하지 않는 듯했지요.

나는 용기를 내어 드레스를 입고 거울 앞에서 머리를 매만졌는데, 그때 토니가 방으로 들어왔어요. 토니는 흥분하거나 당황하는 일이 거의 없는 사람이라 그때도 예외는 아니었지요. 그가 드레스를 보고 감동한 나머지 드레스를 입은 이유가 자신이 아니라는 사실을 눈치채지 못하는 것 아닐까 궁금했지만, 그는 그저 고개를 조금 들어 올리고 잠시 나를 바라보다가 이렇게 말했어요.

"당신, 웨딩드레스를 입었네."

"드디어 L이 내 초상화를 그려도 되냐고 묻더라고."

내가 대꾸했어요. 잔뜩 동요한 상태였지만 토니가 그런 속내를 눈치채지 못하도록 애썼지요.

"잘 맞는 옷을 입으라고 했는데, 생각나는 게 이것밖에 없지 뭐야!"

그것 말고 다른 말은 하지 않는 쪽이 낫겠다고 판단했어요. 마음 한구석에서는 토니의 칭찬을 듣고 싶었고, 그와 앉아서 우리가 옛날에 어땠는지, 그 시절의 우리가 아직 남아 있는지 아니면 사라졌는지 이야기하고 싶은 마음이 간절했지만요. 그 대신 토니가 내게서 들은 정보를 소화하는 동안 나는 그의 옆을 지나 잽싸게 문으로 빠져나와 아래층으로 내려갔어요. 오후부터 날이 조금 흐려지다가 이른 저녁이 되니 작은 숲에 어둑어둑한 그늘이 드리웠더군요. 조명이 좋지 않아서 L이 나를 그리기 힘들지는 않을까, 그가 약속을 취소하는 것은 아닐까 궁금해졌고, 만날 시간을 확실히 정해놓지 않았다는 사실을 깨달은 후에는 그가 별채에 있기는 할지도 확신할 수 없었어요.

본채에서 나와 숲으로 이어지는 길을 따라 발걸음을 재촉하던 내 눈에 들어온 것은 불을 전부 켜놓아 저 멀리서 환하게 빛나는 거대한 별채의 모습이었지요. 드러난 어깨와 팔이 싸늘하고 맨 등에 머리카락이 스치는 생경한 감각을, 내 안에서 샘솟는 젊음과 자유를 느끼면서 작은 숲과 먼 곳의 빛나는 정육면체를 향해 서둘러 걸어갔어요. 그런데 뒤에서 창문이 열리는 요란한 소리가 들려서 가던 길을 멈추고 뒤돌아 고개를 들었어요. 토니가 침실 창문을 열고 서서 높은 곳에서 나를 내려다보고 있었어요. 우리의 시선이 마주쳤고, 그는 나를 향해 무섭도록 팔을 쭉 뻗은 채 소리쳤어요.

"이리 돌아와!"

나는 그대로 얼어서 잠시 토니의 눈동자를 쳐다봤어요. 그러고는 뒤돌아 숲으로 달려갔어요. 도망가는 강아지처럼 수치스러워서 나무 속으로 숨었지요. 재빨리 숲을 통과해 환한 창문 쪽으로 갔는데, L과 브렛이 커튼을 다 떼어냈기 때문에 가까이 갈수록 별채 내부가 잘 보였어요. 가장 먼저 보인 것은 찬장과 선반 쪽으로 밀어놓은 가구였고, 그다음에 두 사람이,

L과 브렛이 보였는데, 아주 이상하게 움직여서 처음에는 춤을 춘다고 생각했어요. 하지만 가까이 가보니 그림을 그리고 있었어요. 그것도 별채의 벽에 그리고 있지 뭐예요!

두 사람 모두 옷을 거의 입지 않았더군요. L은 윗옷을 입지 않아 드러난 가슴 여기저기에 커다란 물감 자국이 있었고, 브렛은 캐미솔과 팬티만 입고 머리에 스카프를 하고 있었어요. 내가 보는 사이 L은 야만인처럼 손등으로 코를 문지르고는 얼굴에 길게 물감을 칠했어요. 브렛은 그 모습을 손가락으로 가리키며 배를 잡고 깔깔 웃었고요. 두 사람은 창고에서 가져온 작은 사다리 위에 올라서서 벽 꼭대기까지 그림을 그렸는데, 벽의 절반쯤이 요란한 색채와 형태의 소용돌이로 뒤덮여 있었어요.

나는 걸음을 멈추고 자리에 못 박힌 듯 섰고, 창문을 통해 보이는 광경에서 눈을 떼지 못했어요. 나무와 식물과 꽃이 그려져 있었어요. 뿌리가 내장처럼 비비 꼬인 나무, 음경처럼 생긴 큰 분홍색 수술이 달린 도톰하고 화려한 꽃, 이 세상의 생물이 아닌 듯한 형태와 색채의 날짐승과 들짐승이 있었고, 그 가운데 여자와 남자가 나무 옆에 섰는데, 나무에는 벌린 입처럼 요란한 빨간색 열매가 잔뜩 달려 있었고 굵고 거대한 뱀 한 마리가 기둥을 휘감은 모습이었어요. 그곳은 에덴동산이었어요, 제퍼스! 다만 지옥의 에덴동산이었어요!

창가로 더 가까이 다가가자—시끄러운 음악이 들렸고, 그 위로 고함과 비명과 몰아치는 날카로운 웃음이 들렸어요—두 사람은 마치 악마에게 사로잡힌 듯 이리저리 활보하면서 벽에 물감을 튀기고 발랐어요. 함께 이브를 그렸는데, L이 이렇게 말하는 것이 들렸지요.

"콧수염을 그려주자, 남자 기죽이는 년 같으니!"

브렛은 날카롭게 깔깔 웃었어요.

"왜 그렇게 문제를 잔뜩 일으키냔 말이지!"

L이 말하면서 이브의 입술 위에 진하고 두꺼운 획을 그었어요.

"툭 튀어나온 뱃살도 보기 좋게 그려주자고."

브렛이 외쳤어요.

"임신도 못 하는 아줌마 똥배! 다른 데는 다 말랐지만 뱃살 때문에 정체가 드러나는 거야, 쌍년."

"커다랗고 부숭부숭한 콧수염."

L이 말했어요.

"그래야 누가 대장인지 아니까. 누가 대장인지 알잖아, 그렇지? 그렇지?"

두 사람은 괴성을 질렀고, 나는 창문 너머 어둠이 내리는 작은 숲속에 웨딩드레스 차림으로 서서 발끝까지 덜덜, 덜덜 떨었어요. 그들이 말하는 여자는 나였고, 그들이 그리는 여자도 나였어요. 내가 이브였다고요! 끔찍한 어둠이 내 마음속으로 밀려들어 나는 한동안 볼 수도, 생각할 수도, 움직일 수도 없었어요.

그때 퍼뜩 떠오른 생각은 토니에게 돌아가야 한다는 거였어요. 나는 뒤돌아 나무 사이의 길을 따라 달렸고, 본채에 가까워지는 중에 전면 진입로에서 반짝이는 빨간 불빛 두 개를 보았어요. 잠시 빛나더니 엔진 소리가 들리면서 멀어지기 시작했지요. 나는 그것이 우리의 트럭이라는 것을, 토니가 트럭에 탄 채 떠나고 있다는 것을 깨달았어요! 진입로로 달려가서 그의 이름을 불렀으나 불빛은 굽잇길을 따라 사라졌고, 나는 그가 떠나갔다는 것을 알았지만 언젠가 돌아올지 아니면 영영 돌아오지 않을지 그것은 알 수 없었어요.

바로 다음 날 화창하던 날씨가 돌변해 비가 내리기 시작했으니 참 상징적이지요. 나는 옴짝달싹하지 않고 앉아 말없이 비 내리는 창밖만 바라보았어요. 어느 순간에는 집 앞에서 자동차 소리가 난 것 같아 토니가 돌아온 줄 알고 벌떡 일어나 밖으로 나갔는데, 그저 토니 이야기를 전해주러 온 친구였어요. 토니가 트럭을 타고 가버렸으니 내게 자동차 한 대를 빌려주라고 했다더군요. 가버렸다니!

　나는 다시 창가로 돌아가 창밖만 보았어요. 몇 주 동안 햇볕이 따뜻하다가 비가 내리니 얼마나 서글프던지요. 토니의 물 공급 시스템을, 우리가 좋은 날씨를 즐기는 동안 그는 매일매일 모든 것이 잘 굴러가도록 관리했던 것을 생각했고, 토니가 얼마나 책임감 강하고 좋은 사람인지 또 우리는 얼마나 경솔

하고 이기적인 사람들인지 깨닫게 되어 엉엉 울기 시작했어요. 가끔 저스틴이 와서 옆에 앉아 함께 비 내리는 창밖을 바라보았는데, 토니가 떠났다는 사실에 나만큼 슬퍼한다는 것이 느껴지더군요. 토니가 언제 돌아올지 아느냐고 물었고, 나는 모른다고 답했어요. 날이 저물자 위층에 올라가서 토니와 쓰던 침대에 누워 그에게 말을 걸어보려 시도했어요. 어둠 속에서 온 정신을 집중해 마음속으로 그에게 이야기해보려 했고, 그가 어디에 있든 내 목소리를 들을 수 있기를 바랐지요.

다음 날, 토니가 돌보던 잡일과 항상 해야 하는 다양한 땅 관리 업무를 하러 친구 두 명이 더 왔어요. 나는 여전히 움직이지 않고 조용히 앉아서 밤새 그랬던 것처럼 마음속으로 토니에게 말을 걸었고요. 잠시라도 그의 충심이나 나를 떠난 이유를 의심하지 않았어요. 내가 의심한 것은 나 자신 그리고 내가 여전히 토니 마음속에 있는 그 사람이라고 설득할 수 있는 능력이었어요. 사실은요, 제퍼스, 토니와 나처럼 극명히 다른 사람들 사이에는 거의 번역에 가까운 행위가 필요하고, 위기의 시기에는 번역 과정에서 무언가가 소실될 가능성이 커요. 우리가 서로를 이해한다고 어떻게 확신할 수 있겠어요? 우리가 보고 반응하는 대상이 똑같은지 어떻게 알겠어요? 별채는 우리의 차이점을 모두 만족시키려는 시도 중 하나였어요. 우리 같은 부부는 둘이서 항상 같은 것을 먹고살 수 없다는 사실을 알기 때문이었지요. 그런 상황은 자유롭기도 했지만, 그것이 두 사람이 맺은 유대감의 한계를 상징하는 것이 아닐까 의심하면 슬픔이 밀려들기도 했어요.

토니와 나의 차이점 덕분에 나는 스스로 의지를 억누를 수 있는지 시험할 수 있었어요. 내 의지는 모든 것을 내가 원하는 대로, 내 관점에 들어맞는 대로, 내가 보기에 바람직한 대로 교정하려고 항상 분투했거든요. 하지만 토니가 내 관점에 순응한다면 그는 더 이상 토니가 아니잖아요! 토니는 내 특성 중 어떤 것을 골라 자신을 시험하는지 알 수 없었고 내가 알아야만 하는 것도 아니지만, 우리가 '별채'라는 이름을 쓰기 시작했을 때—앞으로도 별채를 유지한다면 줄곧 그 이름으로 부를 거였지요—그에게 '별채'는 내가 나 자신과 내 삶에 어떤 감정을 느끼는지 단적으로 보여준다고 말한 적이 있어요. 그러니까 삶은 언제나 나를 비껴갔어요. 삶은 내게 승리에 필요한 만큼의 노력을 요구했으나 실제로 승리를 허락한 적은 없었고, 엄청나다고밖에는 표현할 수 없는 힘으로 과거의 나를 거부했고 미래의 나 역시 거부할 것 같았어요. 나는 절대 승리할 수 없었는데, 어떤 단호한 운명의 법칙이 있고 내게는—나라는 여자에게는—그 법칙을 넘어설 힘이 없기 때문인 것 같았지요. 나는 처음부터 이것을 받아들이고 노력 따위는 하지 않았어야 했던 거예요! 토니는 내 이야기를 묵묵히 들었고, 나는 그가 조금 놀랐으며 자신이 왜 놀랐는지 고민 중이라는 것을 직감했어요. 한참 뒤에 그가 말했어요.

"내게 별채는 그런 뜻이 아니야. 내게는 평행 세계를 뜻해. 대안적인 현실을."

그래요, 제퍼스. 나는 토니와 내가 얼마나 다른지 보여주는 이 완벽한 예시에 마음속으로 깔깔 웃었답니다!

우리가 결혼할 때, 주례를 맡은 분이 나를 따로 불러 결혼 서약에서 '순종'이라는 단어를 빼고 싶은지 물었던 기억이 나요. 요즘 신부들은 그렇게들 한다고 눈을 찡긋하며 말했지요. 나는 싫다고 답했어요. 그대로 두고 싶다고, 내가 보기에 누군가를 사랑하는 일은 그에게, 심지어 그가 어린아이라도 순종할 자세를 취한다는 뜻이라고, 나를 숙이거나 상대를 따르겠다는 약속이 없는 사랑은 불완전하거나 독재적인 사랑인 것 같다고 말했어요. 가장 하찮은 것이 권위를 자처해도 다들 한치의 고민도 없이 그것에 순종하면서 아주 행복해하잖아요!

나는 토니에게 순종하겠다고 약속했고 토니는 내게 순종하겠다고 약속했어요. 그리고 창밖의 비 내리는 풍경을 바라보며 앉아, 이 맹세는—어떤 맹세들이 그러듯—한 번 어긋남으로써 완전히 더럽혀진 것인지 자문했어요.

마음속으로 토니에게 요청했어요. 순종하라고, 집으로 돌아오라고. 그러면서 강력한 힘 같은 것을 느꼈는데, 그런 요청을 하려면 그날 밤 내가 토니에게서 달아나 작은 숲으로 숨어들었을 때 그는 어떤 기분이었을지 헤아려야만 했거든요. 달리 말하면 나는 전보다 더 많은 것을 아는 사람으로서 요청한 것이었고, 이는 일종의 권위처럼 느껴져 그가 이것을 듣고 알아채기를 바랐어요.

비가 쉴 없이 내린 닷새 동안 땅의 색이 짙어지고 풀이 더 파래지고 나무가 가지를 구부린 채 고개를 숙여 빗물을 빨아들였어요. 지붕의 홈통에 모인 빗물이 물웅덩이로 떨어졌고, 어디를 가든 물방울이 떨어지는 소리가 똑, 똑 끊임없이 들렸어요. 저 멀리 습지는 구름에 뒤덮여 음울한 모습이었으나 때로 서늘한 흰빛이 나타나 냉기로 타올랐어요. 먼 곳, 아주 먼 곳에서 오팔빛 광선이 차갑게 반짝여 신비로웠지요. 태양이 뿜어낸 빛이 아닌 듯, 보통 햇볕에서 느껴지지 않는 차갑고 신적인 분위기가 있었어요. 나는 주로 내 방에 머물면서, 가끔 와서 내 옆에 앉고는 했던 저스틴 외에는 아무도 만나지 않았어요. 저스틴은 토니가 L 때문에 떠났다고 생각하는지 묻더군요.

"토니가 떠난 원인은 나야. 나 때문에 그가 우스꽝스러워졌거든."

내가 말했어요.

"L은 우연히 그 계기가 된 거지."

"브렛도 떠나고 싶대."

저스틴이 말했어요.

"L이 나쁜 영향을 준대. L은 약을 너무 많이 하고 가끔은 브렛도 같이 하는데 악영향이 있나봐. 브렛이 견딜 수 있을지 모르겠어."

저스틴이 몸을 부르르 떨면서 말했어요.

"그 남자, 나이도 너무 많고 감정이 메말랐어. 브렛에게 줄 수 있는 게 아무것도 없어. 그저 흡혈귀처럼 브렛의 젊음을 빨아먹고 있는 거야."

L이 그런 식으로 묘사되는 것을 듣고 있자니 마음이 좋지 않더라고요, 제퍼스. 그를 초대해 이곳에 살게 한 것이 부도덕

한 일처럼 느껴졌는데, 그 부도덕의 책임자는 나였고 우리를 그 부도덕에 연루시킨 사람도 나였어요. 나는 바로 그 자리에서 L에게 떠나달라고 부탁하기로 했어요. 그런데 이 결심에는 아주 하찮고 따분한 구석이 있어서 나는 그런 결심을 한 자신이 혐오스러워졌어요. 내가 L과 동등하지 않은 듯, 그보다 열등한 듯 느껴졌고, 내 말을 들은 그가 대놓고 웃는 모습이 선연하게 그려졌어요. 그가 거절할 수도 있을 텐데, 그러면 필요할 경우 완력을 써서라도 그를 떠나게 만들어야 할 거였어요. 그런 결심은 그런 결과를 낳는 법이잖아요!

나는 저스틴에게 별채에 가봤냐고, 그들이 무슨 짓을 했는지 봤냐고 물었어요. 저스틴은 죄책감 섞인 눈빛으로 나를 바라봤어요.

"엄마 화 많이 났어?"

저스틴이 말했어요.

"브렛의 잘못이 아니야, 정말로."

나는 딱히 화가 난 건 아니라고 대꾸했어요. 화가 났다기보다는 충격을 받았는데, 충격이 없다면 엔트로피의 세계로 흘러들 테니 충격이란 때론 필요한 법이에요. L의 끔찍한 벽화 때문에 별채에 대한 내 관점이 돌이킬 수 없을 정도로 바뀐 것이 사실이고, 벽에 회칠을 해서 물감의 아주 작은 흔적까지 덮어버린다고 해도 과거로는 절대 돌아갈 수 없을 거였어요. 별채를 옛날과 똑같은 모습으로 복구하는 일은 정말이지 쉬웠겠지만 그런 작업을 거친 별채는 가짜가 될 터였어요. 일종의 망각이―진실한 기억을 배반하는 행위가―이루어져야 했지요. 어쩌면 우리는 이런 식으로, 일부러 잊어버리는 집요한 습관으로 자기 삶에서조차 거짓된 존재가 되는 것일지도 모르겠어요, 제퍼스. 토니가 별채의 벽화를 얼마나 질색할지, 특히 중앙의 나무를 칭칭 감은 뱀을 얼마나 싫어할지 생각했어요. 토니가 두려워하는 것은 온 세상에서 오직 뱀뿐이거든요. 갑자기 뱀 그림은 L이 토니에게 가한 공격을, 토니를 쓰러뜨리려는 시도를 상징한다는 생각이 들었어요. 토니는 쓰러진 걸까요? 그래서 떠난 걸까요?

내가 눈물로 슬픔을 쏟아내는 동안 L이 서서 내 머리카락을 쓰다듬으며 "저런, 저런" 하고 위로해주던 것이 기억났어요. 나는 그 기억에 마음이 산란해졌고, 잠시 토니에게 말을 걸던 것을 멈추었어요. 그 당시에는 토니가 내 머리를 쓰다듬으며 "저런, 저런" 하고 말해준 적이 있는지, 그가 그렇게 나를 위로해줄 가능성이나 의향이 있는지 확신할 수 없었고, 그 순간 내가 남자에게 바라는 것이라고는 그런 위로가 유일한 듯이 느껴졌어요. 달리 말해, 토니를 공격한 사람은 L이 아니었어요. 사실은 내가 공격한 것이었는데, 이는 L 때문에 토니를 의심한 결과였던 거예요!

'오, 토니!'

나는 마음속으로 그에게 말했어요.

'진실이 뭔지 말해줘! 당신이 줄 수 없는 걸 바라는 게 잘못이야? 우리가 같이 사는 쪽이 더 쉽고 좋다는 이유만으로 이 결혼이 옳다고 생각하는 건 자기기만인 거야?'

제퍼스, 생전 처음으로 나는 예술이—단지 L의 예술뿐만이 아니라 예술이라고 할 수 있는 모든 것이—뱀일지도 모르겠다고, 예술이라는 뱀이 우리에게 눈앞에 놓인 것보다 훨씬 더 훌륭하고 좋은 것이 있다고 속삭이면서 이 세상에 존재하는 것들을 향한 만족감과 믿음을 앗아가는 것일지도 모르겠다고 생각하게 되었어요. 갑자기 예술에 느껴지던 거리감이 내 내면에서 느껴졌어요. 나는 진정한 사랑과 소속감으로부터 가장 쓸쓸하고 가장 외롭게 동떨어져 있었어요.

토니는 예술에 믿음이 없었어요. 그는 사람을, 사람의 선함과 악함을 믿었으며 자연을 믿었지요. 그는 나를 믿었고, 나는 내 내면에 있는, 모든 것의 내면에 있는 지옥 같은 거리감을 믿었는데, 이 거리감 속에서는 모든 것의 현실이 바뀌어 버릴 수 있었어요.

토니는 집을 떠나기 며칠 전에 작은 숲에서 L을 만났던 이상한 경험에 관해 말해줬어요. 그때 토니는 사슴을 잡은 참이었어요. 숲으로 들어와 나무껍질을 먹는 사슴 때문에 나무가 죽기 때문이었지요. 토니는 사냥에 성공해 기뻤고, 가죽을 벗겨 다 함께 고기를 먹을 생각이었어요. 어깨에 죽은 사슴을 들쳐메고 숲을 통과하다가 오솔길에서 L을 만났는데, L은 사냥 성공을 축하해주기는커녕 화를 냈대요. 토니가 왜 사슴을 죽여야만 했는지 설명해준 후에도요.

"내 주변에서 사슴 사냥 같은 게 이뤄지는 건 용납할 수 없어요."

L이 그렇게 말한 것 같더라고요. 그리고 자기 생각에 나무 일은 나무가 알아서 하면 된다고 덧붙였대요.

이곳이 토니의 사유지인 만큼 그가 원하는 대로 할 수 있다는 사실을 L은 인식하지 못했던 듯한데, 내 생각에 그 이유는 L이 생각하는 사유지란 자신에게 주어진 양도 불가능한 권리이기 때문인 것 같아요. 그가 생각하는 사유지는 그의 반경이었어요. 그가 어디에 있든 그의 존재 주변이 사유지인 거예요. 누구든 내키는 대로 그에게 접근해 귀 옆에 대고 총을 쏠 수는 없었고, 그는 자기 영역이 침범당하지 않을 권리를 수호하고 있었던 거예요. 아니, 내 추측은 그랬지요. 토니에게는 L이 도살장에서 자란 동물의 죽음을 혐오스러워해서 그런 것 같다고 말했어요.

"그럴지도 모르지."

토니가 말했어요.

"그가 한 말은 결국 내가 한 짓이 사슴이 한 짓보다 더 끔찍하다는 거였어. 하지만 내가 보기에는 그렇지 않아. 세상에는 죽일 수 있어야만 하는 것들이 존재해."

나는 이 이야기를 곱씹었고, 침대에 앉아 비 내리는 풍경을 응시하는 동안 떠오른 생각은 토니와 L 모두 옳았으나 토니의 의견이 더 슬프고 강력하고 영구적인 방식으로 옳다는 거였어요. 토니는 현실을 받아들였고, 현실 속에서 자신이 점한 위치를 자신이 책임져야 하는 것으로 보았어요. L은 현실에 반대하면서 항상 현실의 제약에서 자유로워지고자 했는데, 이 말은 그가 그 어떤 것에도 책임감을 느끼지 않는다는 뜻이었지요. 쓰다듬어지고 위로받고 그간 일어난 나쁜 일들에 보상

받고 싶은 내 욕망은 그 둘 사이 어딘가에 위치했고, 그래서 나는 그날 숲에서 토니로부터 도망친 거였어요.

다섯 번째 날 저녁, 내 방문이 열리더니 문간에 다름 아닌 토니가 나타났어요! 우리는 서로를 바라보았고, 둘 다 마지막으로 서로를 바라보던 때를, 토니는 창가에서 내려다보고 나는 숲에서 올려다보던 때를 기억했어요. 우리 둘 다 알고 있다는 것이 느껴졌어요. 우리는 그 순간에 자신의 일부를 잃어버려 다시는 되찾지 못할 테고, 앞으로 더 겸허하고 더 소진된 상태로 살아갈 거였어요.

"내 목소리가 들렸어?"

나는 깜짝 놀라 말했어요.

토니는 커다란 머리를 천천히 아래위로 움직이더니 양팔을 활짝 벌렸고, 나는 그의 품에 안겼어요.

"제발 나를 용서해줘!"

내가 말했어요.

"내가 잘못했다는 걸 알아. 약속해, 앞으로는 절대 당신이 떠나게 만들지 않을게!"

"용서할게."

토니가 말했어요.

"그저 실수였다는 걸 알아."

"어디 있었어?"

내가 말했어요.

"어디로 갔던 거야?"

"노스 힐스에 있는 오두막에."

토니가 답했어요. 나는 슬프게 고개를 끄덕였어요. 왜냐하면 노스 힐스에 있는 오두막은 내가 세상에서 가장 좋아하는 곳인 데다가 우리가 처음 사랑에 빠졌을 때 토니가 나를 데려 갔던 곳이기 때문이었어요.

"아."

내가 말했어요.

"그곳, 아주 좋았어?"

토니는 아무 말이 없었고, 나는 나 없이도 노스 힐스는 여전히 아름다운지 영영 알 수 없겠다고 생각하면서 내가 모르는 것이 옳다고 수긍했어요. 나는 분명 토니에게 상처를 주었고, 상처 주지 않은 척하거나 상처 때문에 토니의 즐거움이 망가지기를 바라는 것은 무의미한 일이잖아요. 그런데 그때 토니가 내게는 당연하게 들리는 말을 했어요.

"난 돌아왔어."

어쨌든 우리는 아주 행복했고, 아래층으로 내려가서 조금 더 행복을 즐겼어요. 저스틴이 저녁을 만들어주었고, 심지어 커트도 토니가 돌아왔다는 사실에 즐거워하더라고요. 노스힐스에서 습지까지 오려면 진창투성이 도로를 차로 네다섯 시간 달려야 하는 데다가 밤이 깊어 토니가 피곤하리라는 것을 알았기 때문에, 문을 두드리는 소리가 들렸을 때는 내가 나가보겠으니 가서 자라고 했어요.

어둠 속, 문 앞의 계단에는 놀란 듯한 브렛이 외투도 걸치지 않고 덜덜 떨고 있더군요. 나는 무슨 일이냐고 물었고, 심하게 떨고 있던 브렛이 입을 열자 입술 사이로 이가 맞부딪치는 소리가 들렸어요. L이 죽었다고, 아니 죽은 것 같다고, 잘 모르겠다고 했어요. 침실 바닥에 누워 움직이지를 않는데 너무 무서워서 가까이 다가가 확인할 수 없다더군요.

비를 뚫고 별채로 달려간 우리는 브렛의 묘사대로 L이 널브러져 있는 것을 발견했는데, 그때는 크게 앓는 소리가 들려 그가 살아 있다는 것을 알 수 있었어요. 내가 들어본 것 중 가장 기이하고 끔찍하고 괴물 같은 소리였어요. 그래서 토니는 아까 그토록 먼 길을 이동했음에도 다시 트럭에 올라타 두 시간을 달려 병원으로 갔어요. 뒷좌석에 쿠션과 담요를 놓은 뒤

L을 태웠고, 브렛은 앞 좌석에 앉았어요. 그러고는 새벽에 돌아왔는데, 브렛은 함께 왔지만 L은 없었어요. 의사들이 L은 뇌졸중으로 쓰러졌다고 했대요.

병원에서 L을 2주 입원시켰고, 그 후 토니와 내가 병원으로 그를 데리러 갔어요. 걸을 수는 있었으나 단 2주 만에 노인이 된 듯 깡마르고 병약해 보였어요. 완전히 망가진 모습이었어요, 제퍼스. 걸음을 비뚤게 걸었고, 휘어진 다리와 구부러진 어깨 때문에 주눅이 든 것 같았어요. 움츠러든 채 얼어버린 듯이 말이에요.

하지만 가장 충격적인 것은 그의 눈동자였어요. 어딜 보든 계시를 전하는 듯 조명처럼 밝던 눈동자가 이제는 폭탄 맞은 방처럼 새카맸지요. 두 눈은 빛이 사라지고 끔찍한 어둠으로 가득했어요. 의사들이 우리에게 L의 상태를 설명해주었는데, 그동안 L은 이상하게 고개를 들고 있어 마치 무언가에 귀를 기울이는 듯했으나 의사들 이야기를 듣는 것은 아니었어요. 이렇듯 그의 딴 세상을 향한 주의력은 아무것도 바라보지 않는 듯한 귀신 같은 눈동자와는 딴판이었고, 그가 자유롭게 대화하고 움직일 수 있게 된 후에도 새로운 자아의 특징으로 남아 있었어요.

사실 그는 꽤 빨리 건강을 회복했는데, 오른손만은 과거의 상태로 돌아오지 못했고, 앞으로도 제대로 쓸 수 없을 터였지요. 충혈된 듯 빨갛고 거대하고 퉁퉁 부은 손은 가느다란 팔 밑에 무기력하게 붙어 끔찍한 모습이었어요.

그 기간에 우리는―토니와 저스틴과 브렛과 나―무슨 일이 언제 어떻게 일어날 수 있고 일어나야 할지 많은 대화를 나눴어요. 완연한 초여름이라 날이 따뜻했고 습지로부터 자애로운 산들바람이 풍부하게 불어왔지만 신경 쓸 겨를이 없었어요. 식구들은 나라에 이상한 재난이 닥쳐 고민하는 불안한 정부 각료 같았어요. 수많은 통화와 문의와 실용적인 조사가 이루어졌고 밤늦도록 하고많은 대화가 이어졌으나 L은 자기가 있던 곳, 즉 별채에 그대로 머무를 수밖에 없었어요. 그에게는 달리 갈 곳이 없었거든요. 그는 가족도, 집도 없는 데다가 돈도 아주 조금밖에 없었고, 그때쯤에는 여행이 다소 자유로워졌으나 그의 친구나 동료 중 그를 맡으려고 나선 사람은 단 한 명도 없었어요. 그쪽 세계가 얼마나 변덕스러운지 알잖아요, 제퍼스. 그러니 자세히 말할 필요 없겠지요.

결국 남은 사람은 브렛과 나였는데, 나는 이 사건이 내 집에서 일어났고 L이 내 후원으로 이곳에 왔다는 것을 인정하는 반면, 브렛은 즐거운 모험에 문제가 생겼을 뿐 자신에게 딱히 책임이 있다고 생각하지 않았어요. 어쨌든 브렛은 별생각 없이 L을 따라왔을 뿐이지 이곳에 평생 눌러살 계획은 없었잖아요!

그 시절에 나는 지속 가능성의 중요성에 관해 종종 생각했어요, 제퍼스. 우리가 어떤 결정을 내리고 행동을 취할 때 얼마나 지속 가능성을 간과하나요. 매 순간이 영원히 지속하리라고, 지금 존재하는 곳에 영원히 머물러야만 한다고 가정하면, 대부분의 사람들은 지금과 완전히 다른 것을 선택할 테지요! 어쩌면 가장 행복한 사람들은 조금이나마 지속 가능성의 원칙을 지키는 사람들일지도 모르겠어요. 그 순간을 담보로 삼지 않는 사람들, 피해나 파멸을 일으키거나 받지 않으면서 지속적으로 이어질 수 있는 무언가를 순간순간에 제공하는 사람들이요.

하지만 그렇게 살려면 상당한 단련과 엄격한 냉정함이 필요해요. 나는 선뜻 자신을 희생하지 않는 브렛을 탓하지 않았어요. L이 병원에서 돌아오고 이틀이나 사흘째 된 날, 브렛이 살면서 그 누구도, 그 무엇도 보살핀 경험이 없으며 앞으로도 그럴 의향이 없다는 점이 명백해졌어요.

"나를 못된 배신자 같은 것으로 생각하지 말아줘요."

어느 날 오후 브렛이 말했어요. 나를 찾아와서 사촌이―바다 괴물 같다는 그 사촌―비행기를 보내 자신을 집에 데려다주겠다고 했다는 소식을 전했을 때였지요.

나는 브렛의 집이 정확히 어디인지 모른다는 것을 깨달았어요. 알고 보니 브렛은 집이 없었어요. 아니, 더 정확하게는 집이 너무 많아서 하나도 없는 셈이었지요. 세계 곳곳에 있는 아버지의 집 중 한 곳에서 지냈는데, 아버지는 브렛이 머무는 집에 갈 일이 있으면 딸이 미리 짐을 싸서 떠날 수 있도록 어김없이 일주일 전쯤 언질을 주었어요. 새어머니가 브렛을 보기 싫어했기 때문이었지요.

아버지는 유명한 골프 선수라―심지어 나도 들어본 사람이더라고요. 제퍼스―돈이 아주 많았는데, 브렛이 절대 배울 수 없었던 유일한 것이 골프였어요. 아버지가 가르쳐주지 않은 것이지요. 부모란 뭐 그런 거예요! 내가 브렛을 끌어안자 브렛이 조금 울었고, 나는 자기 삶으로 돌아가기로 결정한 것이 옳은 일 같다고 말했어요. 하지만 나는 똑똑히 알았어요. 사실 브렛은 그저 L과 L의 불행에서 도망치고 있을 뿐이고, 브렛이 이룬 것도 많고 아름답기는 하지만 생의 의미는 제대로 모르기 때문에 자신에게 무엇이 맞고 무엇이 맞지 않는지 판단할 수 없다는 것을요.

그리고 다 따져보면 그게 딱히 잘못된 일도 아니잖아요? 도망치는 것은 브렛의 특권이었고, 어쩌면 나는 그것이 옳지 않은 결정이라고 나 자신을 설득하면서 브렛을 부러워하는 마음을 감추려는 것일지도 몰랐어요. 그렇게 학대 속에서 살지만 어쨌든 자유롭잖아요. 굳이 우리와 함께 머리를 싸맬 필요가 없는 것이지요!

하지만 브렛의 탈출에는 배당금이 있었어요. 바로 브렛이 커트를 데려갔다는 거예요. 듣자 하니 브렛의 사촌이 그의 일정을 관리해줄 개인 비서를 찾고 있다더군요. 사촌의 일정이란 개인용 비행기를 타고 여기저기 날아다니면서 게으르고 부유한 삶을 사는 것이 전부인 듯했지만요. 브렛은 그 일을 하면 글을 쓸 기회도 있을 거라고 믿었어요. 사촌은 가족의 역사를 집대성하는 중이라 도움이 필요할 것 같았거든요.

"아주 똑똑한 사람은 아니야."

브렛이 커트에게 말했어요.

"하지만 출판사 주식을 많이 갖고 있어. 널 잘 돌봐줄 거야. 어쩌면 네 소설을 출판해줄지도 몰라."

커트는 올 것이 왔다는 듯한 태도로 이 모든 것을 받아들였고, L이 병약해졌기 때문에 스스로 임명한 내 보호자 역할은 다소 무의미해진 상황이었어요. 저스틴조차도 그것이 최선이라고 인정했으나, 실제로 이별이 눈앞에 닥치니 조금 두려운 것 같더라고요. 저스틴이 진심으로 원하는 것이 자신을 찍어누를 백인 남자라면 그런 남자는 널리고 널렸다고 내가 말했어요. 그랬더니 저스틴은 웃음을 터뜨리고는 이렇게 대꾸해 나는 놀랐고 말았어요.

"엄마가 우리 엄마라 정말 다행이야."

그렇게 습지에서의 우리 삶은 한 챕터를 끝내고 다음 챕터를—더 불투명하고 불확실했지요—시작할 예정이었어요, 제퍼스. 스스로 초래한 난장판이 통제할 수 없는 영역으로 굴러가는 것을 보며, 그때 나는 어떤 심정이었을까요? L을 통제할 수 있다거나 통제하게 될 거라고는 단 한 번도 의식적으로 생각한 적이 없었는데, 그건 착각이었어요. 내 오랜 적, 바로 운명을 과소평가했던 것이지요. 있잖아요, 어쩐 일인지 나는 아직도 그 다른 동력이—서사의 동력이든, 플롯의 동력이든, 원하는 대로 불러요—무엇보다 강력하다고 믿었어요. 나는 삶에 플롯이 있다고 믿었고, 우리 행동에는 전부 이런저런 뜻이 있으며 결국에는 모든 것이―시간이 얼마나 오래 걸리든―잘되리라고 확신했어요.

이런 믿음을 품은 채 얼마나 오랫동안 비틀비틀 걸어왔는지 알 수 없었어요. 하지만 걸어온 것은 사실이었고, 한참 전에 길바닥에 주저앉아 포기해버리지 않을 수 있었던 것은 바로 이런 믿음 덕분이었어요. 플롯을 믿는 자아는―내 의지가 가진 수많은 이름 중 하나지요―이제 L이 소환해낸 것, 아니 L이 내 안에서 일깨운 것, 아니 내 안에 있다가 L을 인식하고는 정면으로 나선 그것과 정면으로 대립하고 있었어요. 그것은 다름 아닌 정체성이 무너지거나 해체될 가능성, 그와 함께 정체성의 우주적이고 이해 불가능한 의미가 전부 사라져버릴 가능성이었어요.

내가 성별에 관한 플롯에 지쳐갈 때―이것은 세상의 모든 플롯 중 가장 정신 산만하고 오해할 거리가 많아요―혹은 그것이 내게 지쳐갈 때, 육체적 운명이라는 피할 수 없는 것을 피해 가겠다는 새로운 정신적 계획이 나타난 거예요. 육체적 운명을 상징하고 구현하는 것은 바로 L이었어요. 무너지고 굴복한 몸은 L의 몸이었지 내 몸이 아니었으니까요. 여태껏 그는 나를 두려워했는데, 사실 그 두려움은 옳았지요. 그가 나를

235

파괴하겠다고 말했지만, 보아하니 내가 먼저 그를 파괴했으니까요.

하지만 내가 앙심을 품고 저지른 짓은 아니랍니다, 제퍼스! 내 생각에 그에게 나는 필멸성을 상징했던 것 같아요. 그는 나라는 여자를 원하는 대로 없애버리거나 바꿔놓을 수 없었으니까요. 달리 말하면 나는 그의 어머니였어요. 자신을 잡아먹을 것만 같아서, 자신의 형태와 삶을 창조했던 것처럼 없애버릴 것만 같아서 항상 두려웠다던 어머니요.

이렇게 다사다난한 나날을 통과하는 동안 내 머릿속에 남은 이미지는 토니였어요. 브렛이 나타나 L이 별채 바닥에 쓰러져 있다고 알렸던 그 밤의 토니 말이에요. 별채에 도착해 L을 살펴본 후 병원에 가야 한다는 사실을 깨달은 토니는 L을 품에 안고 들어 올려 침착하게 침실 밖으로 이동했어요. 망가진 인형을 줍듯 아무렇지도 않게 자신을 들어 올리는 토니의 멋진 모습을 봤다면, L은 얼마나 질색했을까요!

나는 불을 켜기 위해 토니보다 먼저 거실로 들어갔고, 그래서 그가 L을 안은 채 거실로 나와 처음으로 아담과 이브와 뱀의 그림을 보았을 때 어떻게 반응하는지 볼 수 있었어요. 제퍼스, 그는 망설이거나 멈칫하지 않고 있는 그대로 받아들였어요. 머뭇거리거나 동요하지 않고 활활 타오르는 불길을 통과하는 듯한, 그 불의 방화범을 구조해 안고 나오는 듯한 모습이었어요.

그러나 나는 그때 불에 그을린 기분이었어요. 불은 아주 가까이에서, 뜨거운 혓바닥으로 날 핥아낼 정도로 가까이에서 이글거렸어요.

L의 후기 작품 덕분에 그의 평판이 다시 높아지고 진정한 명성을 얻게 되었다는 사실은 분명 잘 알려져 있어요, 제퍼스. 하지만 그 명성의 일부는 그저 누군가가 죽으면 주변에 생겨나고는 하는 관음증 때문이라고 생각해요. L의 자화상은 그야말로 죽음의 스냅숏이지요, 아닌가요? 그는 뇌졸중에 걸렸던 밤에 죽음을 만났고, 그 후로는 줄곧―달갑지는 않더라도―죽음과 함께 살았어요.

그런데 나는 그 초상화들에서 자아의 흔적이 너무 많이 느껴지더라고요. 어쩔 수 없나봐요. 그림들은 과거의 L을 상기하게 해요. 이런 일이 다른 사람도 아니고 자신에게 일어났다는 사실을 믿을 수 없다는 듯 불신과 집착의 분위기를 발산하지요. 하지만 자아는 우리의 신이기에―다른 신은 없어요―

많은 사람이 이런 이미지들에 몹시 매료되어 긍정적인 반응을 보였어요. 그리고 과학자들은 L의 붓놀림 속에 아름답고 정확하게 묘사된 신경질환의 증거를 연달아 밝혀냈고요. 그 붓놀림은 L의 머릿속 어두운 한쪽에서 발생한 수수께끼 같은 사건들의 정체를 밝혀주었어요. 재현의 문제에 있어서 예술가란 존재는 얼마나 유용한지요!

나는 항상 예술의 진실은 과학의 진실과 동등하다고, 다만 예술의 진실은 환상 같은 상태를 유지해야 한다고 믿었어요. 그래서 질질 끌려 나와 세상의 빛을 받게 된 L이, 무언가의 증거로 사용된 L이 미웠어요. 당시에는 세상의 빛과 세속적인 관심을 구분하기 어려웠고, 언젠가 사람들의 관심은 차가운 분석의 시선으로 바뀌어 전과 똑같은 사실이 완전히 다른 명제를 증명하기 위해 사용될 것만 같았지요.

하지만 내가 이야기하고 싶은 것은 밤을 배경으로 한 그림들이고, 그 안에는 환상의 힘이 온전히 남아 있어요. 습지에서 아주 짧은 기간에 그린 작품들인데, 그 작업이 이루어진 조건과 과정에 관해 내가 알고 있는 것들을 말해주고 싶어요.

브렛이 떠나고 L 혼자 별채에 남게 되자 곧 그를 어떻게 돌봐야 할지 궁리해야 했어요. 나는 내가 L의 간호사 역할을 맡아 항상 그가 부르기만을 기다린다면 토니와의 관계에 좋지 않으리라는 것을 알았어요. 내게는 그쪽 벼랑 너머를 엿본 경험이 있었고, 그 어떤 것도 나를 다시 그쪽으로 끌고 갈 수 없었지요! 토니는 이미 너무 많은 일을 한 참이었어요. 힘이 세기 때문에 L을 들고 여기저기로 다녀야 했고, L은 필요한 것이 있으면 기꺼이 토니에게 의존하면서 토니를 고압적으로 대했어요. 병원에서 까다롭고 신경질적인 행실을 배워왔는데, 이에 더해 말까지 조금 더듬기 시작한 바람에 토니를 부려 먹으려는 그의 목소리는 정말이지 웬 프랑스 황태자 같았어요.

"토-토-토-토니, 창문 방향으로 의자를 움직여줄래요? 아니, 그건 너무 가-가-가깝고. 조금 뒤로, 네."

토니가 L을 품에 안고 가는 장면도 처음에는 너무나 충격적이었으나 곧 익숙해졌어요. 때때로 L이 보고 싶어 하는 것이 있으면 토니가 정원 맨 끝까지 데려다주기도 했지요. 하지만 이미 말했듯 L은 꽤 빨리 신체적 통제력을 회복한 데다가 토니가 묘목 나뭇가지로 멋진 지팡이를 한 쌍 만들어줬기 때문에 곧 다리를 절뚝거리면서 자기 힘으로 여기저기 돌아다니게 되었어요. 하지만 요리하거나 자신을 돌보는 것은 불가

241

능했고, 작업을 시작해 재료를 고르고 사용해야 할 상황이 되자 누군가가 옆에서 도와줘야 한다는 것이 자명해졌어요. 놀랍게도 저스틴이 이 역할에 자원해주어 토니는 평소에 하던 일들로 돌아갔고, 나는 사실상 할 일이 아무것도 없는 일과에 두 사람을 거드는 임무가 조금 추가됐을 뿐이었어요.

재난이 우리를 해방해줄 수 있을까요, 제퍼스? 인간은 끔찍한 공격을 당해 고집스럽게 지켜온 정체성이 산산이 부서진 후에도 살아갈 수 있을까요? 이는 L이 회복을 시작했을 때 자문하던 질문들이에요. 그때 그는 날것의 형태 없고 새로운 에너지를 생생하게 발산했어요. 그를 관통한 커다란 구멍에서 샘솟던 그 생명력은 자기만의 이름이나 지식이나 방향성이 없었고, 나는 L이 그것을 가늠하고 파악하기 시작하는 모습을 지켜보았어요.

L은 병원에서 돌아온 지 3주 만에 첫 번째 자화상을 그렸는데, 그가 통통 붓고 기형이 생긴 오른손으로 붓을 잡으려고 애쓰면서 겪은 고난을 저스틴이 내게 묘사해주었어요. L은 왼손으로 지팡이를 짚고 일어선 채 한쪽에 거울을 두고 자신의 모습을 비추면서 작업하는 것을 선호했다고 했지요. 저스틴이 팔레트를 들고 물감을 골라 L이 지시하는 곳에 섞었대요. L

은 말로 표현할 수 없을 정도로 느리고 힘겹게 팔을 움직였고, 끊임없이 앓는 소리를 냈으며, 손을 극심하게 떨어 붓을 계속 떨어뜨렸대요. 그를 보조하는 일은 그다지 즐겁지 않았을 거예요!

첫 작품은 전경에 사선이 크게 배치되고 오른쪽 맨 위에서 세상이 쏟아져 들어와 왼쪽 맨 밑에서 쏟아져 내리는 구도였는데, 충격적일 정도로 투박했어요. 작업 당시에 작가가 어떤 상태였는지 작품의 이면에서 감지되기 때문에 충격적이었지요. 달리 말하면 그는 상처를 입었지만 여전히 살아 있는 상태였고, 이러한 의식과 신체의 부조화는—그리고 그 부조화의 기록을 바라보는 일은 죽어가는 동물을 바라보는 것처럼 오싹했는데—L이 그린 자화상의 주요 특성이자 보편적 애호의 이유가 되었어요. 그가 더 자유롭게 붓을 사용하게 된 후에도 마찬가지였지요.

곧 L은 밖으로 돌아다니려고 했어요. 저스틴은 어린 시절의 장난감 상자에서 찾아낸 호루라기에 줄을 매달아 그의 목에 걸어주자는 아이디어를 냈어요. 도움이 필요할 때마다 소리 나는 고무 부분을 꼭 쥐어 저스틴을 호출할 수 있었어요. 나는 L이 이 아이디어를 자신의 존엄을 향한 공격으로 받아들일까봐 걱정스러웠으나 그는 이 제안이 흥미롭고 기쁜 듯했어요. 이때부터는 한 마리 새가 동네를 한 바퀴 빙 돌아보는 중인 듯 사유지 여기저기서 희미하게 호루라기 소리가 들렸어요. L이 꽤 멀리까지 다니기 시작하면서 때로는 혼자서 돌아올 수 없거나 무언가를 떨어뜨렸는데 주울 수 없는 상황이 생기기도 했기 때문에 호루라기가 아주 유용하다고 저스틴은 말했어요.

나는 L의 목적지가 습지라는 것을 직감했어요. 하루하루 조금씩 더 가까워졌지요. 어느 오후에는 우리가 처음으로 대화를 나눴던 날처럼 땅에 세워둔 뱃머리에 서 있는 그를 발견했는데, 이 우연의 일치로 나는 다소 우스꽝스러운 말을 내뱉고 말았어요.

"정말 많은 것이 바뀌었는데 사실은 아무것도 바뀌지 않았네요!"

당연한 이야기지만, 제퍼스, 아무것도 바뀌지 않았는데 사실은 정말 많은 것이 바뀌었다고 했어도 옳은—그리고 똑같이 무의미한—말이었을 거예요. 바뀌지 않은 것 한 가지는 L이 자주 내 쪽으로 던지는 적대적이고 무관심한 표정, 아무리 자주 봐도 절대 익숙해질 수 없는 그 표정이었어요. 건강이 악화

한 그때도 같은 표정을 보여주면서 흔들리는 목소리로 말하더군요.

"M-M은 바뀌지 않아요. 절대 그러지 못해. 스스로 허락하지 않을 테니까."

보다시피 그 모든 일이 일어난 후에도 나는 여전히 공공의 적 1호였던 거예요!

"항상 노력은 해요."

내가 말했어요.

"지-진정한 감정만이 사람을 바꿔놓을 수 있어요. M이라면 쓸려가버릴 테죠."

L이 말했어요. 나는 이 말을 불변성이 내 운명이라는 뜻으로 해석했어요. 폭풍우 속에서 몸을 구부리지 못해 부서지고만 나무의 운명처럼요.

"나를 보호해주는 것이 있는걸요."

내가 고개를 들고 그에게 말했어요.

"M도 멀리 가보았겠지만 난 더 멀리 가봤어요."

그가 말했어요. 아니, 그렇게 말한 것 같았어요. 그때 L은 그 어느 때보다 목소리가 불분명했거든요.

"그리고 M을 보호해주는 것보다 강력한 파괴가 있다는 걸 알아요."

그 후로 나와 L의 대화는 전부 이와 엇비슷한 분위기였어요. 그는 회복기 동안 어김없이 내게 적대적으로 굴었지요. 앓고 있는 병 덕분에 자제력을 놔버릴 수 있는 궁극의 기회가 생긴 셈일까요. 또 한 번은 내게 이렇게 말하더군요.

"M에게 있던 장점은 전부 딸에게로 갔어요. 장점이 있던 곳에 이제는 뭐가 남았는지 궁금하네요."

내가 항상 자신을 쳐다본다는 망상에 빠져서는 때때로 내 눈앞에 대고 왼손가락을 튕겨 날 놀라게 했어요.

"저 꼴 좀 보지. 배고픈 고양이처럼 초록색 눈으로 날 쳐다보네. 그래, 내가 손가락을 튕겨주지요."

탁!

그러던 어느 날 이 모든 것이 갑자기 감당하기 힘들어졌고, 신발 끈을 묶다가 기절해 그 후 24시간 동안 일어난 일들을 전혀 기억하지 못하는 사건이 발생했어요. 나는 휴가라도 즐기는 듯 미소를 띤 채 침대에 누워 있었고, 토니와 저스틴은 번갈아가며 내 옆에 앉아 불안한 얼굴로 손을 잡아주었어요. 정신을 차려보니 L의 친구가 습지에 들러보고 싶다고 편지를 보내났더군요. L과 오랫동안 알고 지낸 사이라 걱정된다고, 다만 내 안위와 L이 우리 집에서 쓰러지는 바람에 내가 겪어야 했던 곤경이 더 걱정이라고 하던데요. 그리고 L의 갤러리 담당자에게 받은 돈이 조금 있어서 L 때문에 생긴 지출을 메꿔 주고 싶다고 했어요. 지하 세계에서 잠시 머물다 귀환한 지상 세계는 전보다 더 정상적이었던 거예요. 나는 그가 좋을 때 언제든지 오라고 답장을 보냈고—그의 이름은 아서였어요—일주일 정도 지나자 자동차 한 대가 진입로에 멈춰 서더니 그가 나타났지요!

아서는 정말 매력적인 사람이었어요, 제퍼스. 키가 훌쩍하고 얼굴도 잘생긴 데다가 짙은 머리카락이 아름답게 반짝이는 외모가 멋진 남자였는데, 자동차에서 내리자마자 울음을 터뜨리는 방식으로 자기소개를 하는 바람에 나는 대단히 놀라고 말았어요. 그는 습지에 머무르는 동안 공감과 동정이 동할 때마다 자주 눈물을 터뜨렸어요. 울면서도 이야기를 계속하거나 미소 짓기를 멈추지 않을 때가 많았는데, 마치 맑았다가 소나기가 내리는 날씨 변화처럼 지극히 정상적이고 자연스러운 현상인 듯 행동하던걸요. 토니는 이것이 너무나도 재미있어 이 행동이 반복될 때마다 웃음을 터뜨렸어요.

"진짜로 웃는 게 아닙니다."

토니는 어깨를 들썩이고 킬킬거리면서 아서에게 이렇게 말했어요. 아서를 '비'웃는 것이 아니라는 말이었지요.

"그냥 참 좋아서요."

토니와 아서는 아주 친한 친구가 되었고 지금까지도 가깝게 지내면서 서로를 형제라고 부르니, 토니는 어린 시절에 잃어버렸던 혈육을 다시 찾은 셈이에요. 어떤 방식으로든 L 덕분에 이런 좋은 일이 일어났다고 생각하니까 행복해요. 토니는 L이 습지에 있는 동안 달리 얻은 것이 없거든요. 하지만 아서가 도착한 오후, 우는 사람과 웃는 사람 사이에 앉아 있으려니 내 배가 닻을 내린 이 이상한 항구는 어딜까 의아했지요.

아서는 L을 보고 싶다면서 별채로 갔고, 나는 그가 자리를 비운 사이 본채에 방을 마련해주었어요. 두어 시간 후 돌아온 그는 경악한 얼굴이었고 멋진 머리카락 끝이 삐죽삐죽 솟아 있었어요.

"정말 충격적이네요."

그가 말했어요.

"그 누구도 M이 오롯이 책임져야 한다고 생각해선 안 돼요."

그는 L과 20년 지기였어요, 제퍼스. L의 삶에 관해 그 누구보다도 잘 아는 것 같던데요. L보다 훨씬 어린 아서는—40대 쯤으로 보였어요—한때 L의 스튜디오에서 조수로 일했대요. L이 아직 성공 가도에 있어 조수 같은 것이 필요한 시절이었어요. L과 함께 오프닝 행사에 다니고는 했는데, 갤러리 사람들이 수집가 앞에서 작가를 점점 나이가 차는 딸 대하듯이 광고하는 모습을 바라보면서 더는 이 세계와 엮이고 싶지 않다는 것을 깨달았대요. 한때는 화가가 되고 싶었지만요. 어쨌든 L과는 연락을 주고받으며 살아왔어요. 최근에 벌어진 사건 때문에 많이들 그런 것처럼 L도 상황이 너무 안 좋아졌지만, 사실은 한참 전부터 하락세를 탔고 이제는 현금이 바닥났으며 자선을 기대하는 것도 무리였어요.

가깝게 지내는 가족도 없었으나 아서가 찾아낸 이복누나를 열심히 설득하면 L을 받아줄 것 같았어요. 누나는 여전히 L이 태어난 집에서 살고 있었어요. 이복형제들은 전부 죽었고요. 누나를 설득하지 못한다면 L은 정부 시설에서 돌봄을 받아야 할 테고, 아서는 필요한 절차를 밟을 준비가 되어 있었어요.

글쎄요, 제퍼스. 한편으로는 이런 이야기를 듣게 되어 너무나도 다행이었지만, 그와 동시에 L이 아서가 묘사한 운명을 살게 된다고 생각하니 참을 수가 없었어요. L이 내 선한 의지를 이용할 수만 있다면, 나와 잘 지낼 수만 있다면, 더 친절하고 다정하고 협조적이라면…

"뱀을 반려동물로 들일 수는 없는 법이에요."

아서가 안타까운 목소리로 정확하게 지적했어요.

그래도 나는 고통스러웠어요. 마음속에서는 내가 더 큰 자비심을 발휘할 수 있다고, 그러면 L은 구원받을 수 있다고 믿었고요. 하지만 나는 누구로부터, 무엇으로부터 L을 구한다고 생각했을까요? 나는 L을 위해서라면 기꺼이 지구 끝까지 갈 준비가 되어 있다고 생각했으나 그가 자기 몫을 해줘야만, 즉 감사하는 마음으로 예의 바르게 행동해야만, 내가 제공한 기분 좋고 편안한 삶의 관점으로 들어가줘야만 했어요. 하지만 그는 그럴 의향도 능력도 없었지요!

"L은 M이 책임져야 할 사람이 아니에요."

고민하는 나를 보며 아서가 또 말했어요. 눈물이 또다시 그의 뺨을 타고 흐르기 시작했지요.

"그는 성인으로서 자기 운을 시험한 거예요. 내 말을 믿어요. 그는 항상 자기가 하고 싶은 대로 했고 다른 사람의 기분은 전혀 신경 쓰지 않았어요. M 같은 사람과 정반대인 삶을 살았다고요. 단 1분이라도 다른 사람을 위해 불편을 감내한

적이 없었어요. 생각해보세요, L은 M을 도와주지 않았을 거예요."

그는 눈물을 닦으며 다정한 목소리로 말했어요.

"M이 길거리에서, L의 눈앞에서 죽어가고 있다고 해도 말이에요."

그 모든 것에도 불구하고, 제퍼스, 내 마음 한쪽에서는 그가 나를 도와주리라 믿고 있더군요.

"그런데 L이 별채에서 하고 있는 작업을 봤나요?"

아서가 말했어요.

"자화상을 여러 점 그렸던데, 정말 대단하던걸요."

걱정거리가 잔뜩이었지만, 너무나도 매력적인 아서와 함께 멋진 저녁을 보냈다는 말을 해야겠어요. 본채로 돌아온 저스틴은 근사한 낯선 남자가 있는 것을 보고 머리카락 끝까지 새빨개졌어요. 그때 나는 저스틴이 정말이지 아름다워졌다는 것을, 어떤 의미에서는 완성되었다는 것을 알게 되었고, 캔버스 위의 작품을 보면서 더는 할 수 있는 것도, 해야 할 것도 없다는 사실을 깨달은 화가가 그런 심정일지 궁금해졌어요. 아서는 다음 날 아침에 떠났어요. 금방 연락하겠다고, 가능한 한 빨리 돌아오겠다고 약속했고요. 그는 약속대로 돌아왔지만,

그때쯤에는 모든 것이 바뀐 뒤였지요.

한여름이 되자 L은 위축되고 다혈질이기는 해도 원래 모습에 훨씬 가까워졌어요. 자주 짓는 표정이 생겼는데, 묘사하기가 힘드네요, 제퍼스. 단순히 말하면 자기보다 몸집이 큰 상대에게 붙잡혀 이제는 절대 도망칠 수 없다는 것을 알게 된 짐승의 표정이랄까요. 체념이라고 할 수도 없었는데, 붙잡힌 짐승이 포식자의 입안에서 딱히 체념 같은 것을 느끼지는 않을 것 같거든요. 그것이 피할 수 없는 운명이라도요. 아니, 그보다는 퓨즈가 끊어지는 순간의 전구, 빛나는 동시에 명멸하고 마는 전구가 지음 직한 표정이었어요. L은 빛이 들어오는 순간 속에 박제되어 자신의 온 자아를, 존재의 한계를 깨닫는 것 같았어요. 존재를 감각하는 동시에 존재의 종말을 바라보았던 거예요. 그의 표정에는 깨달음과 두려움이 뒤섞여 있었어요. 하지만 자신의 존재라는 오롯한 실재를 향한 일종의 경이감도 있었지요.

아마 그때쯤 저스틴이 L은 낮에 자고 밤에 작업할 때가 많다는 말을 했던 것 같아요. 날씨가 매우 따뜻했고 종종 커다란 달이 휘영청 떴는데, 밤이 이슥해진 후 뱃머리 옆에 앉아 있는 L을 발견하기 시작했대요. 아침이면 L은 거실 소파에 잠들어 있고 테이블 위에는 수없이 많은 스케치가 어지러이 흩어져 있었어요. 전부 수채화 스케치였는데, 저스틴이 할 수 있는 말은 작품의 주제가 어둠이라는 것, 그림을 보면 어둠을 두려워하던 어린 시절이, 실재하지 않는 무언가를 볼 수 있다고 믿었던 그때가 떠오른다는 것이 전부였어요.

어느 날 L은 작업 도구를 밖으로 가져갈 수 있도록 가방이나 배낭 같은 것을 찾아줄 수 있냐고 저스틴에게 물었고, 딸은 가방을 찾아서 L이 말한 것들을 챙겼어요. 얼마 전부터 저물녘이 될 때쯤이면 L이 너무 불안해져서는 정신없이 집안 여기저기를 돌아다니다가 가끔 벽에 부딪히고 가구를 넘어뜨리기도 한다고 저스틴이 그랬거든요. 평소에는 딸에게 아주 다정하고 예의 발랐지만 그런 상태일 때 별채에 갔다가는 호통을 듣는 일도 있다고 했어요.

나는 이 이야기를 듣고 저스틴이 하룻밤쯤 쉬어야겠다는 결론을 내렸어요. 날씨가 따뜻하니까 하루 저녁쯤은 토니가 L을 돌보도록 맡겨두고 딸과 나는 습지의 만으로 헤엄치러 가기로 했어요. 이런저런 이유로 그해 여름에는 수영을 많이 못했지만, 사실 나는 수영을 무척이나 좋아했어요. 평소에는 낮에 물놀이하는 것이 더 일반적이라 달밤에 헤엄치러 가는 것처럼 낭만적인 일은 정말 오랜만이었지요! 그래서 저스틴과 나는 저녁을 먹고 수건을 챙긴 뒤 토니에게 뒷정리를 맡기고 정원을 지나 습지로 향하는 길을 따라갔지요.

얼마나 멋진 밤이던지요. 반짝반짝 빛나는 달이 흙모래 위로 우리의 그림자를 드리웠고, 바람 한 점 없이 포근해서 우리는 피부에 닿는 공기의 움직임도 느끼지 못했어요. 밀물이라 만이 꽉 찼고, 물 위로 오팔빛이 가득했어요. 저 멀리 수평선에 걸린 달의 타오르는 듯 희고 차가운 광선이 우리 발치에 닿았지요. 그런데 그때 그 완벽한 풍경 한가운데서 우리는 서두르느라 수영복 챙기는 걸 깜빡했다는 사실을 깨달았답니다!

우리 둘 다 집까지 먼 길을 되돌아가고 싶지 않았으므로 유일한 선택지는 발가벗고 수영하는 것이었는데, 그런 짓은 왠지 금기처럼 느껴졌어요, 적어도 우리에게는 말이에요. 상황을 파악한 저스틴은 망설였어요. 부모와 아이 사이에서 자라나는 신체적인 어색함을 이해하기 어려울 거예요, 제퍼스. 부모와 자식의 유대는 몸을 바탕으로 하니까요. 딸이 알 것은 다 아는 나이가 된 후 나는 항상 내 몸을 지나치게 드러내지 않으려고 조심했는데, 사생활을 원하는 저스틴의 마음을 받아들이는 데는 더 오랜 시간이 걸렸어요. 처음으로 딸이 목욕하는

동안 내 시선을 피하려고 문을 닫았을 때 느꼈던 놀라움이 ─
슬픔이나 마찬가지인 감정이었어요 ─ 기억나요.

부모가 자식을 가르치는 것이 아니라 자식이 부모를 가르
친다는 것을 되새길 때가 얼마나 많은지요! 다른 사람들은 어
떤지 모르겠지만, 나는 저스틴이 세상 그 누구보다 내 알몸을
보고 싶지 않을 거라고 확신했고, 나 역시도 오랫동안 딸의 알
몸을 본 적이 없었어요.

"안 보면 되잖아."

결국 내가 저스틴에게 말했어요.

"알았어."

저스틴이 대꾸했지요.

그리고 우리는 옷을 훌훌 벗어 던진 후 소리 지르면서 있는
힘껏 달려 물로 뛰어들었어요. 삶의 어떤 순간들은 시간의 법
칙에 순응하지 않아 영원히 사라지지 않는데, 그때가 바로 그
런 순간이었지요. 나는 지금도 그때를 다시 살 수 있어요, 제
퍼스! 초반의 들뜬 기분이 가라앉자 우리는 금세 차분해져서
아무 말 없이 헤엄쳤고, 달빛을 받아 우유처럼 진하고 창백한
수면에 부드럽게 굽이치는 물살을 만들어냈어요.

"이것 봐!"

저스틴이 외쳤어요.

"이게 뭐야?"

조금 먼 곳까지 헤엄쳐간 저스틴은 물에 뜬 채로 팔을 위아래로 움직였고, 물은 빛이 녹아내리는 것처럼 그 밑으로 흘렀어요.

"인광이야."

나 역시 팔을 들어 올리고 그 위로 유연하게 흐르는 기이한 빛을 바라보며 말했어요.

인광을 한 번도 본 적이 없는 저스틴이 경이에 찬 탄성을 내질렀어요. 그때 난 깨달았어요, 제퍼스. 인간의 감수성은 일종의 천부적 권리이자 창조의 순간에 주어지는 자산이라는 것, 인간은 감수성을 이용해 영혼의 흐름을 통제하도록 타고난다는 것을요. 우리가 삶에서 취한 것만큼 삶에 되돌려주지 않는다면, 곧 이 능력은 둔화하고 말 거예요. 그때는 내가 어려움을 겪는 이유가 바로 이것이라고 생각했어요. 내 안에 있는 모든 것을 내주고 싶은 욕망이 있는데도 내가 받았던 인상을 보여줄 방법을 찾지 못하기 때문이라고, 신은 한 번도 오지 않았고 오지 않을 테지만 그에게 들려줄 만한 이야기를 만들어내지 못하기 때문이라고요.

그런데도 내 감수성은 어찌 된 일인지 둔화하지 않았어요. 나는 창작자가 되기를 열망하면서도 여전히 소비자였고, 내가 대륙 너머의 L을 불러낸 것은 그가 나를 소비자에서 창작자로 탈바꿈해줄 수 있다고, 내가 창작 행위를 할 수 있도록 나를 자유롭게 풀어줄 수 있다고 직감적으로 믿었기 때문이라는 것을 깨달았지요.

글쎄, 그가 오기는 했어도 중대한 변화가 일어난 것 같지는 않아요. 잠시 통찰이 빛나던 순간들이 있기는 했지만 그사이 오랜 시간 동안 좌절과 단절과 고통만 이어졌으니까요.

끝까지 헤엄친 후 뒤를 돌아보았더니 저스틴은 물에서 나와 모래톱으로 가고 있었어요. 딸은 내가 바라보는 것을 의식하지 못한 것인지 아니면 의식하지 않기로 한 것인지, 수건을 가지러 가는 움직임에 서두름이 없고 새하얀 몸을 달빛에 그대로 드러냈어요. 어찌나 매끄럽고 단단하고 티 없던지, 어찌나 앳되고 튼튼하던지! 딸은 마치 뿔을 들어 올린 사슴처럼 당당하게 서 있었고, 물속의 나는 딸에게서 느껴지는 강력함과 연약함에 압도되었어요. 내가 만들어낸 이 생명체는 나 자신이면서도 내 외부에 있는, 나를 넘어서는 존재처럼 느껴졌지요. 저스틴이 잽싸게 몸을 닦고 옷을 입는 동안 나도 물가로 헤엄쳐 나와 옷을 입는데, 딸이 내 팔을 움켜쥐더니 말했어요.

"누가 있어!"

우리는 오솔길 너머로 길게 드리운 그림자 속을 살펴보았는데, 실제로 누군가가 서둘러 자리를 뜨고 있었어요.

"L이야."

저스틴이 얼굴을 찌푸리며 말했어요.

"우리를 훔쳐보고 있었을까?"

글쎄, L이 정말로 훔쳐보았는지 그러지 않았는지 알 수 없었지만, 도망치는 속도는 내 예상보다 훨씬 더 빠르던데요! 집에 돌아가 보니 토니는 L을 돌보기는커녕 의자에 잠들어 있었고, 나는 별일 없는지 확인하려고 별채로 갔어요. 조명이 없었으나 아직 달빛이 환해 숲길이 잘 보였고, 별채에 가까워지면서 커튼을 뗀 창문 너머로 거실이 훤하게 들여다보였어요. 우리가 습지에서 본 사람이 L인지는 모르겠지만 그때 L은 이젤 앞에 서 있었고, 엷은 달빛이 길게 드리우면서 그와 가구와 바닥을 비추어 그는 그저 다른 사물들 사이의 사물처럼 보였어요. 옴짝달싹도 안 할 만큼 집중해 작업하고 있었지요. 내가 알기로는 원래 그림 그릴 때 아주 동적이고 움직임이 많은 사람이었지만요.

어쨌든 그는 움직이지 않았고, 나는 그런 그를 보면서 움직이지 않는 것이 가장 완전한 형태의 움직임일 수도 있겠다고 생각했어요. 그는 캔버스에 아주 가까이, 무언가를 받아먹는 것처럼 보일 정도로 가까이 서 있어서 나는 그림을 볼 수 없었어요. 섣불리 소리를 내거나 움직여서 그를 방해하고 싶지 않았기 때문에 오랫동안 그곳에 가만히 서 있다가 조용히 물러났어요.

내가 거룩한 의식을, 자연에서만 일어나는 의식을 목격했다는 기분이 들었어요. 한 생물이—그것이 세상에서 가장 작은 꽃이든 가장 큰 짐승이든—그 누구의 시선도 의식하지 않은 채 조용히 자신의 존재를 확인하는 의식이었지요.

지금 묘사하는 이 시기에 내가 조금 더 집중해서 살았다면 좋았을 거예요, 제퍼스. 기억이 잘 안 나서 그러는 게 아니라, 내가 살고 싶은 방식으로 살지 못한 것 같아서 그래요. 삶의 어떤 부분에 집중해서 살아야 할지 미리 알 수 있다면 좋을 텐데 말이에요! 이를테면 우리는 사랑에 빠질 때는 집중하지만, 그 후에 우리가 착각에 빠져 있었다는 것을 깨닫는 동안에는 집중하지 않아요. L이 밤 풍경을 그리던 몇 주는 내게 사랑에 빠질 때와 정반대였어요. 나는 멍하고 기운이 없어 아침이면 힘겹게 잠자리에서 몸을 일으켰고, 내 안에 죽은 것을 품고 다니는 기분이었어요. 삶이 나를 속였다는 느낌, 놀리고 있다는 느낌이 나를 장악해서 자꾸만 다 체념한 듯 찡그린 표정을 짓는 걸 멈출 수 없었고 때로 거울을 보면 그 표정을 마주하게 되었던 것이 기억나요.

심지어 토니와 이야기하는 것도 멈추었는데, 내가 입을 열지 않으면 다들 아무 말도 안 했기 때문에 우리의 저녁은 조용히 흘러갔어요. 하지만 바로 그 기간에 내가 처음부터 바라던 것이—나는 L이 습지의 형용할 수 없는 진실을 포착해내고, 그럼으로써 내 영혼의 수수께끼도 해결해 기록해주기를 바랐지요—이루어지고 있었던 거예요.

저스틴은 L이 매일 밤 새로운 그림을 그린다고, 매번 똑같은 루틴이—처음 몇 시간 동안 불안을 축적하다가 가방에 물감을 담아 집을 뛰쳐나간 후 어둠 속으로 사라지는 루틴—반복된다고 내게 말했어요. 달리 말하면 그림 작업은 거의 퍼포먼스처럼 이루어져서 배우나 공연예술가들이 그러듯 사전에 시동을 걸고 자신을 자극하는 단계가 필요했던 거예요. 다른 것보다도 이 이야기에서 우리가 결말에 다다랐다는 사실을 깨달았어야 했어요. 이런 극단적인 행동은 절대 지속할 수 없으니까요.

하지만 그때 나는 저스틴에게 할 일과 걱정거리가 많아져서 화가 날 뿐이었어요. L이 밤에 밖으로 나갈 때는 자기 자신에서 벗어나 있으며, 밖에서 무언가를 발견했기 때문에 그것을 쫓아 뛰쳐나가고 또 뛰쳐나가는 것임을 나는 희미하게 의식했지만, 이런 상황에서 생겨난 감정이라고는 어렴풋한 의심이 깃든 질투, 남편이 바람을 피우는 것 같기는 한데 그 사실을 인정하고 싶지는 않은 아내가 느낄 법한 질투뿐이었어요. 내가 인식하는 것은 L이 나에게서 멀어졌고 나를 신경조차 쓰지 않으면서 내 주변에서 살 권리를 행사하고 있다는 사실이었어요. 마치 내가 존재하지 않는다는 듯이 말이에요.

그러던 어느 오후, 습지의 오솔길을 따라 정처 없이 걷다가 예상치 못하게 L을 만났어요. 그는 바다가 보이는 야트막한 절벽에 앉아 있었지요. 그때쯤 습지는 열기 때문에 흐릿한 황갈색으로 말라 있었고 아련한 분위기가 감돌아서 바라보고 있으면 시간과 공간 너머를 보는 듯했어요. 산들바람에는 내게 여름의 향기나 마찬가지인 바다 라벤더의 향기가 묻어 있었는데, 그 향기에서도 멜랑콜리가 느껴졌어요. 즐겁고 좋았던 것, 즐겁고 좋아질 가능성이 있는 것은 전부 과거에 파묻혀

돌이킬 수 없다는 듯이요.

그때 나는 L에게서 거부당한 기분에 사로잡혀 있던 탓에 그냥 지나가야겠다고 생각했어요. 그런데 거리가 좁혀지자 그가 고개를 돌렸고―처음 몇 초 동안은 나를 알아보지 못한 것이 분명했으나 그 후에는―꽤 친절한 눈빛으로 나를 바라보더군요.

"와줘서 기쁘군요."

내가 옆에 앉자 그가 말했어요.

"우리는 아주 잘 지내지는 못했어요, 그렇지요?"

L은 정신이 딴 데 있는 듯했고, 그의 목소리는 불분명했어요. 나는 그의 말을 듣고 놀라기는 했지만, 자기가 누구에게 무슨 말을 하는지 정말 알고 있는 걸까 궁금해졌어요.

"이렇게 살지 않으면 어떻게 살 수 있을지, 나는 모르겠어요."

내가 말했지요.

"이제는 다 상관없어요."

그가 친근하게 내 손을 도닥이면서 말했어요.

"다 지나갔지요. 우리 감정에는 그저 착각일 뿐인 게 참 많답니다."

그가 말했어요.

나는 그 말이 정말이지 옳다고 생각했어요, 제퍼스!

"깨달은 것이 하나 있어요."

그가 말했어요.

"뭔지 말해줄래요?"

그는 고개를 돌려 공허한 눈으로 나를 바라보았고, 그 죽은 듯한 눈동자를 바라보는 내 마음은 끔찍이도 아팠어요. 나는 그가 뭘 알아냈는지 설명을 들을 필요가 없었어요. 눈앞에 보였으니까요!

"여긴 참 아름다워요."

그가 한참 뒤에 말했어요.

"새들을 바라보는 것이 좋아요. 내게 웃음을 주지요. 새들은 자기 자신으로서 즐겁게 살아요. 우리는 우리 몸에 끔찍이도 잔인하게 굴지 않나요. 그러면 몸은 우리를 위해 살기를 거부하고요."

그는 죽음에 관해 이야기하는 것이 아니었어요. 대부분의 사람들이 기꺼이 자기 삶 속에 존재하지 않는 채로 살아간다는 사실을 말하는 거였어요.

"L은 항상 자신을 즐겁게 해주며 살았잖아요."

나는 다소 씁쓸한 어조로 말했어요. 내가 보기에 L은 정말 그렇게 산 것 같았고, 대부분 남자들이 그렇게 사는 것 같았거든요.

"하지만 알고 보니까."

그는 잠시 후에 말했어요. 마치 내가 아무 말도 하지 않은 듯이.

"세상에 현실이라고 할 만한 건 아무것도 없어요."

그때 내가 이해한 바는 병이 L을 그의 정체성과 역사와 기억으로부터 급격하고 완전하게 단절시켜 그는 마침내 세상을 명확하게 바라볼 수 있다는 거였어요. 그리고 그가 본 것은 죽음이 아니라 비현실성이었지요. 내 생각에는 이 비현실성이 그가 깨달은 것이고, 그가 그린 밤 풍경 그림들이 말하는 것이기도 해요. 그리고 그날 오후 습지에서 L에게 물어봤으면 좋았을 질문은 그 깨달음 뒤에 무엇이 있냐는 것인데, 아마 L도 우리와 마찬가지로 답을 몰랐을 거예요. 그런 이야기를 나누는 대신 우리는 그저 가만히 앉아서 하늘의 새들이 산들바람을 타며 떠오르고 날아다니는 모습을 바라보았고, 아무 말 없이 30분쯤 지나자 나는 자리에서 일어났으나 그는 계속 그곳에 남으려는 듯 움직이지 않았어요. 다만 나를 올려다보았고,

억세고 건조하고 앙상한 손으로 갑자기 내 손을 움켜잡더니 전처럼 모호하고 무감한 목소리로 말했어요.

"난 알아요, 곧 M은 기분이 좋아질 겁니다."

우리는 작별인사를 나눴고, 그 후로 나는 L을 보지 못했어요.

토니가 텃밭에서 과일과 채소를 잔뜩 따놓았던 탓에 나는 이틀 동안 부엌에 갇혀 새벽부터 황혼까지 뜨거운 열기 속에서 땀을 뻘뻘 흘리면서 채소를 데치고 캔에 넣어 저장했어요. 그날 아침에도 이런 작업을 하는 중이었는데 저스틴이 들이닥쳐 L이 떠났다고 말했지요.

"어떻게 떠난 거지?"

내가 말했어요.

"나도 몰라!"

저스틴이 소리치고는 쪽지를 건넸어요.

M

떠나기로 했어요. 결국에는 파리에 가기로 했습니다. 그림은 원하는 대로 처분하세요. 7번 그림만 빼고요. 그건 저스틴을 위한 겁니다. 부디 저스틴에게 전해주세요.

L

그런 거죠! 반쯤은 불구가 된 상태인데도 그 해묵은 성적 환상을 찾아 떠나기로, 다시금 삶이라는 전장에 출사표를 던져보기로 한 거예요! 글쎄요, 제퍼스, L이 어디로 어떻게 떠났는지 알아내기 위해 한바탕 난리가 벌어지기는 했는데, 토니의 친구 하나가 자신이 L을 역으로 데려다주었다고, 일주일 전쯤 집 주변에 있는 들판에서 부탁해오기에 그렇게 했다고 말함으로써 수수께끼는 꽤 간단하게 풀려버렸지요. 두 사람은 시간을 정했고, L이 돈을 주려고 했으나 정중히 거절했다고 해요. 친구는 모두 다 알고 있는 공개된 계획이라고 생각했대요. 어찌 보면 그 말이 맞는 것 같기도 해요.

어떻게 L이 그렇게 쇠약해진 상태로 우리 동네의 작은 기차역에서 저 멀리 세상 한복판까지 나갈 수 있었는지, 여정의 세세한 사항을 알아내지는 못했지만, 그가 파리에 도착한 지 얼마 지나지 않아 뇌졸중이 재발하는 바람에 호텔 방에서 죽었다는 것은 잘 알려진 사실이지요. 그 소식이 알려지고 얼마 지나지 않아 다시 아서가 우리 집 진입로로 차를 몰고 왔고, 우리는 모든 것을 정리했어요. 그림과 스케치, 노트와 다른 자료들을 전부 포장해두었더니 어느 날 커다란 승합차가 와서 뉴욕에 있는 L의 갤러리로 싣고 갔지요.

머지않아 그곳에서 시작된 소동이 이곳에도 들리기 시작하면서 나는 정보를 묻고 요구하는 사람들에게서 끊임없이 연락을 받았고, 곧 등장한 L의 마지막 작품들에 관한 기사에서 내 이름이 언급된 것도 보게 됐어요. 알고 보니 그는 별채에 있는 동안 아주 많은 사람과 연락을 주고받았는데, 내가 아주 제멋대로이고 파괴적인 여자라면서 기회가 생길 때마다 아주 끔찍한 악담을 퍼부었더군요. 토니도 꽤 집요하게 언급했는데, 그를 직접적으로 놀리거나 바보로 만들기 전에─딱 여기서─항상 멈추었지요.

토니는 침착하게 받아들였어요. 우리와 L이 맺은 관계의 역사에서 그가 L을 얼마나 많이 도와줬고 얼마나 적게 보답받았는지 고려하면 침착한 편이었지요.

"L을 믿었어?"

언젠가 내가 물어봤어요. 토니가 단 한 번도 L을 믿지 않았다고 생각했거든요.

"아무도 믿지 않는 건 야생 동물이나 하는 짓이야."

토니가 말했어요.

토니는 그런 기사에 개의치 않았어요. 그의 지인 중에는 그런 기사를 실을 만한 신문을 읽는 사람이 아무도 없기 때문이었어요. 하지만 내가 L의 의견에 얼마나 많은 영향을 받는지 지켜봤기에 습지에서의 삶이 망가진 것일까 걱정했지요.

"다른 곳에 가서 살고 싶어?"

토니가 내게 물었어요. 그가 하려는 희생은 자신의 오른쪽 팔을 잘라 주려는 것과 다름없었어요.

"토니."

내가 토니에게 말했어요.

"'당신'이 내 삶이야. 내 삶의 안정감은 전부 당신에게 있어. 당신이 있는 곳에서는 음식이 더 맛있고, 잠도 잘 오고, 내 눈에 보이는 것들도 다 현실적이야. 창백한 그림자 같지 않아!"

나는 어린 시절부터 지금까지 평생을 미움받아서 그런지 미움받는 삶에 익숙해졌는데, 내가 좋아하는 몇 안 되는 사람은 전부 나를 좋아해주었기 때문에 가능한 일이었어요. L만 빼고요. 그래서 L의 악담이 내게 미친 영향력은 드문 것이었어요. 그가 나를 두고 한 끔찍한 말들을 듣고 있으니, 온 우주에 안정적인 거라고는, 진실이라고 할 만한 건 아무것도 없어 불변의 진실이란 어불성설이며 스스로 만들어낸 진실 외에는 그 어떤 것도 존재하지 않는다고 생각하게 되었어요. 이런 깨달음은 꿈이라는 것에 마지막 외로운 작별을 고하는 것과 마찬가지였지요.

삶은 니체가 말한 것처럼 춤이라기보다는 레슬링에 가깝잖아요, 제퍼스!

그래서 나는 L을 포기했어요. 마음속에서 그를 포기했고, 내 내면에 그를 위해 남겨두었던 비밀스러운 빈자리를 채워버렸어요. 누군가가 편지를 보내 우리 집에 L이 그린 벽화가 있다는 말이 사실이냐고 물었어요. 나는 시내에 가서 칠감을 한 통 사다가 토니와 함께 아담과 이브와 뱀을 덮어버린 후 다시 커튼을 달아놓고는 저스틴에게 별채를 네 것으로 여기고 써도 된다고, 언제 어떤 용도로 써도 상관없다고 말했어요.

딸은 자기 몫의 밤 풍경 연작을—7번 그림이었지요—그곳에 걸었어요. 그 그림의 소유자로서 내가 아는 사람 중 제일가는 부자가 되었으니 참 묘하지요! 저스틴이 그 그림을 팔 것 같지는 않지만요. 어쨌든 나는 이렇게 생각하고 싶어요. L이 의도한 것은 아닐지라도, 그가 저스틴에게 생존을 위해 다른 사람에게 기대지 않을 자유를 주었다고요. 요즘 시대에도 여자는 이런 자유를 얻어내기 힘들잖아요. 당연하게도 저스틴은 아서와 사랑에 빠졌고, 여전히 자신의 운을 시험하는 셈이에요. 뭐, 항상 시험하며 살게 되겠지요.

자유의 절반은 자유가 제공되었을 때 손을 뻗어 움켜쥘 의지로 이루어졌다는 것이 정말일까요? 우리는 한 개인으로서 이 사실을 신성한 의무로, 서로에게 제공할 수 있는 베풂의 한계로 받아들여야 할까요? 나는 이것을 믿기가 힘든 것이, 내게 부정의는 그 누구의 영혼보다 훨씬 강력해 보이기 때문이에요. 어쩌면 나는 저스틴의 어머니가 되기로 했을 때, 이런 방식으로 딸을 사랑하겠다고 다짐했을 때 자유로워질 기회를 잃어버렸을지도 몰라요. 평생 딸의 안위를 걱정하고, 부정의한 세상이 딸에게 무슨 짓을 저지를까 두려워하며 살 테니까요.

저스틴의 그림은 연작 중에서 조금 특이한 작품이고, 내가 보기에는 그중 가장 신비롭고 아름다워요. 다른 그림들과 달리 빛으로 구성된 듯한 모호한 형체 두 개가—캔버스를 가득 메운 기이한 질감의 어둠 속에—있지요. 두 형체는 서로에게 간청하는 듯, 통합하려고 애쓰는 듯하고, 그 노력 속에서 기적적으로 통합이 이루어져요. 나는 가끔 그 그림을 보려고 별채에 가는데, 눈앞에서 두 형체 간의 긴장이 녹아내리는 광경은 아무리 봐도 지겹지 않아요. 물론 환상에 지나지 않지만 그날 밤 저스틴과 내가 수영하는 모습에서 L이 발견해낸 것이 이것이라고 생각하고 싶어요.

　일련의 사건이 발생하고 몇 달 후, 파리 소인이 찍힌 편지가 도착했어요. 안에는 편지가 또 하나 있었지요. 두 번째 편지는 L이 쓴 것이었어요. 첫 번째 편지는 폴레트라는 사람이 썼고요. 그간 내 주소를 찾으려 노력했다고, L이 머물다 죽었던 호텔 방에서 주소가 적히지 않은 편지를 발견했는데 나에게 보내려고 했던 편지인 듯하다고 했어요. L에 관한 기사를 수도 없이 읽은 후 편지 속의 'M'이 나라고 결론 내렸던 거예요. 편지를 보내기까지 너무 오래 걸려서 미안하다고 했어요.

　나는 그 편지를 열어보았어요, 제퍼스. 상상하는 것만큼 손이 떨리지는 않았답니다. 내 생각에 그때―그리고 지금도―나는 개인적 감정이 착각이라는 사실을 꿰뚫어본 것 같아요, L이 그날 습지에서 말한 것처럼요. 과거 속 어느 순간에 나를 지배했던 열정적인 감정은 다 시들어 사라졌어요. 그렇다면 감정이 내 마음속에 자리 잡도록 내버려둘 이유가 없잖아요? 내가 깨끗한 해협 같은 것이 되었다고, 되고 있다고 바라요. L이 삶의 막바지에 목격해서 밤 풍경 연작에 기록한 것을, 나 역시 나만의 방식으로 보게 되었다고 생각해요. 어떤 것이 현실이라고 주장하면 그곳에서 진실이 싹트는 것이 아니에요. 진실은 현실이 우리의 해석을 넘어서는 곳에서 싹터요. 진정한 예술은 현실적이지 않은 것을 포착하고자 해요. 내 의견에 동의하나요, 제퍼스?

M

파리행은 나쁜 생각이라고 M이 말했었나요? 그랬다면 그건 옳은 말이었어요. M은 꽤 많은 것에 관해 옳았어요. 이렇게 말한다고 달라지는 것이 있을지 모르겠네요. 어쨌든 이런 말을 좋아하는 사람들이 있으니까요.

그래요, 끝은 바로 여기 있고 나는 그 너머로 떨어졌네요. 난 춥고 더러운 호텔에 있어요. 캔디의 딸이 나를 데리러 온다고 했는데 약속한 날에서 사흘이 지났어요. 언젠가 오기는 할까요.

M의 집이 그립군요. 왜 삶에서 벌어지는 일들은 나중에 돌아봐야 더 생생할까요? 계속 그곳에 머물 걸 그랬어요. 하지만 당시에는 떠나고 싶었지요. 우리가 서로에게 공감하면서 함께 살 수 있었다면 좋았을 텐데요. 왜 그럴 수 없었는지, 이제는 모르겠어요.

나 때문에 치른 희생에 미안해요.

여기는 끔찍한 장소입니다.

L

자유와 의무, 갈림길 앞에 선 여성의 선택과 욕망

• 옮긴이의 말

"포용과 운명보다 선택과 욕망."

소설의 마지막 페이지를 덮자마자 떠오른 구절이다. 아버지가 죽자 집을 떠나 예술가의 삶을 추구한 L에 관한 묘사지만, 레이첼 커스크의 글쓰기에도 정확히 들어맞는다는 생각이 들었다.

커스크의 전작인 '윤곽 3부작'은 화자가 주변 사람들의 이야기를 독자에게 전하는 형식의 서사 없는 소설이었다. 그리고 3부작의 마지막 작품인『영광』의 결말이 암시하듯, 그는 신작에서 또 다른 형식적 변화를 감행했다. 이번에는 처음부터 끝까지 단 한 사람의 청자에게 이야기하는 형식의 소설이다. 편지라고 할 수도 있고, 소설 앞뒤에 큰따옴표를 생략한 한 차례의 발화라고 생각할 수도 있다. 전과는 달리 소설 전체를 관통하는 사건과 플롯도 확실하다. 외딴 습지에 사는 중년 여성 작가 M이 화가 L을 초대해서 그가 그곳에 한동안 머물다 떠나는 이야기라고 요약할 수 있다.

M은 '윤곽 3부작'의 파예와 마찬가지로 저자와 닮았지만, M과 파예는 서로 다르다. (이것을 커스크의 변화라고 읽을 수도 있을까!) '삶으로 이야기 짓기'를 멈춘 채 거울처럼 타인과 그들의 이야기를 비추었던 파예와는 달리, 소설 속에서 M은 "삶에 플롯이 있다"고 믿고, "한참 전에 길바닥에 주저앉아 포기해버리지 않을 수 있었던 것은 바로 이런 믿음 덕분"이라고 털어놓는다.

그러나 M의 믿음은 온전하지 않다. 무언가가—아마도 L의 예술과 그것이 드러낸 진실이—그를 뒤흔들었고, 그 결과 그는 "우리는 왜 이토록 고통스럽게 우리가 지어낸 이야기 속에서 살아갈까요?"라고 탄식하기도 한다. M은 삶에 플롯이 있다고 믿는 동시에 그 믿음의 힘과 고통을 인식하며, 어쩌면 바로 그것 때문에 이 모든 사연과 통찰을 불특정 다수가 아닌 오직 한 사람, '제퍼스'에게만 털어놓는다.

M은 '윤곽 3부작'의 이야기꾼들과 파예의 복합체일지도 모르겠다. 혹은 데뷔 초기의 전통적인 소설, 그 후의 회고록

그리고 '윤곽 3부작'의 집필을 거친 커스크일지도 모르겠다. 그는 대립하던 인물군과 소설관을 결합함으로써 전통적인 소설의 인위성과 서사 없는 소설의 공허함을 넘어서는 시도를 하려는 것이었으리라.

그나저나 M의 긴 고백을 듣고 있는 '제퍼스'는 대체 누굴까. 제퍼스의 정체에 관한 힌트는 번역본에는 삭제된 작가 노트에 있다.

처음에 레이첼 커스크는 책 마지막에 짤막한 헌사를 덧붙여 이 소설이 미국 작가 메이블 도지 루한(Mable Dodge Luhan)과 그의 책 『타오스의 로렌조』(*Lorenzo in Taos*)에서 영향을 받았다고 밝혔는데, 이 언급이 과도한 관심을 받자 증쇄와 번역본부터는 삭제하기로 했다. 그런 만큼 호기심을 최소한으로만 충족해보자면, 『타오스의 로렌조』는 저자인 루한이 타오스에 있는 자택에 작가 D. H. 로런스를 초대했던 경험에 관해 쓴 회고록으로, 로런스와 주고받은 편지와 친구이자 시인인 로빈슨 제퍼스에게 보내는 편지가 주를 이룬다.

사실 이 회고록과 커스크의 소설은 연결점이 꽤 있다. 가령 루한이 타오스로 이사한 후 백인 남편과 이혼하고 원주민 남편과 재혼했다는 것, 원주민 남편이 그와 결혼하기 전에 끊임없이 북을 쳐서 구애했다는 것 등이다. 이런 사실을 접하고 M과 토니의 만남을 떠올리지 않기는 힘들 것이다. 그리고 커스크의 정돈된 문체와 다소 불협하는 수많은 느낌표는 루한의 문체이기도 하다.

하지만 이런 식으로 두 책을 연결하고 그 연결에 기반해 『두 번째 장소』를 해석하는 행위를 커스크가 경계하고 있는 만큼, 텍스트 자체로 돌아가기로 한다. 사실 텍스트 내부에는 제퍼스에 관한 정보가 많지 않다. 게다가 그 정보는 전부 M의 판단에 기반한다. 제퍼스가 도덕주의자라는 것, 그가 "사악하고 그릇된 것"에 집중하는 글을 썼다는 것, 토니와 마찬가지로 현실적이고 부르주아적이지 않다는 것과 같은 정보는 전부 M의 판단이다. 결국 제퍼스란 인물의 정체보다는 M이 어떤 사람에게 내면을 고백하고 있는지, 즉 M이 바라보는 제퍼스의 모습이 더 중요한 셈이다.

『두 번째 장소』는 커스크가 줄곧 집중했던 주제들을―선과 악, 진실, 예술, 정체성과 삶의 서사성, 관계의 기하학, 여성―지극히 세련되고 복합적인 재현으로 만날 수 있는 작품이기도 하다. '여성'은 커스크를 이해할 때 빼놓을 수 없는 주제로, 소설의 중심에 있는 M과 L의 갈등 관계에 동력을 제공한다. 자유를 위해서 싫어하는 일과 사람을 없애버렸더니 남은 게 별로 없다는 M은, 세상의 선물을 누리면서 정해진 거처 없이 자유로운 "거지"로 사는 L과 대비를 이루며, 나아가 현대 여성에게 요구되는 대로 전통적 여성의 역할을 거부하고 예술과 경제라는 남성의 과제를 추구한 결과 여성과 남성의 의무를 모두 짊어지게 되었다는 커스크의 개인적 고백을 상기시킨다.

현대 여성의 삶은 자유를 위해 모든 것을 버리거나 삶을 누리기 위해 모든 의무를 떠맡거나 둘 중 하나라는 진단은 공감할 수밖에 없다. 그리고 이런 갈림길 앞에 선 여성은 자기 뒤에 서 있는 자매들과 딸들을 떠올리며 더욱더 큰 압박을 느낀다. 그러니까, 여자아이들이 화장한 채로 악마에게 농락당하는 세상에서 어머니는, 성인 여자는 어떻게 해야 하는 걸까.

그리고 M과 토니와 L은 『영광』에서 헤르만이 이야기했던 이브와 아담과 뱀의 삼각관계를 재현한다. 여기서 뱀의 역할을 맡은 L은 예술 그 자체를 나타내기도 한다. M의 삶과 결혼 생활이 L로 인해 흔들리는 것은, 예술과 예술이 드러내는 진실이 우리가 우리의 삶으로 빚은 이야기와 정체성을 고양하거나 파괴할 수 있다는 사실을 보여주는 것이다.

그리고 예술가와 진실의 관계를 질문하는 대목은―"사람들은 대부분 진실을 살피기 전에 자기 자신부터 보살피기를 좋아하고, 그러다가 재능이 사라져버리면 어리둥절하지요."―자본주의와 문학의 유착을 염려했던 게르타, 그리고 "한 작가의 작품을 읽으면서, 나의 독서 행위가 어찌어찌 살아가고 있는 직업인의 모습을 지켜보는 행위에 지나지 않는다고 느끼기는 싫"다고 했던 안경 쓴 기자를 상기시킨다. 그래서 소설 마지막의 야심만만한 선언이 더욱 감동적으로 다가오는 것이다.

"어떤 것이 현실이라고 주장하면 그곳에서 진실이 싹트는 것이 아니에요. 진실은 현실이 우리의 해석을 넘어서는 곳에서 싹터요. 진정한 예술은 현실적이지 않은 것을 포착하고자 해요."(이 책, 271-272쪽)

레이첼 커스크를 두고 "우리 시대의 가장 흥미로운 작가 중하나"라고 평한 『타임스』에 적극 공감할 수밖에 없는 것은, 역시 그가 "욕망과 선택"을 우선하는 타협하지 않는 작가이기 때문일 것이다. 이 소설에서, 지난 작품들에서 줄곧 그랬듯이,

커스크는 자신이 추구하는 진실을 구현하기 위해 또 다른 형식적 시도를 감행했다. 그리고 여성이자 작가로서 다루기 까다로운 문제를 줄곧 파헤쳤다. "나는 사물의 진실에 닿아 그것을 파헤치고 또 파헤쳐야, 고통스러울 정도로 까발려야 직성이 풀"린다는 M처럼.

페미니즘과 백래시의 시대에 과거에 비해 그다지 진보하지 않은 여성적 생의 조건에 관해 말하기란, 자본주의와 쇠퇴하는 문학의 시대에 예술과 진실에 관해 질문하기란 어느 정도 위험 감수가 필요한 행위다. 그러나 그는 체념하지 않는다. 이번에도 용감하게 거친 바다로 나아간다. 해변의 적대적인 시선을 감내하면서. 독자들 역시 그의 용기를 느낄 수 있기를 바라는 마음이다.

2022년 여름
임슬애

레이첼 커스크 Rachel Cusk

1967년 캐나다에서 태어난 레이첼 커스크는 어린 시절을 로스앤젤레스에서 보낸 후 1974년 영국으로 이주해 옥스퍼드 대학에서 영문학을 전공했다. 2018년에 구겐하임 펠로십을 수상했으며 현재 파리에 살고 있다. 첫 소설 『아그네스 구하기』(*Saving Agnes*, 휘트브레드 신인소설가상)를 1993년에 출간한 이후, 『어느 도시 아가씨의 아주 우아한 시골생활』(*The Country Life*, 서머싯 몸상 수상), 『알링턴파크 여자들의 어느 완벽한 하루』(*Arlington Park*, 오렌지상 최종 후보), 『운 좋은 사람들』(*The Lucky Ones*, 휘트브레드 소설상 최종 후보), 『우리에 갇혀』(*In the Fold*, 부커상 후보), 『두 번째 장소』(*Second Place*, 부커상 후보) 등 그녀의 소설은 주로 사회가 만들어놓은 여성상과 이에 대한 풍자를 주제로 했다.

지금까지 모두 열한 편의 장편소설을 발표했고, 2003년에는 『그란타 매거진』이 선정하는 '영국 최고의 젊은 소설가'로 뽑혔다. 루퍼트 굴드가 연출하고, 레이첼 커스크가 각본을 쓴 에우리피데스의 『메데이아』(*Medea*, 2015)는 수잔 스미스 블랙번상의 최종 후보로 선정되기도 했다. 특히 10년간의 결혼생활과 이혼의 아픈 경험을 대담하고 솔직하게 담은 그녀의 회고록 『일생의 일: 엄마가 되는 것』(*A Life Work: On Becoming a Mother*, 2001)과 『후유증: 결혼과 이혼』(*Aftermath: On Marriage and Separation*, 2012)은 영국 문단에 큰 파장과 논쟁을 낳았다.

긴 공백 후, 커스크는 새로운 형식의 소설적 글쓰기를 시도한다. 주관적이고 직관적인 견해는 피하면서 서사적 관습에서 벗어나 개인적 경험을 표현하는 것이다. 이 새로운 프로젝트는 '윤곽 3부작'인 『윤곽』(*Outline*, 2014), 『환승』(*Transit*, 2016), 『영광』(*Kudos*, 2018)으로 발전했고, 해외 문단에서 높은 평가를 받고 있다.

옮긴이 **임슬애** Lim Scray

고려대학교에서 불어불문학을, 이화여자대학교 통역번역대학원에서 한영번역을 공부하고 현재 번역가로 일하고 있다. 레이첼 커스크의 『영광』, 리디아 유크나비치의 『숨을 참던 나날』 『가장자리』, 엘리너 데이비스의 『오늘도 아무 생각 없이 페달을 밟습니다』, 니나 라쿠르의 『우리가 있던 자리에』, 에린 프렌치의 『더 로스트 키친』, 오스카 와일드의 『도리언 그레이의 초상 1890』 등을 옮겼다.

두 번째 장소

지은이 레이첼 커스크
옮긴이 임슬애
펴낸이 김언호

펴낸곳 (주)도서출판 한길사
등록 1976년 12월 24일 제74호
주소 10881 경기도 파주시 광인사길 37
홈페이지 www.hangilsa.co.kr
전자우편 hangilsa@hangilsa.co.kr
전화 031-955-2000~3 **팩스** 031-955-2005

부사장 박관순 **총괄이사** 김서영 **관리이사** 곽명호
영업이사 이경호 **경영이사** 김관영 **편집주간** 백은숙
편집 이한민 박희진 노유연 최현경 강성욱 김영길
관리 이주환 문주상 이희문 원선아 이진아 **마케팅** 정아린
디자인 창포 031-955-2097
인쇄 예림 **제본** 경일제책사

제1판 제1쇄 2022년 9월 20일

값 16,000원
ISBN 978-89-356-7770-2 03840

• 잘못 만들어진 책은 구입하신 서점에서 바꿔드립니다.